novum 🔔 pocket

Thomas Heckmann

Der Wolf
oder
die Memoiren
eines Killers

novum ▲ pocket

Bibliografische Information
der Deutschen Nationalbibliothek:

Die Deutsche Nationalbibliothek
verzeichnet diese Publikation in der
Deutschen Nationalbibliografie.
Detaillierte bibliografische Daten
sind im Internet über
http://www.d-nb.de abrufbar.

Gedruckt in der Europäischen Union
auf umweltfreundlichem, chlor- und
säurefrei gebleichtem Papier.

© 2022 novum Verlag

ISBN 978-3-903382-38-1
Umschlagfoto:
Viktoriya Kostochkina | Dreamstime.com
Umschlaggestaltung, Layout & Satz:
novum Verlag

www.novumverlag.com

PROLOG

„Gestatten sie, dass ich mich vorstelle, mein Name ist Martin, Martin Lubatchek, manche nennen mich auch den Wolf. Ich bin Berufskiller oder vielmehr ich war es. Ihr wollt wissen wie ich zum Killer geworden bin? Nun gut, also lasst mich anfangen aus meinem Leben zu erzählen. Es wäre gewagt zu sagen, dass ich aus einem guten Hause komme „Nein ganz im Gegenteil zu Hause kümmerte man sich recht wenig um mich und so wuchs ich mehr oder weniger auf der Straße auf. Dort bin ich durch eine harte Schule gegangen. In einem Viertel wie dem unseren, wo die Arbeitslosigkeit über 20 % lag, waren Prostitution und Gewalt sowie der Handel mit Drogen an der Tagesordnung. Da heißt es sich durchzusetzen oder unterzugehen. Ich lernte also schon früh auszuteilen, aber auch einzustecken. Jedoch war diese Art von Straßenschlägerei nichts im Vergleich zu den Kampftechniken, die ich erst viel später dann lernen sollte. Aber lasst mich zunächst einmal fortfahren. Die meisten Leute lebten hier von der Stütze und das Geld, das sie dann vom Amt bekamen, wurde zu einem großen Teil sofort in Alkohol umgewandelt. Aber das alles ist schon so viele Jahre her, dass ich mich kaum an alles daran erinnern kann. Nur an einige Gesichter aus der Vergangenheit erinnere ich mich auch heute noch sehr gut. Einige sind noch lebendig, andere sind schon lange tot und weilen nicht mehr unter uns. Viele dieser Gesichter klagen mich an, denn ich war ihnen als ihr Mörder höchstpersönlich dabei behilflich vor ihren Schöpfer zu treten. Manche hatten den Tod verdient, andere habe ich eiskalt getötet. Auftrag ist halt Auftrag und als Berufskiller fragst du nicht nach dem wieso und weshalb solange die Kasse stimmt. Wie ich schon sagte, es fing alles damit an, dass ich in diesem heruntergekommenen Stadtteil von Hamburg aufwuchs.

Ich war gerade 17 Jahre alt und wohnte mit meinen Eltern in einem abbruchreifen Haus zur Miete. Die Heizung war defekt und fließend Wasser kam auch nicht immer. Trotz zahlreicher Beschwerden beim Vermieter tat sich nichts, da dieser lieber heute als morgen alle Mieter losgeworden wäre. Die Wohnungen sollten nämlich alle luxussaniert werden, und unser Viertel sollte einer modernen Wohngegend weichen. Da waren wir natürlich alle fehl am Platz. Aber lasst mich weitererzählen. Wie gesagt viele fanden Trost im Alkohol, und so war es auch nicht verwunderlich, dass mein Vater auch Alkoholiker war. Als dieser wieder einmal Unmengen von Schnaps und Bier in sich hineingeschüttet hatte und im Zustand der Volltrunkenheit anfing meine Mutter grün und blau zu schlagen, nahm ich einen Baseballschläger und schlug zurück. Leider traf ich ihn nicht richtig und so konnte er mir den Schläger entwenden. Nun begann er mich mit dem Schläger durch die Wohnung zu treiben, er traf mich ein paarmal recht schmerzhaft, bevor er dann auf Grund seiner Trunkenheit ins Straucheln geriet. Ich entriss ihn den Schläger und verpasste ihm einen gewaltigen Schlag gegen seinen Hinterkopf. Röchelnd drehte er seinen Kopf zur Seite wobei im Blut aus Mund und Nase lief. Meine Mutter saß derweil auf dem Küchenboden und schaute entsetzt der Szene zu ...

Ohne ein weiteres Wort zu sagen, stürmte ich aus der Wohnung. Draußen regnete es in Strömen und von fern hörte ich Polizeisirenen näherkommen. Klar, bei dem Lärm aus der Wohnung müssen die Nachbarn wohl die Bullen gerufen haben. Nun konnte ich nicht mehr zurück. Wo sollte ich nun hin. Nach kurzem Überlegen viel mir Harry ein. Harry war etwa 10 Jahre älter als ich und hatte schon so manches auf dem Kerbholz, der wusste doch bestimmt Rat. Meistens lungerte er mit seinen beiden Kumpels Werner und Eddy, den man wegen seines schmalen Gesichtes und seinem Nagergebiss nur das Frettchen nannte, im Glückspalast einer Spielhölle ein paar Straßen weiter, rum. So traf ich auch kurze Zeit später dort ein. Ich weiß nicht mehr, schlotterte ich jetzt wegen des kalten Regens oder wegen des nun nachlassenden Adrenalinspiegels und des darauf sich unvermeidlich einstellenden Schocks."

„Harry, der mit besagten Kumpels in einer Ecke an der Wand lehnte und Bier trank sah mich kommen und zog eine Grimasse „Na", sprach er, „Welcher nasse Straßenköter kommt uns denn da besuchen?" Als ich näherkam, bemerkte er, dass wohl irgendetwas nicht stimmte. „Was ist passiert Kleiner?", fragte er mich gerade heraus und schaute mich dabei ernst an. „Habe meinem Alten eins mit'em Basy übergezogen und jetzt rührt er sich nicht mehr", sagte ich und versuchte dabei so cool wie möglich zu wirken. Harry schaute mich von der Seite an, sagte zu mir aber kein Wort. „He ihr zwei", wandte er sich an seine beiden Spießgesellen, „schaut mal nach was der Kleine nun wieder angestellt hat." Widerwillig tranken die beiden ihr Bier aus und schlenderten ohne große Eile Richtung Ausgang. „Schnell ihr beiden Luschen, ich will wissen was da los ist." Etwas schneller nun liefen die beiden Richtung Ausgang und dann weiter zu meiner Wohnung. Harry schob mir ein Glas mit Schnaps hin. "Hier trink erst mal was. Ich trank und der Alkohol brannte mir in der Kehle. „So und jetzt hörst du mir mal ganz genau zu", sagte Harry „mein Kleiner, wenn dein Alter den Löffel abgegeben hat, dann steckst du aber ganz gewaltig in der Scheiße, das gibt lebenslänglich, wenn die Bullen dich kriegen."

Nach einer viertel Stunde kamen Werner und Eddy zurück. „Hast deinem Alten schön einen vor den Latz geballert, also der steht nicht mehr auf" – „Wir kamen eben noch dazu, als er in einer Blechkiste rausgetragen wurde", sagte das Frettchen. „Deine Mutter ist am Flennen und die Bullen waren auch schon da", fügte Werner noch hinzu. „Okay", sagte Harry, „wir verschwinden hier erst mal, bevor irgendeiner noch auf dumme Gedanken kommt und die Bullen ruft, die dann schneller hier antanzen als wir schauen können.

Als Hauptkommissar Hansen am Tatort eintraf war die Wohnung schon von der Polizei abgesperrt und die Gerichtsmedizinerin beugte sich eben über den Leichnam. „Kannst du schon was über die Todesursache sagen", fragte er sie. „Sauberer Terrassenbruch der hinteren Schädeldecke, wie aus dem Handbuch, Tatwaffe ist wohl dieser Baseballschläger", sagte sie und deutete auf das in einer

Plastiktüte eingepackte blutige Sportgerät. „Danke Frau Dr. Hübner", sagte der Kommissar und sprach einen mit Notizblock bewaffneten jungen Beamten an. „Sie da, was gibt es denn so schon an Erkenntnissen?" Dienstbeflissen schaute dieser in seinen Notizblock. „Der Täter ist wohl der Sohn des Hauses, wollte wohl seiner Mutter helfen, als sein Vater an ihr ein Akt der häuslichen Gewalt beging." Akt der häuslichen Gewalt, der labert einen Scheißdreck zusammen, vertrimmt hat er sie. Na ja, neu von der Polizeischule, was soll man da erwarten.

Um den Alten Säufer ist es jedenfalls nicht schade, dachte er bei sich. „Ok", sagte der Kommissar dann „Hier gibt es vorläufig nichts mehr zu tun" und verließ die Wohnung. Sein Assistent saß derweil schon im Auto und wartete auf Anweisungen. „Geben sie bitte über Funk durch", sagte der Kommissar „sofortige Fahndung auslösen. Es wird gesucht Martin Lubatchek, 17 Jahre alt, wohnhaft im Hamburger Hafenviertel in der Hafenstraße Nr. 18." Als der Dienstwagen losfuhr, konnten beide noch sehen, wie der Tote im Blechsarg in den Leichenwagen geschoben wurde. Die zwei Gestalten, die sich schleunigst aus dem Staub machten, sahen beide nicht.

Die Wohnung von Harry lag in Sankt Pauly in der Nähe seines Arbeitsplatzes. Harry arbeitete als Schläger und Rausschmeißer von Jacob Groß auch Big Jack genannt.

Nebenbei hatte er auch noch ein paar Mädchen für sich laufen, sodass er ein recht großzügiges Einkommen hatte.

Von einer stilvollen Einrichtung konnte man nicht gerade reden, die Tapete war alt und wo Löcher waren verdeckten Pin-up-Bilder diese. Auf dem Tisch mit der karierten

Wachstuchdecke standen einige leere Bierflaschen und eine Schachtel mit einer halb-gegessenen Pizza. Ein überquellender Aschenbecher rundete die Szene ab.

„So jetzt müssen wir erst mal sehen wie es weitergeht", sagte Harry „fürs Erste kannst du erst mal hier in meiner Wohnung bleiben aber auf die Dauer wird der Boden hier wohl zu heiß für dich werden. „Außerdem wirst du neue Papiere brauchen und die sind teuer. „Geld hast du ja wohl nicht und ich bin nicht die Heilsarmee. „Ich denke ich werde das mal mit Big Jack besprechen", meinte Harry. Seine beiden Kumpels, die sich derweil über eine angebrochene Flasche Wodka hergemacht hatten, nickten bei jedem Wort. Harry zog sein Handy aus der Tasche, verschwand im Nebenzimmer, von wo man alsbald nur noch Gemurmel vernahm.

Nach etwa einer viertel Stunde betrat Harry wieder den Raum und sprach. "Der Boss will dich sehen, vielleicht gibt es eine Möglichkeit wie wir dich außer Landes schaffen können." Man war ich damals naiv, es wäre besser gewesen, ich hätte mich gestellt um dann ein paar Jahre Jugendstrafe wegen Totschlages abzusitzen, doch so zogen mich meine sogenannten Freunde noch tiefer in die Scheiße.

Als Hauptkommissar Hansen und sein Assistent später wieder in ihrem Büro saßen und über die vergangenen Stunden nachdachten, sinnierten sie. „Also mal überlegen, wo kann der Junge hin, er braucht vor allem Geld, doch das hat er nicht, er braucht auch ein Dach über dem Kopf, doch das hat er auch nicht, also braucht er jemand, der ihm hilft." „Und wie gehen wir da vor", fragte Pettersen. „Ganz einfach wir hören uns mal auf dem Kiez um", erwiderte Hansen. „Ich hab' da so meine Kontakte."

Bruno Leonartz, genannte der schwule Leo rieb sich die kalten Hände an seinem billig aussehenden Pelzmantel warm. Er stand am Eingang der Casablanca Bar und versuchte die wenigen Gäste anzulocken, die bei diesem Wetter noch unterwegs waren. Die, die darauf reinfielen, wurden dann drinnen von den anwesenden Damen nach Strich und Faden abgezockt. Als der Regen noch stärker wurde, trat er einen kleinen Schritt unter das schon leicht undichte Vordach zurück und stellte seinen Kragen hoch. Verdammtes Mistwetter dachte er sich, das Wasser läuft einem vom Genick bis in den Arsch und die Freier bleiben auch aus. In diesem Moment sah er eine Gestalt aus der Dunkelheit auf sich zukommen „Na Gott sei Dank kommen die Damen doch noch zu ihrem Piccolo, grinste er. Aber als er den Mann dann erkannte verzog er das Gesicht zu einer Grimasse, die wohl kaum noch als freundlich zu bezeichnen war. Na so missmutig heute Leo sprach in Kommissar Hansen an. Da vertreibst du noch die Gäste, wenn du nicht aufpasst. „Welche Gäste denn knurrte Leo, bei dem Sauwetter bleiben die doch alle lieber bei Mutti zuhause." Na dann hast du ja Zeit und kannst mir vielleicht ein paar Auskünfte geben, meinte Hansen. „Welche Auskünfte", fragte Leo, „ich weiß von nichts." „Heute Abend hat ein junger Bursche seinem Vater den Schädel eingeschlagen, würde mich wundern, wenn man auf dem Kiez noch nichts davon gehört hätte. Ich weiß nichts wiederholte sich Leo grimmig. „Ja ja sagte Hansen, ich weiß schon, umsonst ist der Tod und schob Leo einen Fünfziger hin, welchen dieser sofort in seiner rechten Manteltasche verschwinden ließ. „Also genaues weiß ich nicht" sprach Leo, „aber bei Harry hab' ich so'n Typ heute rumhängen sehen, war ziemlich nervös und hat eine Kippe nach der anderen reingezogen, dachte mir schon, dass mit dem was nicht stimmt, hat also jemanden kalt gemacht, na ja, aber mehr weiß ich nicht." Hansen sah Leo scharf an und nach einem kurzen Moment verabschiedete er sich. Als Hansen außer Sichtweite war zog Leo sein Handy aus der Tasche und wählte Harrys Nummer.

„Verdammter Mist" sagt Harry, als er sein Mobiltelefon aus der Hand legte, „die Bullen nerven hier schon rum du musst sofort von hier weg. Ich hab' da eine Möglichkeit, wo du die nächsten 3 Tage unauffällig wohnen kannst. Ich habe noch einmal mit Big Jack gesprochen, du sollst so schnell wie möglich untertauchen. Wir haben da einen alten Bekannten, der wird dich unter seine Fittiche nehmen, aber zunächst bleibst du in der Wohnung, ich kümmere mich dann um alles."

Ich war wohl erst kurze Zeit weg, als der Hauptkommissar bei Harry eintraf. Harry hatte es sich auf einem schäbigen Sofa bequem gemacht und hielt mit der rechten Hand eine seiner Miezen fest, die auf seinem Schoss saß. „Du hattest heute Besuch habe ich gehört sprach Hansen ihn an. „Also wo ist der Kleine" „Welcher Kleine", meinte Harry unschuldig, während die Blondine dem Kommissar einen lasziven Blick zuwarf. „Na den jungen Lubatchek", meinte der Kommissar „Ach der, sagte Harry, ja der war da, wieso hat er was ausgefressen.

„Aalglatt, dachte Hansen, der weiß doch was los ist, aber beweisen kann ich ihm wie immer nichts. „Der Junge hat seinen Alten platt gemacht, ich dachte das wüsstest du Harry. „Ich", sagte Harry mit Unschuldsmiene, Nein davon hat er mir nichts erzählt. „Und überhaupt mit Mord hab' ich nichts zu tun das ist mir dann doch eine Spur zu heiß."

„So und was machen wir jetzt fragte Eddy das Frettchen als der Kommissar gegangen war, die werden uns doch nun rund um die Uhr überwachen." „Das lass mal meine Sorge sein, sagte Harry, ich habe da schon eine Idee."

In den nächsten drei Tagen ging es bei Harry zu wie im Taubenschlag, ständig kamen und gingen seine Mädchen bei ihm aus und ein, und wie er vorausgesehen hatte, verlor die Polizei bald den Überblick, zumal auch das Aussehen der Damen sich ständig änderte. Mal hatte die eine blonde Perücke auf dann mal die andere. Mal trugen sie Sonnenbrillen und mal nicht. Jede einzelne auf Schritt und Tritt im Auge zu behalten ließ allein schon der ständige Personalmangel auf dem Revier nicht zu.

Und so war es nicht verwunderlich, dass immer eine andere Dame die kleine Zweitwohnung von Harry aufsuchte, in der ich Unterschlupf gefunden hatte, ohne dass die Bullen etwas merkten.

Die einzige männliche Person, die ich in dieser Zeit sah, war ein kleines Männchen das ein paar Fotos für meinen neuen Pass schoss.

So zogen sich also die nächsten 3 Tage hin, während ich hinter zugezogenen Vorhängen abwartete. Ab und an kam eines der Mädchen vorbei und versorgte mich mit Essen und Getränke.

Eine davon war Anita, die Gefallen an mir fand, und so landeten wir beide auch am ersten Tag unseres Kennenlernens sofort im Bett. Sie drückte mich sanft herunter und zog ihr Oberteil aus und entblößte dabei zwei perfekt geformte Brüste. Ich wollte etwas sagen, doch sie legte mir die Finger auf den Mund und hieß mich still zu sein, ich hatte noch recht wenig Erfahrung mit Frauen und so übernahm sie die Führung. Da sie eine erfahrene Frau war, verstand sie es sehr gut einem Manne Lust zu bereiten, und so stöhnte ich bald wonnig auf, danach schliefen wir beide erschöpft Seite an Seite ein. Aber leider traf ich sie nur dieses eine Mal und die Affäre endete somit schneller als sie begann.

Am Abend des dritten Tages bekam ich einen Umschlag gebracht. Darin war nur ein Zettel mit einer kurzen Notiz. „Heute Abend Pier 12 Frachter Nordwind."

Als dann abends wieder eines seiner Mädchen kam tauschten wir die Kleider und ich ging so schnell es ging zu dem wartenden Wagen, der mich zum Hafen fuhr.

Das Schiff ein alter Frachter war schon beim Ablegen und so ging ich schleunigst an Bord. Schnell schlüpfte ich aus den Frauenkleidern und zog mir die derbe Matrosenkleidung an, die man mir zurechtgelegt hatte. Ich zog die Mütze tief ins Gesicht und wartete ab, was als nächstes geschah. Es dauerte nicht lange und ein Schlepper zog uns aus dem Hafen. Nachdem wir so eine Weile gefahren waren ging der Schlepper längsseits und ein mir wohlbekanntes Gesicht ging an Bord. Harry betrat die Brücke, wo ich schon mit dem Kapitän einen rauen bärbeißigen Menschen wartete. So sagte Harry, falls du es noch nicht weißt, deine Reise geht nach Marseille, Frankreich. Ich habe dort einen alten Freund, bei dem wirst du erst einmal deine Schulden abarbeiten. Mir schwante nichts Gutes, als er dann auch alsobald mir die Rechnung eröffnete. Also sprach er 3 Tage Unterkunft mit Verpflegung 300 Euro. Dann meine Mädels, die sich zur Tarnung die Hacken abgelaufen haben. Verdienstausfall bei jeder 500 Euro pro Tag mal 10 macht 5000 Euro neue Passbilder 500 Euro neuer Pass 2500 Euro und dazu noch die Passage auf diesem Seelenverkäufer nochmals 2000 Euro plus Zinsen sagen wir 15000 Euro.

Das kann doch nicht sein, sagte ich, das waren ja 5000 Euro pro Tag.

Stimmt, sagte Harry, da fehlt ja noch die Nummer, die du mit Anita geschoben hast oder hast du gedacht ich würde das nicht merken. Aber ich will mal nicht so sein, nimm es einfach als Abschiedsgeschenk von mir. Damit hielt er mir einen Schuldschein hin, den ich dann auch lieber ohne viel zu fragen unterschrieb.

„Grüß' mir meinen alten Freund Maurice den Gauner", sagte er noch, bevor er wieder mit dem Schlepper zurückfuhr.

Kapitän Stellermann, der wahrscheinlich auch ein alter Bekannter von den beiden Ganoven Jacob Gross und Harry war, stellte sich dann doch als nicht so hart heraus wie ich zuerst angenommen hatte. Er musste wohl auch von den beiden den einen oder anderen Dienst erwiesen bekommen haben, den auch er stand in dessen Schuld. Und um den beiden Ganoven einen Gefallen zu erweisen

befand ich mich auch nun aus diesem Grunde hier ille-
galerweise an Bord seines Schiffes. Allerdings wie schon
gesagt gegen Bezahlung. So verließ ich an diesem Abend
Hamburg, das ich lange Zeit nicht mehr sehen sollte.

KAPITEL I

Als ersten Hafen liefen wir Rotterdam in den Niederlanden an, wo wir weitere Fracht an Bord aufnahmen. Ich wurde angewiesen mich nicht an Bord blicken zu lassen. Nach einigen Stunden später spürte ich, wie ein Ruck durch das Schiff ging, denn die Schlepper zogen das Schiff nun wieder aus dem Hafen.

Den nächsten Tag genoss ich das schöne Wetter auf Deck. Immerhin besser als in der stickigen Kajüte zu verweilen, dachte ich. Doch viel zu schnell verging die Zeit und wir näherten uns Antwerpen. Hier musste ich mich dann wieder unter Deck verstecken da die Hafen-Behörde an Bord kam.

Papiere hatte ich zwar, aber da diese gefälscht waren, meinte Kapitän Stellermann es wäre besser diese erst zu zeigen, wenn es gar nicht mehr anders ging.

Die nächsten Tage gingen recht ereignislos vorbei und nach einem weiteren Aufenthalt im Hafen von Calais passierten wir Gibraltar. Nachts legten wir einem kurzen außerplanmäßigen Zwischenstopp an der spanischen Küste ein, wo wir die Holzkisten abluden, die hinter der regulären Ladung sorgfältig versteckt waren. Diese sahen verdammt nach Waffenbehälter aus, ich verkniff es mir aber dumme Fragen zu stellen. Am nächsten Morgen dann fuhren wir endlich im Hafen von Marseille ein.

Ich verabschiedete mich von Kapitän Stellermann und seiner Crew und ging an Land. Harry hatte mich angewiesen den alten Hafen aufzusuchen, und da in eine Bar mit dem Namen Chez Marianne zu gehen. Dort sollte ich dann nach einem Mann namens Maurice fragen.

Es dauerte nicht lange, da sah ich die Hafenbar vor mir auftauchen. Draußen saßen einige deplatziert wirkende Touristen in der Sonne und tranken obligatorisch ihren Pastis. Ich jedoch trat ein, um mich mit Maurice zu treffen.

Drinnen mussten sich meine Augen erst einmal an das trübe verräucherte Zwielicht gewöhnen. An der Bar standen einige Männer, rauchten ihre Gitanes oder Gauloises und hinterm Tresen stand eine ziemlich verlebt aussehende ältere Bardame.

Ich setzte mich auf einen der freien Hocker und warf einen flüchtigen Blick auf die Männer, die ihren Petit Rouge oder auch Pastis tranken.

Widerwillig kam die Bardame auf mich zu und sprach mich auf Französisch an. Ich fragte sie auf Deutsch nach Maurice. Sie wandte sich nun den Männern zu und rief nach Maurice. Einer der Männer drehte sich um und schaute herüber, dann löste er sich aus der Gruppe und kam zu mir herüber.

„Un autre Vin Rouge pour mon Ami Marianne mon Cher", sagte er und fügte auf Deutsch mit starken Südfranzösischen Akzent hinzu „Du musst Martin sein, stimmt doch oder" und dabei drückte er mir ein kleines Glas Rotwein in die Hand, das Marianne ihn eben gereicht hatte. Maurice war der typische Südfranzose schlechthin mit einem kleinen Oberlippenbärtchen einer Baskenmütze sowie einer Gitane Mais in der Hand. „Harry hat dich mir schon angekündigt", sagte er und hob sein Glas um mir zuzuprosten „Santé mon ami" sprach er dabei.

Danach verließen wir die Bar und liefen eine Weile, bis wir das Haus von Maurice Levebre erreichten.

Das Haus von Maurice war ein Steinbau, wie man ihn im Süden Frankreichs häufiger findet. Zweigeschoßig aber recht flach gehalten und mit alten verwitterten Ziegeln gedeckt. Im verwilderten Garten stand das Gras kniehoch bis auf eine einzige freie Stelle, wo ein verrosteter Grill stand. Überall lagen leere Weinflaschen umher und das abgestandene Regenwasser in den dazugehörigen Gläsern deutete darauf hin, dass der letzte Grillabend wohl schon etwas länger her war. Eingerahmt wurde die Szenerie von einem alten verrosteten Eisenzaun, der auch schon mal bessere Tage gesehen hatte.

Weit weit weg von Marseille klopfte es an der Tür von Hauptkommissar Hansen. Als dieser laut und deutlich Herein gerufen hatte trat Pettersen ein und meinte "Ich hab' da glaube ich was Neues im Fall Lubatchek herausgefunden. Interessiert wendete sich Hansen seinem Assistenten zu. Also sprach dieser „Ich habe heute eines von Harrys Mädchen flennend angetroffen mit einem schönen Veilchen am rechten Auge. Die Kleine, sie heißt übrigens Anita hat sich wohl in unseren Täter verliebt und mit ihm geschlafen ohne Geld dafür zu nehmen. Da hat dann Harry oder einer seiner Spießgesellen kurzerhand mal zugelangt.

„Hast du sie gleich mit auf die Wache gebracht, fragte Hansen. Ja sie sitzt draußen. „Na dann hol sie mal rein."

Als Anita das Büro betrat schauten sie Hansen und Pettersen erwartungsvoll an. "Bevor ich meinen Mund aufmache, möchte ich, dass sie mir meine weitere Sicherheit garantieren. Die beiden Männer nickten stumm mit ihren Köpfen, dann sagten Hauptkommissar Hansen "Wenn du möchtest, kannst du in ein Frauenhaus gehen, die kennen sich mit solchen Fällen aus, da bist du absolut sicher, außerdem leitet dieses an das, ich denke eine ehemalige Kollegin von mir. „Also gut" sprach nun Anita. Den Martin hatten sie in einen von Harrys Wohnungen geparkt, da lernte ich ihn dann kennen. Nach drei Tagen wurde er dann abgeholt mehr weiß ich aber nicht. Okay sagte Hansen, wenn du mir jetzt noch die Adresse gibst, dann wird das wohl für eine Haussuchung langen." Beihilfe zum Totschlag, Körperverletzung und Förderung der Prostitution da kommt schon was zusammen.

Danach griff er zum Telefon und 15 Minuten später wurde Anita von Hansens ehemaliger Kollegin Claudia Schäfer abgeholt. Schon eine halbe Stunde später fuhren mehrere Peterwagen vor der Wohnung vor, wo vor Kurzem noch Martin wohnte. Sie zeigten den richterlichen Durchsuchungsbefehl vor und Kommissar Hansen ließ Harry und das Frettchen in Handschellen anlegen und vorläufig festnehmen. Und so wurden beide in einen Polizeiwagen verfrachtet. Leider war ihnen Werner, der zweite Gehilfe von Harry, entwischt.

„Du Idiot", sagte Harry „du solltest der Schlampe doch nicht gleich so eine verpassen, dass sie direkt zu den

Bullen läuft. Na warte, wenn mein Anwalt mich hier raus geholt hat, die mach ich fertig."

Hauptkommissar Hansen betrat die Wohnung, nachdem die Spurensicherung ihre Arbeit getan hatte. „Irgendwelche Hinweise Jungs" fragte er „Die sind wohl noch nicht zum Großreinemachen gekommen" da lag neben jede Menge Fast-Food-Schachteln und Coladosen auch dieser Zettel rum. Hansen warf einen flüchtigen Blick drauf und meinte „Ausgeflogen der Vogel" und reichte die Notiz dann an Pettersen weiter.

„Also mit der Nordwind ist er abgehauen, also sollten wir mal recherchieren, wo die überall vor Anker geht."

Nach einem kurzen Telefonat wendete sich Pettersen wieder Hansen zu „Also offiziell läuft das Schiff Rotterdam, Antwerpen, Calais, Marseille, Genua, Suez an bevor es dann Richtung rotes Meer weiter nach Hormus und Aden bis nach Indien fährt. Geladen hat es unter anderem hauptsächlich Maschinenteile. Aber wer weiß, was da sonst noch so an Bord ist oder war und welche Zwischenstopps das Schiff sonst noch so eingelegt hat. Ich jedenfalls glaube", sagte er weiter „dass das Ganze langsam ein Fall für Interpol ist."

Als ich am nächsten Tag erwachte, hatte Maurice schon frischen Kaffee aufgebrüht und beim Bäcker um die Ecke Baguette geholt. Dazu aßen wir Konfitüre und Honig. Maurice hörte mir aufmerksam zu, als ich ihm noch mal meine Geschichte erzählte. „Nun", meinte er „das ganze ist für alle eine äußerst unangenehme Geschichte. So wie ich das sehe, hast du einen ganzen Berg Schulden am Hals und die Bullen suchen dich auch noch wirklich, grauenhaft also. Da sehe ich nur eine Möglichkeit, ich und ein paar Freunde von mir werden dich unterweisen und dann arbeitest du einfach für mich."

„Unterweisen in was dann" fragte ich naiv.

„Nun", meinte Maurice „wir sind eine Gruppe von mehreren Leuten, die Geld verleihen und auch so die eine oder andere Dienstleistung gegen entsprechende Bezahlung übernehmen."

„Allerdings meinen manche Kunden von uns nach einiger Zeit uns nicht mehr zu kennen und so sind wir leider gezwungen ihrem Gedächtnis etwas nachzuhelfen."

„Du wirst also die erste Zeit nur mitgehen und zuschauen, wie wir uns um solche Fälle kümmern.

Später kannst du dann das gleiche machen, bezahlt wird anteilsmäßig an den Schulden.

Zusätzlich werde ich dich in Waffenkunde unterrichten, denn das wirst du brauchen. Marseille ist ein heißes Pflaster."

„Darf ich dich noch etwas fragen Maurice", meinte ich.

„Na los, trau dich und frag", meinte Maurice.

„Wie hast du Harry eigentlich kennengelernt"

„Ich habe ihn mal aus der Patsche geholfen."

„Dein Freund Harry war einmal hier in Marseille und nach einem Besuch in einem hiesigen Etablissement gab es Streit um die Rechnung."

„Da ich ein wenig deutsch kannte, sollte ich die Sache klären" „Wie sich herausstellte, hatte Harry nicht genügend Geld dabei, um seine Rechnung zu bezahlen, aber irgendwie mussten wir zu Potte kommen."

Wir einigten uns schließlich darauf das er eine Sicherheit hinterlegte und einen Schuldschein unterschrieb."

„Harry war kaum zu Hause angekommen, da regelte er das auch schon und wir bekamen unser Geld."

„Ein halbes Jahr später hatten wir ein Geschäft in Hamburg abzuwickeln und ich erinnerte mich an ihn. Also rief ich ihn in Hamburg an. Gegen eine kleine Gebühr zeigte sich Harry sehr entgegenkommend. „Danach haben wir immer wieder mal zusammengearbeitet und das eine oder andere Geschäft abgewickelt!" Im Laufe der Zeit vertrauten wir uns immer mehr und daraus entstand dann unsere Freundschaft."

Es dauerte etwa eine Stunde, nachdem Harry und Eddy verhaftet worden sind, da erschien Rechtsanwalt Dr. Hönig auf dem Revier und verlangte seine Mandanten zu sehen.

„Was wird meinen Mandanten den vorgeworfen" fragte er. „Beihilfe zum Mord. Körperverletzung und Förderung der Prostitution."

„Erstens" sprach der Anwalt „vermietet mein Mandant nur Zimmer an die Damen und somit ist mein Mandant zwar Besitzer eines Etablissements, aber er ist kein Zuhälter. Somit ist der Vorwurf der Förderung der Prostitution hinfällig."

„Zweitens die Körperverletzung ist genauso hinfällig, weil ja aus den oben genannten Gründen für meine Mandanten gar keine Veranlassung bestand, zuzulangen. Außerdem kann da jeder zugeschlagen haben, wenn diese so überhaupt stattgefunden hat."

„Drittens die Beihilfe zum Mord können sie ebenso wenig nachweisen da meine Mandanten davon erst durch die Polizei erfahren haben, sonst hätten sie doch den Verdächtigen ja gar nicht erst aufgenommen.

Also lassen sie die beiden bitte frei, denn sie wollen doch nicht das wir deswegen ein riesen Fass aufmachen."

Und so mussten die Kommissare die beiden Ganoven gezwungenermaßen wieder laufen lassen. Auf der anderen Straßenseite wartete schon Werner in seinem Wagen, um die beiden abzuholen.

Kurze Zeit später hatten Harry und seine Kumpane zwei Schläger bezahlt, die sich nun vor dem Frauenhaus auf die Lauer legten. Sie brauchten auch nicht lange zu warten, bis Claudia Schäfer herauskam. Die beiden Schläger zögerten nicht lange und griffen sie sofort an. Einer hielt Claudia fest und der andere schlug auf sie ein... Claudia sah Sterne und der Schmerz schien sie fast umzubringen.

„Wo ist Anita du Schlampe" sprach einer der Schläger, entweder du holst sie jetzt raus oder wir schlagen dich tot."

Einer von den beiden hielt sie am Arm fest und zerrte sie zum Haus. Anita hatte die Szene vom Fenster aus beobachtet sich eingeschlossen und sofort die Polizei verständig.

Auch die anderen Frauen und Mädchen schlossen sich nun in ihren Zimmern ein.

„Wo ist das Zimmer von Anita, los, sage es mir."

„Da drüben „sagte Claudia und deutete auf ein Zimmer am Ende des Flurs.

Beide Schläger ließen Claudia fallen und traten nun gegen die Tür von Anita. Die Tür hatte auch schon fast nachgegeben, als die Polizei eintraf. „Sofort die Hände hoch", sagte einer der beiden Beamten und zielte mit seiner Waffe auf die beiden Schläger. Sein Kollege sicherte die Situation. Vor der Tür warteten noch weitere Beamte, die die beiden Schläger dann in Empfang nahmen und sofort aufs Revier brachten.

Kommissar Hansen und sein Assistent Pettersen nahmen sich die beiden Schläger nun ernsthaft zur Brust. „So ihr beiden Knalltüten jetzt mal Klartext", sagte Hansen, „Körperverletzung, Sachbeschädigung und Nötigung da kommt einiges zusammen und glaubt mir, da die Frau die ihr da zusammengeschlagen habt, eine gute Freundin von mir ist, werde ich alles dafür tun, dass ihr so lange wie möglich einfahrt und so schnell auch nicht wieder rauskommt.

„Aber ihr habt eine Chance, und zwar wenn ihr auspackt, und uns sagt, wer euch beauftragt hat", meinte nun Petterson.

„Ok, ok sagte der erste ich glaube es ist doch besser zu reden."

„Halt bloß dein Maul", sagte der zweite, „die wollen uns doch bloß einschüchtern."

„Gut wie ihr meint, dann fahrt ihr eben ein", sagte Hansen mit drohender Stimme.

Würdet ihr das Maul aufmachen", sagte Peterssen, würdet ihr vielleicht mit Bewährung davon kommen."

„Ok, ok", sagte der erste Schläger, „ich pack ja aus, ich habe keine Lust jahrelang im Knast zu sitzen. Also es war Harry und seine Handlanger die uns beauftragt haben." „Du Weichei", sagte der andere Gangster, wegen dir gehts jetzt ab in den Knast, oder glaubst du, dass wir bei dem was mir schon auf dem Kerbholz haben noch Bewährung bekommen."

„Oh", sagte Kommissar Hansen „wenn das so ist, dann kann ich auch nichts mehr für euch tun." Das liegt jetzt alles in den Händen des Richters."

„Siehst du, was du angerichtet hast, wegen dir wandern wir jetzt in den Knast."

Sein Kompagnon sank immer tiefer in den Stuhl, auf dem er saß und sprach kein Wort mehr.

„Dachte ich's mir doch", sagte Hansen, „dass Harry hier dahinter steckt, na den knüpfe ich mir jetzt vor. „Los eine Streife soll sofort auf den Kiez fahren und die ganze Bande einkassieren."

Und so kam es das Harry und seine Leute schneller wieder einsaßen, als sie sich vorstellen konnten. Und diesmal konnte sie auch ihr Anwalt nicht wieder herausholen.

Nachdem Kommissar Hansen die beiden Schläger eingebuchtet hatte, eilte er zum Krankenhaus. Mit einem großen Blumenstrauß in der Hand betrat er das Krankenzimmer von Claudia Schäfer.

Claudia saß aufrecht in ihrem Bett.

Ihr Gesicht war zugeschwollen und auch an den Armen waren blaue Flecken zu sehen. Kommissar Hansen ahnte, dass es unter ihrer Kleidung auch nicht besser aussah.

„Hallo Claudia", sagte er, „wie geht es dir?"

Claudia drehte sich zu ihm hin und man konnte merken, dass ihr jede Bewegung Schmerzen bereitete.

„Na was meinst du denn wie ich mich fühle." Wie einmal durchgekaut und wieder ausgespuckt. Hast du die beiden Penner wenigstens?" „Sind hinter Schloss und Riegel", entgegnete Hansen und nahm dabei eine Vase aus dem Schrank für die Blumen. „Nelken sind doch noch immer deine Lieblingsblumen oder?"

„Ja, sagte Claudia, dass du daran noch gedacht hast." „Wenn ich das gewusst hätte das du wegen dieser Prostituierten zusammengeschlagen wirst, hätte ich mir was anderes einfallen lassen", bedauerte jetzt Hansen. „Das ganze tut mir unendlich leid." „Ist schon gut", sagte Claudia „ist halt jetzt passiert und nicht mehr zu ändern, aber am besten, wenn ich mich jetzt erst einmal ein paar Tage hier erhole." So sagte sie weiter, jetzt müsstest du mir nur noch einen Gefallen erweisen." „Und der wäre?", fragte Hansen.

„Sei so gut und geh bitte jetzt, denn ich fühl mich echt Scheiße und jede Bewegung und jedes weitere Wort schmerzt mich." „Ok", sagte Hansen, „dann geh ich jetzt mal wieder und gute Besserung noch."

Nach dem Frühstück ging ich mit Maurice in die Stadt. In einem Gym stellte er mich Rene einem grobschlächtigen Typen vor, der mich ein wenig an Lino Ventura erinnerte. „Mit ihm wirst du die nächste Zeit auf Tour sein", meinte Maurice. „Und hier im Gym wirst du trainieren, damit du zu Kräften kommst. Da du die erste Zeit nur zuschaust, gibts natürlich keine große Kohle, Kost und Logis sind meinetwegen frei und damit du nicht ganz ohne bist, gebe ich dir noch ein kleines Taschengeld. Also ich überlasse dich jetzt Rene, wir treffen uns dann heute Abend bei Marianne."

Nach ein paar Trainingseinheiten mit Rene gab er mir zu verstehen, dass es nun Zeit fürs Geschäftliche wäre. Nach einem kurzen sehr schweigsamen Spaziergang erreichten wir unseren ersten „Kunden." Der Inhaber der kleinen Bar Tabac schaute entsetzt, als er uns kommen sah. Nach einem kurzen Wortgeplänkel wurde die Sprache etwas rauer. Ich verstand zwar nur die Hälfte, merkte aber den Druck, den Rene jetzt ausübte. Zum Schluss nahm er seinen Zeigefinger der rechten Hand und zog ihn von links über seinen Hals.

Danach schleuderte er den Mann gegen ein Regal, das hinten an der Wand stand. Als wir den Laden verließen steckte sich Rene noch ein paar Schachteln Zigaretten ein, natürlich ohne zu bezahlen. Dann rieb er sich die Hände und wir suchten unsere nächsten Kunden auf.

Über die folgenden Besuche werde ich nicht näher eingehen. Ich glaube, dass sich jeder selbst vorstellen kann, wie mehr oder weniger brutal Rene vorging, um die Gelder einzutreiben.

Als der Abend dann kam gingen wir wie verabredet zu Marianne in die Bar. Rene wechselte mit Maurice einige Worte, dann steckte er ihm ein dickes Bündel Geldscheine zu. „Hier", sagte Maurice und drückte mir zwei Hunderter zu. „Wie versprochen Taschengeld."

Ein paar Stunden später, als wir das Lokal verließen mussten Maurice und Rene mich stützen. „Ja ja Rotwein und Pastis eine tödliche Mischung für so einen Grünschnabel wie du", frotzelte Maurice. Und Rene meinte noch lachend „Da hast du dir aber einen schönen Rausch eingehandelt." Ich wollte noch protestieren, brachte aber nur noch ein unverständliches Gebrabbel zusammen. Maurice brachte mich auf mein Zimmer und warf mich wie ich war mit all meiner Kleidung auf mein Bett, wo ich auch sofort einschlief.

Am nächsten Morgen wurde ich unsanft mit einem Schwall Wasser im Gesicht geweckt. „Aufstehen du bist hier nicht im Urlaub", schrie Maurice, „Rene wartet schon unten auf dich." Nach einem kurzen Frühstück ging ich mit Rene dann erst mal wieder ins Gym. Dort bekam ich dann meine erste Boxlektion. Ich trat gegen den hiesigen Lokalmatador als Sparringspartner an. Ich wurde einige Male zu Boden geschickt, doch ich stand immer wieder auf und berappelt mich. Rene nickte mir anerkennend zu und meinte „Weißt du es ist nicht so schlimm, wenn man mal zu Boden geht, aber es ist schlimm, wenn man liegenbleibt und nicht mehr aufsteht." Damit verließen wir das Gym. Rene gab mir zu verstehen, dass ich nun soweit wäre es mal selbst zu versuchen mit dem Geldeintreiben.

„Der nächste Schuldner ist ein Metzger", sprach Rene.

„Sei vorsichtig, mit dem Typ ist nicht gut Kirschen essen, er schuldet uns an Zinsen 400 Euro." Ich trat ein und Rene folgte mir auf dem Fuß. Der Eigentümer der Boucherie stellte sich sofort breitbeinig hin und schaute grimmig drein.

Dabei umkrampfte er fest das scharfe Schlachtermesser, das er in seiner rechten Hand hielt. Ich sagte zu Rene "Versteht der überhaupt deutsch, so gut ist mein französisch noch nicht." „Wird schon gehen", knurrte Rene und schob mich endgültig in den Laden. Ich versuchte eine möglichst harte Miene aufzusetzen und ging auf den Mann zu. Dieser schaute mich nun seinerseits mit einer Mischung aus Belustigung und Brutalität an. Langsam wurde mir klar, warum Rene gerade hier meine Feuertaufe beschlossen hatte. „Was soll das Rene", sprach der Metzger, „was wollt ihr Blutsauger schon wieder, ich habe doch letztens erst 400 bezahlt." „Und was willst du mit diesem Grünschnabel?" Rene nickte mir kurz zu und ich rückte dem Metzger auf die Pelle. „Los Kohle her, heute ist wieder Zahltag und 400 Euro sind fällig", sagte ich. „Hol es dir doch Kleiner", sprach der Mann und streckte mir sein Schlachtermesser entgegen. Ich streckte meine Hand aus und wollte ihm das Messer entreißen. Viel zu spät bemerkte ich meinen Fehler, doch nun war es zu spät. Der Metzger reagierte sofort und zog mir das Messer quer über die Hand. Ich wich zurück und schrie laut auf. Blut spritzte von meiner Hand auf den Boden. Der Schmerz ließ mich aggressiv werden. Ich ließ ihm keine Chance seinen Triumph zu genießen, und hieb mit meiner blutenden Hand auf ihn ein. Höllische Schmerzen durchzogen meine Hand aber meine Schläge zeigten Wirkung. Nach kurzer Zeit lag mein Gegner blutüberströmt am Boden. Das meiste Blut dürfte dabei allerdings doch von mir gewesen sein. Ich griff in seine Kasse holte das Geld raus und gab es an Rene weiter. Dann ging ich wieder zur Kasse und entnahm nochmals 200 Euro und sprach „Schmerzensgeld, und nächste Woche kommen wir wieder." Ich hielt mir die Hand und verließ mit Rene den Laden. „Das sieht schlimm aus", sagte Rene, „wir gehen erst mal zu Maurice um dich zu verarzten." „Aber für den Anfang war das schon mal nicht schlecht, und deine Hand kriegen wir auch wieder hin." Eine Narbe wird aber bestimmt zurückbleiben.

Kurze Zeit später trafen wir an Maurices Haus ein. Dieser saß im Garten auf einen der verrosteten Stühle und trank Rotwein. Als er uns ankommen sah schielte er unter seiner Baskenmütze hervor. „Warum seid ihr denn schon da, ihr könnt doch unmöglich alle Schulden schon eingetrieben haben." „Haben wir auch nicht, aber der kleine Napoleon hat ihn mit dem Messer erwischt." „Der Deutsche hat sich aber gut geschlagen, wir haben das Geld für diese Woche von ihm bekommen."

„Komm Junge, zeig mal her oh das sieht böse aus", sagte er und zog mit dem Mund einen Korken aus einer unbeschrifteten Weinflasche. „Eau de Vin Lebenswasser zur inneren aber auch zur äußeren Anwendung", sagte er und goss mir dabei einen großen Schluck über die Hand. Der Schmerz ließ mich fast ohnmächtig werden. „Rene", sprach Maurice „hol mal den erste Hilfe Kasten aus dem Bad." Rene sprang auf und kam wenige Minuten später mit dem Kasten aus dem Bad. Nachdem ich verarztet war fragte ich Maurice „Warum nennt ihr diesen Bastard eigentlich kleinen Napoleon?" „Nun", sagte Maurice, „weil er halt so heißt." „Napoleon Montrachet", sprach Maurice und ließ dabei jedes Wort ziemlich lächerlich klingen. „Montrachet ist eine alte französische Adelsfamilie und schon Napoleons Vater hat da wohl an eine familiäre Verbindung geglaubt daher auch der ziemlich überzogene Vorname." Danach wurde ich von Maurice auf mein Zimmer geschickt und Rene übernahm für heute allein das Eintreiben der noch ausstehenden Schulden.

Die nächsten 3 Tage ließ Maurice mich meine Verletzung auskurieren. Am 4 Tag jedoch meinte er, dass ein wenig Theorie in Waffenkunde nicht Schaden könnte.

So verließen wir also das Haus und begaben uns in den rückwärtigen Teil des Gartens. Hier war das Gras wesentlich kürzer gemäht. Im Vordergrund stand ein großer Tisch auf dem verschiedene Gewehre, Pistolen und

Revolver verschiedenster Kaliber lagen. Im Hintergrund waren mehrere Schießscheiben zu sehen. Ich sprach zu Maurice: „Was sagen den eigentlich deine Nachbarn, wenn du hier Schießübungen abhältst. „Kein Mensch wagt es sich über Maurice Levebre zu beschweren" war die knappe Antwort. „Und die Bullen", meinte ich weiter. „Oh die Flick's", grinste Maurice „sollten die tatsächlich mal auftauchen, kriegt jeder von Onkel Maurice ein paar Scheine in die Hand und sie verschwinden dann ziemlich schnell wieder." Aber lass uns zum Thema zurückkommen, wir fangen mal bei den Faustfeuerwaffen an. Den kennst du wahrscheinlich schon aus einigen amerikanischen Krimis." Ein 38'er spezial auch Stupsnase genannt wegen des kurzen Laufes. Karl Malden hat ihn in den Straßen von San Francisco im Schulterhalfter getragen. Ist zwar alt, aber immer noch gut. Diese Waffe dagegen ist ganz modern und sehr leicht zu handhaben eine Glock 9 mm. Sie ist auch sehr leicht auseinanderzunehmen. Man muss nur diesen kleinen Hebel umlegen und schon kann man Lauf, Feder und Schlitten entfernen. Aber dazu später mehr, sobald deine Hand wieder fit ist, beginnen wir mit dem Schießtraining." Mein Blick fiel auf zwei wunderbare Langwaffen, aber Maurice meinte: „Nichts da die Buschmaster und die M 107 Barett sind Präzisionswaffen, da kommen wir erst später hinzu. Du wirst hiermit deine ersten Übungen machen." Dabei griff er unter den Tisch und holte eine sehr alt aussehende Waffe hervor. „Karabiner 98 den haben deine Leute 45 hier zurückgelassen als sie Hals über Kopf abhauen mussten.

Zwei Tage später hörte man hinten aus dem Garten Gewehrschüsse knallen. Nachdem ich einige Fahrkarten geschossen hatte, fing ich langsam an mich auf die alte

Waffe einzustellen und die Treffer wurden nun häufiger. „Naturtalent", nickte Maurice anerkennend. Als wir später zusammensaßen und die Waffen reinigten schaute mich Maurice ernst an. „Eines will ich dir aber gleich sagen, Rambos und Terminator-Verschnitte mag ich überhaupt nicht." Sicher wenn es nicht anders geht oder der Auftrag es so vorsieht dann ok Aber jeder Schuss sollte wohl überlegt sein, man riskiert viel, wenn man jemanden umlegt."

Mir wurde mulmig bei dem Gedanken irgendwann jemanden umlegen zu müssen. Mein Vater ok das hat sich halt so ergeben, aber ganz bewusst jemanden zu ermorden, das ist dann schon was anderes.

Maurice schien meine Gedanken zu erraten den er sprach: „Das erste Mal ist sicherlich immer schwer, aber ich muss leider sagen, dass es für dich kaum eine andere Möglichkeit gibt als das zu tun, was wir dir sagen."

Ich nickte stumm und Maurice schlug mir beschwichtigend auf die Schulter. „Gut", sagte er „machen wir Feierabend und gehen zu Marianne."

In den nächsten 14 Tagen unterrichtete mich Maurice dann auch an den beiden Handfeuerwaffen. Am meisten Spaß bereiteten mir aber die Maschinenpistolen, die da waren Thompson, Uzi aus Israel sowie die ganz kleine Scorpion. Beim Benutzen der Thompson hatte ich gleich beim ersten Versuch Ladehemmung. Maurice sprach zu mir: „Ich habe dich erst mal machen lassen und du hast, wie ich mir das schon gedacht habe, zum Trommelmagazin gegriffen.

Das sieht zwar in amerikanischen Mafiafilmen gut aus, ist aber unpraktisch, da sie oft hängen. Kann im

Ernstfall tödlich für dich sein also benutze lieber das Stabmagazin."

Als später Rene zu uns kam wies er mich an ihm meine Hand zu zeigen. „Schon recht gut verheilt also los ins Gym ich werde dir heute deine erste Unterweisung in Kampfsport geben." Vor der Tür stand sein Sportwagen und so stieg ich ein. Wenige Minuten später betraten wir das Gym. Als wir dann den Ring betraten sollte ich Rene angreifen. Zack, ehe ich mich versah, lag ich auf dem Boden. Und Zack ein zweites und drittes Mal. „Fremdenlegion", grinste Rene, „komm ich zeig dir wie es geht." Nach ein bis zwei Stunden hatte ich die ersten paar Griffe raus, denn auch hier erwies ich mich als gelehriger Schüler.

Am nächsten Tag sah ich Renes Sportwagen schon früh vor unserem Haus stehen. Maurice ging mit zwei Waffenkoffern aus dem Haus und verstaute sie im Wagen. „Wir machen heute einen Ausflug aufs Land also steige gleich ein."

Nach kurzer Fahrt erreichten wir ein abgesperrtes Gelände mitten im nirgendwo. Während Rene zwei Tapeziertische aufbaute holte Maurice die Koffer aus dem Auto. „So sagte Maurice, Zeit für die Königsdisziplin."

Er entnahm einem der Koffer die Buschmaster und baute in etwa 250 Meter Entfernung Schießscheiben auf. Auf diese Entfernung hatte ich mit dem Zielfernrohr keinerlei Probleme die Scheibe mittig zu treffen. Nach einer gewissen Zeit packte Maurice die Buschmaster wieder ein. Maurice öffnete den zweiten Koffer und holte das nächste Gewehr, ein Barett heraus.

Maurice nahm die zweite Schießscheibe und lief los. Rene baute die Waffe auf und Maurice wurde am Horizont immer kleiner.

„Diese Waffe in den richtigen Händen schießt auf 2500 Meter einer Fliege das Auge aus! Selbst mit einem ganz kalten Lauf einen sogenannter Cold Bone Shot ist das möglich. Die Sniper bei der US Army benutzen diese Waffe. Sie hat eine optimale Mündungsgeschwindigkeit von 990 Meter pro Sekunde und verschießt Spezialmunition." Dann griff er zu einem Feldstecher und hielt nach Maurice Ausschau. Dieser war mittlerweile auf dem Rückweg. 15 Minuten später war er wieder zurück. Rene nahm sich die Waffe und drückte ein paarmal ab. Er traf dreimal am äußeren Rand der Scheibe. „Ok", sprach Maurice, „noch etwas außer Atem und jetzt du."

Ich nahm die Waffe und schoss ein paarmal zur Probe.

Die nächsten Wochen wechselte ich zwischen Schießplatz und Gym. Auch ging ich wieder zum Geldeintreiben über, wo ich mittlerweile schon ziemlich gefürchtet war. Meist ging das ohne Probleme ab, denn die Sache mit dem Metzger hatte sich in Windeseile rumgesprochen.

Auf dem Schießplatz lernte ich schnell unter zu Hilfe Name von Temperatur, Windgeschwindigkeit, Ballistik und anderer Parameter zu schießen. Ich traf immer besser und so waren auch bald weiter entferntere Ziele kein Problem mehr für mich.

Eines Tages, wir waren mal wieder bei Marianne, hob Maurice das Glas und sprach: „Wir haben etwas zu feiern heute. 1. unser junger Freund hat heute Geburtstag und 2. Martin, beende ich hiermit deine Ausbildung Rene und ich können dir nichts mehr beibringen." Ich hatte keine Ahnung woher der alte Fuchs wusste wann ich Geburtstag habe. Dennoch freute ich mich sehr.

Feierlich übergaben sie mir mein Geschenk. „Bitte erst auf deinem Zimmer auspacken", meinte Maurice. Es wurde noch ein schöner und langer Abend und so mancher der an der Bar vorbeiging ließ sich anlocken und so feierte ich mit der halben Unterwelt von Marseille.

Als ich später endlich auf meinem Zimmer war konnte ich es übrigens kaum erwarten das Paket zu öffnen.

Ich riss Augen und Mund auf den in meinen Händen hielt ich die Glock.

Als volles Mitglied von Maurices Bande ging es mir nun richtig gut. Durch die Beteiligungen beim Geldeintreiben hatte ich immer genügend Bares in der Tasche. Und so folgte noch der eine oder andere Abend mit Wein, Weib und Gesang.

In Hauptkommissar Hansens Büro stürmte sein aufgeregter Assistent Petersen herein. „Erinnern sie sich noch an den Totschlag vor gut einem Jahr in der Hafenstraße", rief er ihm zu. „Ja, der Junge der seinen Vater erschlagen hat, Lubateck oder so ähnlich hieß der doch" und hielt dabei seine Tasse Kaffee seinem Mitarbeiter entgegen. „„Lubatchek" verbesserte dieser sofort. Die italienischen Kollegen von der Küstenwache haben die Nordwind aufgebracht und den Kapitän festgenommen. Der war wohl in umfangreiche kriminelle Machenschaften verwickelt. Bevor die italienischen Kollegen zuschlugen, hat wohl

Interpol vorher umfassend ermittelt und alle Aktivitäten der Crew beschatten lassen. Die Nordwind hat regelmäßig Waffen der Marke Heckler und Koch aus Bundeswehrbeständen in Hamburg an Bord genommen, die gestohlen waren. Die wurden dann nach Spanien gebracht, von wo aus sie dann in afrikanische Krisengebiete verschoben wurden, dort verliert sich dann ihre Spur. Kapitän Stellermann fuhr dann weiter und kaufte mit dem Geld aus den Waffenverkäufen im Orient Opiate ein, die dann in Deutschland im großen Stil auf dem Drogenmarkt verkauft wurden, mit diesem Geld wurden dann wiederum Waffen organisiert. Ein einträglicher Kreislauf, den wir da jetzt durchbrochen haben. Vermutlich hatten unsere alten Bekannten Jacob Groß und sein Kumpel Harry die Finger mit drin. Der Kapitän wollte mit den italienischen Behörden einen Deal machen und gab an, dass der Junge damals in Marseille von Bord ging. Dort verliert sich allerdings seine Spur. „Na ja", meinte Hansen, „das ist zumindest eine kleine Aktennotiz wert" und trank dabei genüsslich den Rest seines Kaffees aus.

Maurice sprach mich kurze Zeit später an. „Hör mal, du hast in letzter Zeit recht wenig Geld nach Hamburg geschickt und Harry macht sich deswegen schon Sorgen, ich musste ihm versprechen mit dir zu reden." „Stimmt, aber so wie ich Harry verstanden habe, dachte ich das hätte Zeit." Maurice entgegnete: „So wie es aussieht, ist wohl Interpol auf die Geschäfte von Harry und seinem Boss aufmerksam geworden." Außerdem hat er von zwei Typen eine Frau zusammenschlagen lassen, die ausgerechnet noch eine gute Bekannte vom dortigen Kommissar ist. Die beiden Schläger haben nun umfangreich gegen ihn ausgesagt und so haben sie ihn und seine Leute in Hamburg wohl erst einmal alle eingebuchtet. Und das heißt das er und seine Leute Geld brauchen. Du weißt schon Anwaltskosten und all so ein Scheiß." „Dann wissen die Bullen womöglich auch, dass ich hier bin." „Kann schon sein, aber ich glaube nicht, dass dir hier bisher irgendeine Gefahr droht."

Übrigens ich hätte da eine Möglichkeit für dich deine Schulden bei Harry auf einen Schlag loszuwerden und selbst noch ein schönes Sümmchen dazu zu verdienen es ist allerdings etwas heikel."

Ich war ganz Ohr. „Es geht um den Conte de Varenne ein Adliger, der wohl irgendwem ein Dorn im Auge ist und liquidiert werden soll.

Es muss sich aber wie ein Unfall darstellen, also fallen die Schusswaffen schon mal flach.

Lass dir mal was einfallen und unterbreite es mir dann, du hast eine Woche Zeit."

In der kommenden Woche fuhr ich in das beim Schloss der Varennes nahe gelegene Dorf. Dort quartierte ich mich im dortigen Gasthof unter falschen Namen ein. In der Schankstube erzählte ich dann jedem, dass ich Vogelkundler wäre. Damit konnte ich dann auch erklären, warum ich jeden Tag mit Fernglas und Block in die Natur ging. Waidmannmäßiges Aussehen war dabei obligatorisch. Und so fing ich an die Gewohnheiten des Conte zu ermitteln. Als die Woche zu Ende war, fuhr ich zu Maurice zurück.

Maurice und Rene erwarteten mich schon mit vollem Interesse.

Ich dunkelte den Raum ab und erklärte meinen Plan, wie ein Geschäftsmann, der seine Bilanzen vorführt.

Als ich geendet hatte staunten die beiden nicht schlecht. „So musst du das machen", sagte Maurice und Rene nickte mit dem Kopf. „Nun ganz ohne eure Hilfe geht es allerdings nicht" sprach ich. „Ok meinte Maurice was sollen wir tun." „Nun" „meinte ich, „wie wäre es mit einer Runde Boule?"

Am nächsten Tag suchte ich einige Schrottplätze in der Umgebung auf. Beim Dritten wurde ich fündig. Schon von außen konnte ich die beiden schrottreifen Jaguar E Type sehen. Ich betrat den Platz und sprach einen der Mitarbeiter an. „Ich suche für meinen E Type zwei Bremssättel, haben sie so etwas da?" „Muss ich schauen", sagte der Mann. Wir gingen zu den beiden kaputten Wagen und nach kurzer Untersuchung sagte der Mitarbeiter: „Also gut die Sättel sind von beiden Autos ok, dieser ist allerdings 10 Euro teurer, da der Bremsschlauch noch in Ordnung ist." „Ok", sagte ich, „ich spar mir die 10 Euro und nehme den billigeren, denn neue Bremsschläuche habe ich schon, ich kann dann selber die alten entfernen und die neuen Schläuche einbauen. Geben sie sich also keine Mühe, ich erledige das schon alles selber, auch die alten Schläuche werde ich selber entsorgen."

„Gut", sagte der Schrottler, „wenn sie das so möchten. Aber lassen sie die Bremsen dann noch mal bei einer Autowerkstatt überprüfen."

Ich versicherte ihm dieses zu tun bezahlte und fuhr nach Marseille zurück.

An einem Rastplatz legte ich eine kleine Pause ein und als ich weiter fuhr tropfte noch etwas Bremsflüssigkeit aus dem Bremssattel, den ich im Gebüsch entsorgt hatte.

Den Schlauch mit der dicken Ausbeulung, den ich abge-
schraubt hatte, lag in meinem Kofferraum.

Zwei Wochen später fuhren wir alle zusammen zum kleinen Dorf in der Nähe des Schlosses des Conte de Varenne. Wir quartierten uns alle im selben Gasthof ein, in
dem ich vorher schon war. Ich stellte Maurice und Rene
als Experten für seltene Vogelarten vor.

Am nächsten Tag gingen Maurice und Rene auf den Dorf-
platz wo schon einige ältere Herren beim Boule waren.
Es dauerte nicht lange und beide waren voll mit im Spiel.
  Speziell mit einer Person beschäftigten sich beide
intensiv.
  „Du bist also Charles", sagte Maurice „Also wir beiden
lieben auch Boule aber leider müssen wir morgen Nachmittag wieder abreisen" „Schade", sagte Rene „ich hatte
mich schon auf die Revanche gefreut."
  „Es gebe natürlich eine Möglichkeit." „Wie wäre es
denn wenn wir das ganze um die Mittagszeit starten."
  Charles griff sich an den Kopf und dachte nach.
  „Nun da wäre mein Geselle ja mit dem Wagen von
unserem Conte allein, ist mir eigentlich nicht so recht."
  „Ach komm sagten die beiden um die Zeit macht dein
Geselle doch eh Pause." „Ich habe zufälligerweise gesehen, dass auch er am Markt im Bistro sitzt. „Ihr könntet
dann zusammen wieder in die Garage gehen."
  „Also gut abgemacht sprach Charles also dann bis
morgen."

Am nächsten Tag um die Mittagszeit trafen sich alle
zum Boule auf dem Markt. Rene, Maurice, Charles und

einige andere Männer aus dem Dorf. Sie begannen nun ihre Kugeln zu werfen oder zu rollen wobei der Geselle und andere Gäste die gegenüber im Bistro saßen interessiert das Spiel beobachteten und dabei mehr oder weniger schlaue Kommentare abgaben.

Niemand bemerkte die Gestalt, die sich an der rückwärtigen Tür der Garage zu schaffen machte. Ich hatte keine Probleme das einfache Schloss zu öffnen. Mit zwei Schritten war ich am Auto und fuhr es mit der Hebebühne hoch. 10 Minuten später hatte ich die intakten gegen die defekten Bremsschläuche ausgetauscht. Noch etwas altes Fett darauf, die Bremsen entlüftet fertig. Ich ließ den Wagen runter und schaute auf die Uhr, ich musste mich beeilen.

Als ich kurze Zeit später zum Markt ging, kam mir der Geselle entgegen. Ich grüßte freundlich und ging weiter. Maurice und Rene sahen mich kommen und ich nickte ihnen kurz zu.

Später tranken wir alle zusammen im Bistro noch was, bis sich Charles mit den Worten verabschiedete: „Ich muss leider zurück, der Conte kommt seinen Wagen abholen."

Auch wir gingen zum Hotel und reisten ab. Jedoch fuhren wir nicht weit, sondern nur bis kurz hinter der Dorfgrenze, dann bogen wir rechts ab und fuhren ein Stück bergan. „Stopp", sagte ich, „von hier hat man den besten Blick."

Eine halbe Stunde später brauste der gelbe Jaguar aus dem Dorf und bog auf die steile Straße ab, die zum Schloss hinab führte.

„Da seht ihr", rief Rene „er kann den Wagen nicht mehr halten." Der Wagen wurde immer schneller und als die scharfe Linkskurve vor der Brücke über den Fluss kam brach er durchs Geländer und versank sehr schnell.

Wir drehten den Wagen und fuhren zurück nach Marseille.

Am nächsten Tag waren alle Zeitungen voll über den tragischen Unfalltod des Conte de Varenne.

Dieses war also mein erster Mord. Und erschreckenderweise muss ich zugeben, dass mir es gefallen hat.

Der scheinbare Unfalltod des Conte de Varenne schlug auch im Rest von Europa große Wellen, denn der Mann war nicht nur adlig, sondern hatte auch zahlreiche politische Ämter inne.

Kommissar Hansen schlug die Zeitung mit dem Bericht auf der Titelseite grade zu, als das Telefon in seinem Hamburger Büro läutete. Interessiert hörte er zu und machte sich dabei ein paar Notizen.

„Also gut dann bis übermorgen", sagte er und legte auf.

„Ach Frau Sommer", rufen sie bitte Pettersen an, er soll übermorgen hier sein."

Frau Sommer die langjährige Sekretärin von Hansen entgegnete: „Das wird ihm gar nicht recht sein, denn er hat ja Urlaub und ist zu seinem Bruder nach Dänemark gefahren." „Egal", sagte Hansen, „das ist wichtiger, wir bekommen Besuch." „Paris, Interpol"

Als Pettersen am übernächsten Tag im Büro erschien, war er ziemlich übel gelaunt. „Verdammt, was ist denn so wichtig, dass du mich aus dem Urlaub holst? Eigentlich wollten wir heute ins Tivoli gehen und dann einen Bummel durch Kopenhagen machen."

„Hoher Besuch, Interpol hat sich angekündigt." Pettersen pfiff vernehmlich durch die Zähne.

„Und was verschafft uns diese Ehre?", entgegnete Pettersen.

„Keine Ahnung, aber sie schicken ihren besten Mann."

„Kann nicht sein", grinste Petterson, der beste Mann bei Interpol ist Inspektor Clousoe."

„Ha, ha", lachte Hansen, „guter Witz aber dem sein Name ist auch recht witzig, Gideon Tipodoe."

„Ha, ha", lachte nun auch Petersen, „klingt wie ne Witzfigur aus der Zeitung, na mal sehen was das für einer ist.

Frau Sommer wunderte sich über die gute Laune der beiden Kommissare, denn das Lachen war auch in ihrem Büro nebenan zu vernehmen, war es doch nur durch eine Glasscheibe getrennt.

Zumal Pettersen heute Morgen äußerst übel gelaunt hereingeschneit war.

Doch da klopfte es an der Tür.

Als Frau Sommer die Tür öffnete betrat ein äußerst elegant gekleideter Herr den Raum, verbeugte sich leicht und küsste der überraschten Frau charmant die Hand.

„Darf ich mich vorstellen, Tipodoe, Gideon Tipodoe. Ich bin angemeldet und habe einen Termin mit den beiden Kommissaren."

„Ss sehr erfreut", stotterte Frau Sommer, „ich werde sie gleich anmelden", sagte sie und ging mit hochrotem Kopf ins Büro der Kommissare.

Als Tipodoe kurze Zeit später das Büro der Beamten betrat, blickten beide auf, sie hatten sich den Mann ehrlich gesagt doch etwas anders vorgestellt.

Hauptkommissar Hansen war der erste, der sich gefangen hatte. „Nun", sprach er, „was kann die Hamburger

Polizei für sie tun?" „Darf ich", sagte Tipodoe und deutete auf einen Stuhl. „Bitte", sagte Hansen. „Darf ich ihnen einen Kaffee anbieten?"

„Ja gerne", entgegnete Tipodooe.

„Frau Sommer", rief Hansen, „kommen sie doch bitte mal!"

Als Frau Sommer das Büro von Hansen und Pettersen betrat, war sie immer noch sichtlich durcheinander.

„Ach sind sie so gut und bringen uns allen eine schöne Tasse Kaffee."

Frau Sommer nickte, wobei sie Tipodoe etwas verlegen anschaute. Dann verließ sie das Büro, um kurze Zeit später wieder zurückzukehren.

„Danke Frau Sommer, stellen sie das Tablett bitte auf den Tisch, wir kommen dann schon klar."

„Milch und Zucker?" fragte Hansen.

„Nur etwas Milch, danke", meinte Tipodoe.

Nachdem sich Tipodoe gesetzt hatte, legte er eine schweinslederne Aktentasche auf den Tisch und zog daraus einen Umschlag, dem er einige Fotos entnahm.

Das erste Bild zeigte eine Leiche, die Hansen irgendwie bekannt vorkam.

„Das", sagte Tipodoe, ist der Conte de Varenne, der neulich tödlich verunglückte."

„Stimmt", sagte Hansen „davon habe ich heute erst wieder gelesen, aber was haben wir damit zu tun?"

„Nun der Conte war ein wichtiger Mann und Unfall hin oder her, wir waren gezwungen unsere Ermittlungen etwas auszudehnen."

„Dabei sind wir auf einen Bewohner des angrenzenden Dorfes gestoßen, der Fotos von einer Partie Boule gemacht hat."

Sprachst und zog dabei weitere Bilder hervor.

„Diese beiden Personen die sie hier rot umrandet sehen sind bekannte Größen der Marseiller Unterwelt."

„Ich kann zwar nichts beweisen, aber an solche Zufälle glaube ich nicht, dass ausgerechnet dann, wenn der Conte de Varenne ums Leben kommt, solche zwei Galgenvögel hier sind."

„Wir in Deutschland können uns solche Zufälle auch nur schlecht vor- stellen, ich verstehe allerdings immer noch nicht, was das mit uns zu tun hat."

Als würde er einen Joker ausspielen, legte er ein weiteres Foto auf den Tisch. Darauf war der ältere der beiden Franzosen mit einem anderen, wesentlich jüngeren Mann zu sehen.

„Ja", sagte Tipodoen, „das dürfte wohl eine Überraschung für euch sein."

„Martin Lubatchek", riefen beide ganz erstaunt.

„Also da ist er untergekommen, als er die Nordwind in Marseille verlassen hatte."

„Ja", ergänzte Tipodoe, „zu einem alten Kumpel von eurem Harry." „Es scheint, als würde er für Maurice Levebre als Geldeintreiber arbeiten."

„Ein Tag bevor der Conte de Varenne ums Leben kam, sind alle drei in dem kleinen Örtchen als vermeintliche Vogelkundler in den Gasthof gezogen."

„Vogelkundler das stinkt doch zum Himmel, wenn ihr mich fragt."

„Aber beweisen kann man natürlich nichts", meinte Hansen.

„Ja leider" bedauerte Tipodoe.

„Also eins steht fest, wir werden jetzt erst mal einen Auslieferungsantrag an die französischen Behörden stellen, schließlich wird Lubatchek hier wegen Totschlags gesucht."

„Es sei den wir können Maurice Levebre nachweisen das er beim Tot von Varenne die Finger mit im Spiel hatte und sein Kumpel Rene und euer Lubatchek mit im Spiel waren"

„Ich hoffe also auf eure Mitarbeit."

Er verbeugte sich leicht. „Meine Herren" und verließ das Büro.

Komische Type dachte Hansen noch für sich.

In Marseille ließ man die Champagnerkorken knallen.

„Also Martin, dieser Plan war genial, da kommt uns keiner drauf „sprach Rene.

„Das war ganz schön gerissen", meinte auch Maurice anerkennend."

„Sag mal, wie heißt du noch mal mit Nachnamen, Luba -was"

„Lubatchek", sagte ich.

„Weißt du was, diesen Name kann von uns eh keiner aussprechen. Von heute an heißt du bei uns nur noch „Le Loupe". Das klingt fast wie dein Nachname und bedeutet „Der Wolf". Das ist doch irgendwie passend", meinte Maurice. „Stimmt."

Die nächsten Tage erholte ich mich am Strand von Marseille.

Als ich nach so einem Tag zu Maurices Haus zurückkam, wurde ich schon erwartet.

„Schlechte Nachrichten", meinte Rene.

„Maurice hat einen Tipp bekommen, man sucht dich."

„Du musst sofort verschwinden", meinte auch Maurice, der eben grad erschien.

„Nun bist du auch noch ein einsamer Wolf auf der Flucht."

Ich stand schon wieder alleine da, gut, diesmal hatte ich erst mal genug Geld und die Glock in meinem Schulterhalfter gab mir eine gewisse Sicherheit.

Die Behörden tappten im Fall Varenne weiterhin im Dunkeln und so wurde er erst mal zu den Akten gelegt.

Die Suche nach dem Wolf lief auch schwieriger als gedacht.

Der Wolf hatte es sich nach seiner Flucht in einem Laden einen Laptop samt Zubehör gekauft.

Es dauerte einige Zeit, dann wusste er, wie man ins Darknet kam.

Dort bot er alsobald seine Dienste an.

Mein erster Auftrag, den ich aus dem Darknet erhielt, sollte mich nach Italien führen.

Es ging um einen Geschäftsmann.

Noch in Frankreich ließ ich mir für die Glock aus dem Darknet einen Schalldämpfer schicken.

Einen schwarzen falschen Bart und eine dazu passende lockige Perücke bekam ich über einen Theaterausstatter.

Ich band mir die Haare hinten zu einen kleinen Zopf zusammen.

Das schwarze Bärtchen dazu und der passende Zweireiher schon sah ich aus wie ein italienischer Geschäftsmann. Mit einem Aktenkoffer bestieg ich kurz vor Ventimiglia den Zug Richtung Grenze. Meine Waffe versteckte ich auf der Toilette.

So überquerte ich die Grenze nach Italien.

KAPITEL II

Nach endlosen Stunden im Zug kam ich in Süditalien an. Vor mir lag die Straße von Messina. Ich bezahlte einem übel aussehenden Skipper, der wohl sonst sein Geld mit Schmuggel verdiente, eine Handvoll Scheine für die nächtliche Überfahrt nach Sizilien.

Durch häufigen Wechsel meiner Beförderungsmittel hoffte ich meine Spur zu verschleiern. Es war noch Dunkel als wir die Küste erreichten, ich ging von Bord und näherte mich zu Fuß der nächsten Ortschaft.

Vor einer Bar döste ein Taxifahrer in seinem Wagen, ich weckte ihn und nannte ihm die Adresse eines Hotels.

Am nächsten Tag fuhr ich nach Palermo hinein. Ich hatte dafür einen schwarzen Lancia gestohlen.

Das große Bürogebäude, in dem Giovanni Callista arbeitete, lag vor mir. Ich fiel in meiner eleganten Kleidung nicht auf, als ich das Haus betrat.

Es dauerte nicht lange und ich hatte alles in Erfahrung gebracht, was ich wissen wollte.

Einen weiteren Tag später lungerte ich in der Nähe des Gebäudes in einem alten Fiat 500 herum.

Ich hatte auch äußerlich nun keinerlei Ähnlichkeit mehr mit dem eleganten Herren, der sich noch tags zuvor im Bürogebäude aufgehalten hatte.

Über die schwarz gefärbten Haare hatte ich nun eine blonde Perücke gezogen. Ich trug eine Jeans und ein kurzes T-Shirt mit einem Bild von Eros Ramazotti.

In meinen Mundwinkeln hängte lässig eine italienische Zigarette.

Als ich um die Mittagszeit mein Opfer aus dem Haus gehen sah, schmiss ich die Kippe weg, nahm die Glock vom Beifahrersitz und legte sie mir in den Schoss.

Ich startete und der Motor sprang sofort an. Ich fuhr los und als ich ihn erreichte, sprach ich in an: „Signore Giovanni Calista." Er drehte sich zu mir um und sagte nur „Si".

Ich hob die Waffe und schoss dem erstaunten Mann zweimal in die Brust und gab Gas. Hinter mir schrien die Menschen.

Nachdem ich auch den Fiat und meine Kleidung, die ich während der Tat trug entsorgt hatte, verwandelte ich mich wieder in den eleganten Geschäftsmann, der ich vorher war.

Ich blieb noch ein paar Tage und las in den Zeitungen von dem Mord.

Die Journalisten gingen von einem Mafiamord aus, zumal die örtlichen Clans sich gegenseitig beschuldigten. Typisch Italien dachte ich für mich und bestellte noch einen Cappuccino.

Am nächsten Tag schaute ich in meinem Laptop nach, ob mein Kunde bezahlt hatte. Tatsächlich 50000 Euro in Bitcoins. Jetzt hatte ich erst mal keine Geldsorgen mehr und so fuhr ich an die italienische Rivera nach San Remo.

Dort bezog ich im Hotel Excelsior eine Suite.

Das Hotel lag auf einer kleinen Anhöhe und hatte auch schon bessere Zeiten erlebt.

Ich war nun ein häufiger Gast am Strand und in der Hotelbar, denn ich wollte erst mal Gras über alles wachsen lassen.

Mein Lebensstil erforderte jedoch viel Geld und so sah ich mich bald gezwungen die nächsten beiden Jobs anzunehmen.

Beide Aufträge nahm ich auch wieder über das Darknet an. Ich erledigte beide mit meiner altbewerten Glock, was sich im Nachhinein leider als Fehler herausstellen sollte, denn dadurch kam Interpol erst auf meine Spur.

Beim ersten Auftrag handelte es sich um einen pädophilen Priester, der sich an kleinen Kindern aus seiner Gemeinde verging. Dafür sollte ich zwar nur 10000 Euro bekommen aber da diesen Fall mir aus moralischen Gründen besonders am Herzen lag, reichte mir das vollkommen. Ich betrat die Kirche und setzte mich in den Beichtstuhl. Nun brauchte ich nur noch zu warten. Nach einer gewissen Zeit betrat dann auch der Priester den Beichtstuhl. Ich sagte ihm, dass ich der Wolf sei und für den Mord an dem Geschäftsmann in Palermo verantwortlich sei und das ich deshalb mein Gewissen erleichtern wolle.

„Mein Sohn sagte der Priester „dies ist eine ernste Angelegenheit die nicht mit ein paar Vater unser zu erledigen ist, ich kann dir nur raten dich den Behörden zu stellen. Ich darf wegen des Beichtgeheimnisses von meiner Seite nichts weiter sagen und so ist dein Geheimnis bei mir in guten Händen. Aber von der kirchlichen Seite darf ich dich von deinen Sünden freisprechen.

„Und darf ich fragen, wer sie von ihren Sünden freigesprochen hat." Ist das überhaupt möglich so viel Schuld wie sie auf sich geladen haben."

„Wie meinst du das denn mein Sohn", fragte der Priester überrascht.

„Ich denke an die vielen kleinen Kinder, die du Schwein von einem Mensch missbraucht hast.

Und deswegen bin ich hier, um nun dir die Absolution zu erteilen. Damit schraubte ich den Schalldämpfer auf die Waffe und richtete sie auf den Priester, der immer noch im Beichtstuhl saß. Ich sagte „Im Namen des Vaters", wobei ich das erste Mal abdrückte. Das Projektil ging durch das Holz des Beichtstuhles in den Körper des Priesters, der sich aufbäumte. Ich fuhr fort und sagte „des Sohnes". Ich drückte erneut ab. Nun sackte der Körper ganz in sich zusammen. „Und des Heiligen Geistes" und die dritte Kugel verließ den Lauf meiner Waffe. Ich verließ den Beichtstuhl und sagte „Ach übrigens ich bin evangelisch."

Hinter mir viel der Priester aus dem Beichtstuhl und die wenigen Menschen, die zu dieser Zeit in der Kirche waren, rannten hin.

Doch ehe sie feststellen konnten, dass er erschossen wurde, war ich längst weg.

Für den darauffolgenden Auftrag wurden 100000 Euro geboten. Ich sollte eine Frau killen, die an das Erbe ihres Mannes wollte. Dieser lebte zwar noch, doch er vermutete, dass seine Frau ihm böses wolle und so sollte ich ihr zuvorkommen. Ich machte es mir einfach, ich ging zur Villa und klingelte. Als sie öffnete drängte ich sie mit vorgehaltener Waffe hinein. Ich fesselte und knebelte sie, dann suchte ich nach Bargeld und Schmuck. Ich fand dabei, wie mir schon versprochen wurde, die 100000 Euro, die mir als Bezahlung zugesichert waren. Nun nahm ich noch den Schmuck an mich.

Dann sagte ich zu der Frau: „Tut mir leid, aber ich kann nun mal keine Zeugen gebrauchen" und so schoss ich ihr in den Kopf.

Und so waren alsobald wieder zwei Aufträge erledigt und ich konnte mich wieder den Cocktails und den Damen zuwenden.

Inspekteur Gideon Tipodoe war eben in seinem Pariser Büro dabei mit seinem mobilen Golfset ein paar Schläge zu üben, als es an seine Tür klopfte.

„Entree", sagte er laut.

Herein kam ein kleines Männchen mit weißen Kittel und wenigen Haaren sowie eine überdimensionierte Brille auf der Nase. Dies war Sören Hallingfjord der schwedische Mitarbeiter der KTU.

„Na Sören was treibt dich zu mir", fragte Gideon.

„Ich hab da was, das solltest du dir mal anschauen."
Er legte dabei 4 Fotos auf den Tisch.

„4 identische Patronenhülsen", stellte Gideon fest.

„Ja alle von einer 9 mm Glock und alle wurden aus derselben Waffe abgefeuert", sagte Sören Hallingfjord.

„Diese Patrone zum Beispiel", meinte Sören und deutete dabei auf das erste Foto, fand man in Palermo nach einem Mord an einem zwielichtigen Geschäftsmann."

„Diese zweite Hülse dagegen", er legte wieder das entsprechende Bild auf den Tisch, „wurde nach der Ermordung eines Priesters gefunden."

„Was eines Priesters", rief Tipodoe erstaunt.

„Nicht irgendeines Priesters, dieser stand unter Verdacht sich an Kindern zu vergehen. Man konnte ihm aber nie etwas nachweisen, und du weißt ja, dass der Vatikan gerne solche Geschichten unter den Teppich kehrt.

Die 3. Hülse gehört zu einem weiteren Mord in der Nähe von Genua. Dabei deutete er auf das dritte Bild. Hierbei handelt es sich um einen Mord an einer Industriellen- gattin. Laut Aussage des Mannes wurden 100000 Euro und Schmuck gestohlen."

„Wer hat denn so viel Bargeld zuhause."

„Der Mann hatte schon vor Wochen einen neuen Sportwagen bestellt und wollte ihn bar bezahlen, da er dann noch einige Prozent bekommen konnte. Alles so- weit glaubhaft."

„Soweit jedenfalls, aber schauen sie weiter, denn die eigentliche Überraschung ist Bild Nummer 4, denn diese Hülse hat man im Garten von unserem Freund Maurice Lefebre gefunden."

„Was", rief Gideon Tipodoe und sprang von seinem Stuhl auf.

„Aber das würde ja bedeuten, dass Maurice und sein Kumpel Rene ein hieb- und stichfestes Alibi haben."

„Das wahrscheinlich deren deutscher Freund zum Killer mutiert ist", vollendete Sören den Satz.

„Das muss ich gleich nach Hamburg weiter melden", sagte der Inspekteur und griff zum Telefon.

Hauptkommissar Hansen und sein dänischer Kollege Pet- terson waren mittlerweile ein gutes Team geworden. Sie saßen beide in ihrem Büro, tranken Tee und ließen sich Fischbrötchen schmecken, während draußen die heiße Augustsonne auf die Stadt knallte. Im Büro war nur das leise Surren eines Ventilators zu hören, der das Arbeiten einigermaßen erträglich machen sollte.

Da schrillte laut das Telefon und störte die Pause der beiden.

„Polizeiwache 1 Hamburg, Hauptkommissar Hansen am Apparat." Hansen hörte kurz zu, dann sagte er: „Moment ich stell nur kurz auf laut."

Er nickte Pettersen zu und raunte leise „Interpol, Tipodoe".

Am anderen Ende der Leitung meldete sich der Interpolbeamte.

„Ich habe interessante Neuigkeiten für euch, erinnert ihr euch noch an den jungen Luba-verdammt wie hieß der gleich noch mal."

„Lubatchek."

„Genau der, nennt sich in Marseille – Le Loup – was so viel wie der Wolf heißt. Aber seit er sich von seinen beiden Protegés Maurice und Rene getrennt hat, scheint er sich als Killer zu profilieren."

„Was", sagten beide Hamburger Beamten und sperrten die Ohren auf, damit ihnen ja kein Detail entging.

Als sie Gideon Tipodoe über den letzten Stand informiert hatte, sagte Hansen: „Das ist allerdings mehr als nur eine Aktennotiz. Da sollten wir sehen, ob wir nicht noch was ermitteln können.

„Hm", sagte Pettersen, „wie alt ist der jetzt eigentlich so um die 20." „Ja kommt hin, steht eh alles in den Akten", entgegnete Hansen. „Ich habe mir auch schon Gedanken gemacht, wie er zu seinen Aufträgen gekommen ist", dachte Petterson laut.

„Und zu was für einen Schluss sind sie gekommen?"

„Nun das ist nicht so kompliziert, ich tippe auf das Darknet."

„Darknet habe ich schon mal gehört, aber was ist das eigentlich?"

„Nun das ist die kriminelle Seite des Internets. Da gibt es Drogen, Waffen, es geht um Menschenhandel und, und, und bis hin zu Auftragskillern."

„Und das ist zulässig", meinte Hansen. „Lässt sich leider nicht vermeiden."

„Gut aber wenn dem so ist, wie finden wir ihn dort?"

„Das ist allerdings das Problem", erwiderte Pettersen.

Nach einer längeren Recherche nickten beide sich zu.

„Ich hätte nicht gedacht, dass er es uns so einfach macht", stellte Pettersen fest.

„Ja", sagte Hansen und nun sind wir an der Reihe zu telefonieren."

„Und ich freue mich schon diesem eingebildeten Affen von Interpol unter die Nase zu reiben, dass wir nun einen Schritt voraus sind."

Kurze Zeit später war Gideon Tipodoe informiert. Natürlich ärgerte er sich, dass er nicht selbst auf das Darknet gekommen war. So hatte er dieses hinnehmen müssen und so blieb ihm nichts anderes übrig als zu erklären, dass er dem Wolf eine Falle stellen werde.

Als Martin Lubachek, genannt – der Wolf – das nächste Mal ins Darknet schaute riss er die Augen auf.

Da wollte doch jemand den Polizeichef von Marseille tot sehen und bot dafür eine halbe Million Euro. Das konnte er sich nicht entgehen lassen und so nahm er an.

In Hamburg klingelte erneut das Telefon und nach kurzem Gespräch meinte Hansen anschließend „Pettersen packen sie ein paar Sachen zusammen wir werden unseren Freund von Interpol besuchen.

Er hat wohl Lubatchek am Kanthaken und will das weitere Vorgehen besprechen. Anschließend soll es dann nach Marseille gehen.

„Na da bin ich aber mal gespannt, was Gideon sich da nun wieder ausgedacht hat", sprach Petterson leise vor sich hin.

„Nein, nein, nein und nochmals nein", regte sich der Polizeichef von Marseille auf, „was denkt ihr euch denn in Paris dabei mich einfach so zur Zielscheibe zu machen, ihr seid wohl nicht ganz bei Trost."

„Regen sie sich nicht auf", sagte Tipodoe am anderen Ende der Leitung, „ihnen wird nichts passieren wir haben alles im Griff."

Am nächsten Tag bestiegen Hansen und Pettersen den ICE nach Paris wo sie dann auch nach einer längeren Reise am Gare del Este ankamen.

Am Bahnhof wurden sie schon von Gideon Tipodoe und einem anderen Mann erwartet.

„Herzlich willkommen in Paris", sagte Tipodoe, „waren sie schon mal in Paris." Die Kommissare verneinten. „Oh dann Muss ich ihnen unbedingt die Stadt zeigen. „Der andere Mann räusperte sich nun vernehmlich. „Ach Entschuldigung darf ich vorstellen Eduard de la Salle der Polizeichef von Marseille." „Angenehm", meinten beide Kommissare.

Und nachdem sie ihr Gepäck sicher im Hotel verstaut hatten, folgte ein wirklich angenehmer Abend. Als die beiden dann nach unzähligen Gläsern Wein und einem ausgezeichneten Essen wieder das Hotel erreichten, waren beide einer Meinung das dieser Gideon Tipodoe wohl doch nicht so schlecht sei.

In Marseille bei Marianne in der Bar schauten Maurice und Rene grimmig in ihre Gläser. Seit die Gendarmerie und Interpol alles auf links gedreht hatten, liefen ihre Geschäfte nur noch schleppend.

„Ich glaube, das war keine gute Idee den Deutschen hier aufzunehmen, letztendlich hat es nur unserem Geschäft geschadet."

„Stimmt", sagte Rene, „es fließt kaum noch Geld und eintreiben kann ich zur Zeit auch keins."

„Eigentlich", meinte Maurice und schaute dabei nachdenklich zur Decke, „müsste er uns etwas als Ausgleich von seinem Einkommen abgeben."

„Eigentlich schon", sagte Rene.

Estelle war eine hübsche 22-jährige Französin mit einer schmalen Taille einer kleinen Oberweite und neckigen Zöpfen. Sie studierte in Paris an der Sorbonne doch zur Zeit hatte sie Semesterferien, die sie wie immer an der Cote d'Azur verbrachte. So lag sie auch heute am Strand, hatte die Sonnenbrille auf und genoss die anerkennenden Blicke der Männer, die vorbeigingen.

In diesem Moment klingelte ihr Handy.

„Hallo", meldete sie sich, „Oh Onkel Maurice", der Anruf schien ihr zu missfallen, denn sie zog die Stirn kraus.

Dennoch hörte sie zu. „Ein Gefallen, heute Abend in Marseille, in der Bar von Marianne, ok ich denke, dass ich das einrichten kann. Sie steckte ihr Handy zurück in ihren modischen Strandbag und dachte für sich mal sehen was der alte Gauner von mir will.

KAPITEL III

In Marseille hatten sich Maurice und Rene unauffällig auch nach dem Wolf erkundigt.

Als die beiden sich bei Marianne trafen meinte Rene: „Der Idiot, gibt sich gar keine Mühe sein Tun zu verschleiern. Jeder kann nachlesen was er so treibt."

„Wo kann man das denn lesen?"

„Im Darknet."

„Neumodischer Kram", grummelte Maurice, „werdet schon sehen was ihr davon habt."

„Aber der größte Hammer ist der, im Darknet wird la Salle als Opfer ausgelobt, für 500000 Euro. Der Polizeichef, also wenn da unser Kleiner nicht drauf anspringt."

„Und irgendwie", sagte Maurice, „kommt mir das spanisch vor, das stinkt direkt nach Falle."

„Ja", sagte Rene, „und wenn wir eine Möglichkeit hätten unauffällig mit ihm Kontakt aufzunehmen, könnten wir dann auch finanziell teilnehmen."

„Ich glaube dafür habe ich den richtigen Mittelmann", lächelte er süffisant.

Estelle hatte ihre Handtasche locker über die Schultern gehängt, ihr Rock wallte sich leicht in der Sommerbrise, so betrat sie die Terrasse des Cafés „Chez Marriane". Maurice stand auf und bot ihr einen Platz zwischen ihn und Rene an.

„Nun Onkelchen", sagte Estelle, „um welchen Gefallen handelt es sich denn?"

Maurice zog ein Foto aus der Tasche.

„Das ist Martin, ein Deutscher, du musst ihn für uns finden und ihn warnen, dass sein nächster Job vermutlich ein abgekartetes Spiel ist."

„Um was für ein Spiel handelt es sich denn?"

„Besser du weißt so wenig wie möglich."

„Aha Onkelchen ein krummes Ding."

Maurice zuckte nur mit den Schultern.

„Gut", meinte Estelle, „mal angenommen ich tu dir den Gefallen, wo soll ich da denn anfangen zu suchen?"

„Wir vermuten ihn irgendwo zwischen Marseille und Genua. Wir können ihn nicht suchen, da das sofort die Polizei auf den Plan ruft, die sucht ihn nämlich auch. Du dagegen brauchst nur mal da mal dort am Strand zu liegen und die Augen aufzuhalten.

Selbstverständlich bekommst du alle Spesen erstattet."

„Ok", sagte Estelle, „aber eine Garantie kann ich nicht geben."

„Schon klar", sagte Maurice.

Estelle klapperte in den nächsten Tagen die französische Riviera ab und hoffte den jungen Mann bald zu finden.

Sie suchte am Strand in den Hotelbars oder in den diversen Clubs.

Nichts.

Und so dehnte sie ihre Suche auf die italienische Riviera aus. Schon bald hatte sie Erfolg. In San Remo erkannte sie den Wolf.

Sie setzte sich in der Hotelbar des Excelsiors auf einen Barhocker, bestellte einen Aperol Spritz und schlug lasziv die Beine übereinander. Und so musste man sich auch nicht wundern, dass der Wolf sich sofort neben sie setzte als auch er die Bar betreten hatte.

Im Pariser Büro von Interpol erläuterte Gideon Tipodoe seinen Plan.

„Also wie ihr schon wisst ist unser Freund la Salle hier Polizeichef von Marseille. Ihn habe ich als Köder für den Wolf vorgesehen." „Ja", sagte la Salle, „und zwar ohne mich vorher zu fragen. Was wenn der Wolf schon zugeschlagen hätte?"

„Der Wolf arbeitet auch nicht umsonst und so habe ich ihm 100000 Euro als Anzahlung bezahlt und sie im gleichen Moment im wahrsten Sinne des Wortes aus dem Schussfeld gezogen. Was meinen sie was das für ein Stück Arbeit war so viel Geld von meinen Vorgesetzten loszueisen. Doch nun weiter zu meinen Plan. Also wir haben la Salle gegen ein Double ausgetauscht. Dieses Double trägt zum Schutz einen Rücken und Brust abdeckende schusssichere Weste. Da müsste er schon panzerbrechende Patronen haben und das glaube ich nicht."

„Und wenn er ihm nun einen Kopfschuss verpasst."

„Daran habe ich auch schon gedacht und habe einen ganz speziellen Anzug aus unserem Fundus hervorgekramt, sehen sie her."

Er verwies auf ein Foto.

„Das ist wohl der merkwürdigste Anzug, den ich je gesehen habe", bemerkte Pettersen. „Glaube ich gerne", sagte Tipodoe, „denn der ist genau für solche Fälle gedacht. Stellen sie sich vor unser Double ist etwa einen Kopf kleiner als unser Polizeichef. Wenn er den Anzug an hat befindet sich der Kragen über seinem Kopf. Obenauf wird dann eine genaue Kopie von la Salles Haupt befestigt, aus der Ferne nicht zu unterscheiden. Selbstverständlich ist der Wagen, den das Double benutzt, gepanzert."

„Aber wie wollen wir wissen wann er zuschlägt."

„Indem wir ihm nur eine Möglichkeit für ein freies Schussfeld bieten."

„Und die wäre", fragte erneut Hansen.

„La Salle hält jeden Morgen um 8 Uhr 30 eine Mitarbeiterkonferenz ab wo die Themen des Tages erörtert werden und die einzelnen Aufgaben verteilt werden."

„Dabei sitzt er immer am Kopfende des Tisches also mit dem Rücken zum Fenster. Gegenüber ist nur ein einziges Gebäude, das hoch genug ist, um einen sauberen Schuss abzugeben. In diesem Gebäude sind auf jeder Etage 3 Mitarbeiter versteckt, die mit Funk ausgestattet sind. Das Treppenhaus und die Tür zum Dach sind abgesperrt, so das ihm dorthin auch eine schnelle Flucht verwehrt ist. Wenn er nun geschossen hat, funken zwei weitere Mitarbeiter, die das Gebäude gegenüber genau beobachten, die entsprechenden Leute an. Jeder Stock ist dabei durch eine Zahl und jedes Zimmer durch einen Buchstaben gekennzeichnet. Wen sie also sagen 8 C so wissen die Leute das der Schütze im 8 Stock im 3. Zimmer von links sein Muss und sie können zuschlagen.

Jetzt war auch der letzte im Raum von Gideon Tipodoes Fähigkeiten überzeugt.

„Ist hier noch frei?", fragte der Wolf und setzte sich, ohne dabei eine Antwort abzuwarten. Estelle nickte nur, kurz schaute ihn an und schenkte ihm dabei ihr schönstes Lächeln.

Der Wolf lächelte zurück „Erlauben sie, dass ich mich vorstelle, ich bin Martin." „Estelle", kam die Antwort zurück. „Was für ein bezauberter Name", flirtete der Wolf. „Bist du im Urlaub hier", versuchte er das Gespräch im Fluss zu halten." „Semesterferien."

„Ah du studierst." „Ja Kunst an der Sorbonne in Paris", meinte Estelle. „Sie sind Pariserin."

„Nein ich stamme aus Marseille."

„Ah", sagte der Wolf, „Marseille kenne ich gut."

Sie schaute ihn jetzt direkt an.

„Dann kennen sie doch bestimmt die Bar – Chez Marianne – am alten Hafen."

Der Wolf runzelte die Stirn und wurde auf einen Schlag misstrauisch.

„Was hast du denn mit dieser Spelunke zu tun?", wollte der Wolf wissen.

„Mein Onkel ist dort Stammgast."

„Ich kenne die meisten Gäste dort, wer ist denn ihr Onkel?"

„Ich glaube schon, dass sie ihn kennen, mein Onkel ist Maurice Levebre."

„Was! Ihr Onkel ist Maurice, dann kann ich wohl davon ausgehen, dass unser Zusammentreffen kein Zufall ist."

„Das ist richtig, mein Onkel und Rene baten mich dich zu suchen und unauffällig Kontakt mit dir aufzunehmen. Ich soll dir ausrichten, dass dein nächster Job wahrscheinlich ein abgekartetes Spiel ist."

„Und weißt du auch was mein nächster Job ist?"

„Keine Ahnung, er meinte nur es wäre besser, wenn ich so wenig wie möglich weiß."

„Und dabei wollen wir es auch belassen, besser so."

„Sag Maurice bitte meinen Dank ich wäre vorsichtig."

„Wir sollen locker auf Tuchfühlung bleiben", meinte sie.

„Tuchfühlung", sagte der Wolf, „klingt gut" und rückte näher zu Estelle.

Der Wolf wachte am nächsten Morgen auf, er streckte sich wollig und ließ die letzte Nacht mit Estelle noch einmal Revue passieren. In der Dusche wurde eben das Wasser abgestellt und kurz darauf erschien Estelle mit einem locker um die Hüften geschlagenen Handtuch. Der Wolf beobachtete sie vom Bett aus wie sie sich langsam anzog. Dann stand er auf, küsste sie und als sie gegangen war, griff er nach dem Branchenbuch und wählte eine Nummer.

Zwei Wochen schon ließ Tipodoe nun schon seine Scharade stattfinden ohne das sich was bewegte.

Er sah schlecht aus, denn seine Vorgesetzten hatten auch schon wegen der 100000 Euro mächtig Druck gemacht. Auch Hamburg hatte sich schon zweimal gemeldet. Es ging und ging irgendwie nicht weiter und so nahm er noch einmal Kontakt zum Wolf auf.

Als sein Auftraggeber sich wieder meldete, lächelte er und dachte sich – Gut das die nervös werden, wenn es wirklich eine Falle ist. Er vertröstete den Auftraggeber, indem er sagte, dass das alles umfangreiche Planung erforderte.

Noch eine Woche später sah man den Wolf mit enger schwarzer Kleidung schwarzer Maske und seinem Gewehr auf dem Rücken außerhalb von Marseille.

Er stand auf einer Anhöhe neben einem Lenkdrachen.

Die letzten Wochen hatte er gelernt mit dem Drachen umzugehen.

Aus seiner Tasche zog er ein GPS-Gerät, programmierte es und schraubte es an die Steuerstange des Drachen.

Ein kurzer Anlauf und er erhob sich in die Höhe. In der warmen Luft stieg er sehr schnell. Er lenkte den Drachen in Richtung Marseille. Kurz vor der Stadtgrenze senkte er den Drachen und flog nun kurz über den Hochhäusern der Stadt hinweg. Er schaute auf sein GPS und ließ sich leiten.

Kurz darauf hatte er das Gebäude erreicht, das er gesucht hatte. Er flog rechts daran vorbei links ums Haus wieder zurück vollendete eine Acht und landete auf dem Dach.

Er parkte den Drachen, setzte sich an eine Mauer und legte sich die durchgeladene Waffe in den Schoss und döste ein.

Er wachte auf als ihm die Sonne ins Gesicht schien.

Er schaute auf seine Uhr. Fast 8.

Es war also langsam Zeit Position zu beziehen. Er baute die Benett auf und zielte schon einmal zur Probe. Der Lauf der Waffe schaute nur knapp über die Dachkante und war somit genau wie der Kopf des Schützen nicht zu sehen.

Nach einer gewissen Zeit fuhr ein Wagen vor und La Salle betrat das Bürogebäude. Ein paar Minuten später betrat er den Raum und setzte sich auf seinen Platz mit dem Rücken zum Fenster.

Der Wolf zielte, berücksichtigte alle Eventualitäten, dann drückte er ab.

La Salles Double haute es aus dem Drehstuhl. Er blieb liegen, in seiner kugelsicheren Weste war die Patrone stecken geblieben. Außer ein paar übel aussehende Prellungen hatte das Double nichts abbekommen. Die Spezialweste hatte schlimmeres verhindert. „Verdammt", rief einer der Interpolbeamten laut „wo ist der Kerl. In keinem der Stockwerke ist er auszumachen."

„Dort auf dem Dach", rief sein Partner.

Der andere griff zum Funk. „Schnell der Kerl ist auf dem Dach."

Wolf rannte zu seinem Drachen.

„Warum dauert das denn so lange los, schnell!"

Am anderen Ende meldete sich eine Stimme. „Sorry aber wir mussten erst den Schlüssel suchen."

„Was", schrie der Beamte in das Funksprechgerät.

„Scheiße, jetzt ist er weg, aber wohin ist er?"

Im gleichen Moment stürmten die Beamten mit gezogenen Waffen auf das leere Dach.

Der Wolf hatte sich mit seinem Drachen in die Straßenschluchten von Marseille gestürzt und riss nun hart am Holm um den Drachen vor dem Absturz zu stabilisieren.

Nachdem er endlich an Höhe gewonnen hatte, steuerte er wieder den Stadtrand an, wo er kurze Zeit später sicher landete.

Gideon Tipodoe rutschte immer tiefer in den Stuhl, in den er Platz genommen hatte.

„So eine Sauerei", wetterte sein Chef, „100000 Euro zum Teufel, ganz Interpol und die Marseiller Polizei blamiert. Hier schauen sie was die Presse schreibt", sagte er.

„Unbekannter Killer düpiert Einsatzkommando der Polizei."

Er knallte die Zeitung auf den Tisch.

„50 Leute vor Ort und der Kerl kommt trotzdem zum Schuss und kann auch noch entkommen als hätte er sich in Luft aufgelöst. Was haben sie mir dazu zu sagen."

Tipodoe wollte gerade den Mund aufmachen, aber sein Chef ließ ihn nicht zu Wort kommen. „Ich erwarte von ihnen einen umfassenden Bericht mit Vorschlägen wie wir den Täter doch noch dingfest machen können und das Geld zurückbekommen. Bringt mir diesen Kerl tot oder lebendig. Und jetzt gehen sie mir aus den Augen."

Gideon Tipodoe wollte sich grade erheben, als es an die Tür klopfte.

Herein kam die Sekretärin seines Vorgesetzten.

„Das kam eben via E-Mail herein", sagte sie und übergab ein kleines Blatt Papier, auf dem folgendes stand;

Sehr geehrte Herren von Interpol!
Wie sie sicherlich schon bemerkt haben, hat ihre kleine Inszenierung nicht funktioniert. Ich gehe auch nicht davon aus, dass ich den Auftrag weiter verfolgen soll. Sie können also Polizeichef De la Salle mitteilen, dass er sich vor mir nicht mehr zu fürchten braucht.
Leider kann ich ihnen das Geld nicht zurückzahlen, da das erstens in meiner Branche unüblich ist und ich zweitens auch erhebliche Auslagen hatte.

Wolf

Gideons Chef bekam einen feuerroten Kopf und die Ader an seiner Schläfe schwollen bedenklich an.

„So ein Sauhund", schrie er, „Gideon sie sind ja immer noch hier, raus jetzt und stellen sie sofort fest wo diese Mail herkam."

Nun aber machte sich Tiodoe aus dem Staub.

„Was wollen sie denn noch hier?", wurde die Sekretärin angeschrien, die immer noch im Büro stand.

„Ähm", räusperte sie sich, wie es ausschaut, hat dieser Wolf diese Mail nicht nur an uns, sondern auch an alle größeren Zeitungen von Marseille geschickt. Einige haben auch schon Sonderausgaben gedruckt."

Gideon Tipodoe entfernte sich schnell. Im Hintergrund hörte er wie sein Chef erneut explodierte als dessen Sekretärin sein Büro verließ.

Das Internetcafé, das die Polizei an diesem Tag noch aufsuchte, lag in der Stadtmitte von Marseille.

La Salle hatte nicht lang gefackelt, als er die Internetadresse davon bekommen hatte.

Mit ein paar Beamten und einem Durchsuchungsbefehl traten sie ein.

„Gendarmerie, hier ist jetzt erst mal Feierabend", sprach la Salle die wenigen Gäste an, die sich um diese Zeit hier aufhielten. Sie werden jetzt freundlicherweise ihre Ausweise vorzeigen und den Grund ihres Besuches nennen, dann können sie erst mal gehen. Wir danken ihnen für ihre Kooperation."

La Salle wendete sich nun an den Besitzer und hielt in ein Foto unter die Nase. „Kennen sie diesen Mann?"

„Ja, der war vor kurzem hier."

„Wann?"

„So vor 2 Stunden."

„An welchem Terminal war er?"

„Da vorne", deutete der Inhaber mit dem Kopf hin.

„Alle Geräte abbauen und eintüten", schrie la Salle.

„Wenn sie den Computer untersuchen wollen so glaube ich nicht, dass das was nutzt."

„Und warum das denn?", blaffte la Salle den verdutzten Mann an.

„Nun ganz einfach weil er Handschuhe trug, ganz dünne Handschuhe. Als ich ihn darauf ansprach sagte er, er hätte eine Kontaktallergie. „Trotzdem", sagte la Salle, „alles mitnehmen, wir wissen zwar, wer er ist, aber eine lückenlose Beweiskette ist immer gut."

Maurice und Rene saßen bei Marianne in der Bar und lachten sich über den Artikel im -Le Monde- schlapp.

„Da hat sich unser kleiner ein schönes Husarenstück erlaubt", sagte Maurice.

„Ja und dann noch alle öffentlich bloß zu stellen."

„Jetzt stehen sie schön mit heruntergelassenen Hosen da", meinte Rene.

In diesem Moment betrat Estelle die Bar und kam auf die beiden zu.

Sofort wurden ihre Minen strenger und Maurice schlug die Zeitung zu.

Estelle setzte sich zu ihnen und teilte ihnen mit: „Ich habe Martin gefunden und ihm eure Warnung mitgeteilt, wir haben abgemacht in Kontakt zu bleiben."

„So, so", dachte sich Maurice, da scheint sich ja was anzubahnen, na ja vielleicht passt mir das ja ganz gut in die Pläne.

„Wenn du ihn das nächste Mal wieder siehst, sag ihm, wir würden auch gerne weiterhin im Hintergrund für

ihn arbeiten gegen entsprechende Bezahlung selbstverständlich."

„Wollt ihr beiden nicht langsam mit der Sprache raus-
rücken um was es denn geht?"

„Vorläufig noch nicht, aber besser wäre, wenn dein
Kontakt zu Martin nicht allzu eng würde."

„Ich bin alt genug und das es hier nicht nur um ein
paar geklaute Eier geht, ist mir schon klar."

Damit stand sie auf und verließ die Bar.

Guter alter Maurice, dachte sich der Wolf, er hat natürlich
recht gehabt. Das wichtigste an einem Plan ist immer die
Möglichkeit sich zu jeder Zeit zurückzuziehen zu können. Wie
oft hatte er von den Idioten erzählt die zwar maskiert und
bewaffnet in eine Bank gestürmt haben, dies ist ein Überfall
gerufen haben und dann wie die Maus in der Falle saßen, wenn
die Polizei alles umstellt hatte. Das endete dann meistens
mit Geiselnahme, was noch ein paar Jahre mehr Gefängnis
bedeutete. Also Rückzug ist alles, hatte ihn Maurice gelernt.

Einen weiteren Rückzug hielt er jetzt auch für angebracht,
da ihn in San Remo der Boden doch etwas zu heiß wurde.

Vorher suchte er jedoch in einer Buchhandlung ein
Exemplar vom kleinen Prinzen heraus bezahlte und machte im Buch einige Markierungen. Dann gab er das Buch
der überraschten Verkäuferin zurück und ließ sich einen
Abholschein geben.

Im Hotel Excelsior setzte er sich zu einem letzten Drink
an die Bar, gab dem Mann dahinter ein großzügiges Trinkgeld und fragte ihn: „Können sie sich noch an die Dame
erinnern, mit der ich letztens hier war?"

„Si Signore, die Französin"

„Genau die, sollte sie nach mir fragen, geben sie ihr bitte diesen Abholschein."

Als Estelle die Bar verließ wurde das von den beiden Männern in dem kleinen Renault Twingo beobachtet.

„Die ist nun schon das zweite Mal in dieser Kaschemme, wer ist das?"

„Das kriegen wir raus, ich habe sie fotografiert", sagte der zweite.

Gideon Tipodoe hatte seine Leute und auch seine Vorgesetzten zu einer PowerPoint-Präsentation eingeladen. „Also ich fasse erst mal zusammen was wir haben."

Lubatchek Martin
geb. 3. 8. 1976 in Hamburg
Genannt auch der Wolf
floh nachdem er 1993 seinen Vater erschlagen hatte
nach Frankreich zu Maurice Levebre
Umfangreiche Ausbildung in Kampfsport und an Waffen.
Später die Vermutung am Tod vom Comte de Varenne
beteiligt zu sein.
Vermutlicher Mord in Sizilien
Zwei weitere vermutete Morde in Oberitalien
Und natürlich die Geschichte in Marseille

Wie wir jetzt durch Augenzeugen herausbekommen haben, ist er mit einem Flugdrachen auf dem Dach gelandet und genauso auch wieder gestartet.

Außerdem haben wir herausgefunden, dass er in San Remo im Exelsior abgestiegen war. Leider ist er schon ausgeflogen.

Nach Aussage des dortigen Barkeepers traf er sich mit einer jungen Frau und einmal übergab er ihr einen Abholschein für eine Buchhandlung

Damit verwies er auf eine Phantomzeichnung

„Ich glaube, da kann ich noch etwas zu beitragen", sagte einer der Beamten aus der hintersten Reihe.

„Diese Person haben wir vor Mariannes Bar in Marseille gesehen.

Wie wir weiterhin ermitteln konnten handelt es sich um die Nichte von Levebre."

„Was", schrien Tipodoe und sein Chef, „sofort lückenlos überwachen."

„Schon geschehen", meinte der Beamte dienstbeflissen.

Der Wolf und Estelle hatten mit dem Büchercode ein sicheres System entwickelt sich Nachrichten zukommen zu lassen.

Sie trafen sich häufig immer an anderen Orten und genossen ihre Liebe.

Nichtsahnend, dass sich die Schlinge langsam immer enger um sie zuzog.

Und so kam es, wie es kommen musste. Bei ihren nächsten Treffen gingen zwei Beamte dazwischen, die Estelle beiseite zogen während Gideon Tipodoe mit gezogener Waffe auf Martin Lubbachek alias der Wolf zuging und sagte: „Ich verhafte sie wegen mehrfachen Mordes Wolf, also leisten sie keinen Widerstand und kommen sie mit."

Doch so leicht ließ der sich nicht verhaften. Blitzschnell drehte er sich links von der Waffe weg, fasste den verdutzten Tipodoe an dessen Arm und warf ihn über seine Schulter. Unsanft landete dieser im Dreck. Der Wolf trat Tipodoes Waffe weg und zog nun seine

Glock. „Liegenbleiben", schrie er diesen an und zu den anderen beiden Beamten rief er, „das Mädchen loslassen aber dalli." Als darauf noch keine Reaktion erfolgte gab er einen Warnschuss in die Luft ab.

Daraufhin beschlossen sie seinen Wünschen schnell nachzukommen, ließen Estelle gehen und wehrten sich nicht, als Wolf sie in ihr Auto drängte.

Dann wandte er sich wieder Tipodoe zu, gerade noch rechtzeitig, denn dieser war eben wieder dabei nach seiner Waffe zu greifen.

Wolf trat ihm voll auf die Hand und Gideon heulte auf vor Schmerz.

„Ich sagte doch du sollst liegen bleiben."

„Los auf jetzt."

Tipodoe raffte sich auf und hielt sich die Hand, die immer noch höllisch schmerzte.

„Los jetzt in den Wagen eh ich mich vergesse."

„Du und deine beiden Pappkameraden werdet nun dahin zurückfahren, wo ihr hergekommen seid."

„Und sollte ich jemals wieder einen von euch in meiner oder Estelles Nähe sehen dann knallt's, das schwör ich euch."

Damit drängte er nun auch mit der Waffe im Anschlag Tipodoe in den Wagen und blieb so stehen, bis das Auto sich entfernt hatte.

Estelle schaute ihn an.

„Nun wird mir einiges klar" sprach sie, „du bist der Wolf stimmt's?"

„Stimmt", sagte er nur.

Am nächsten Tag ordnete Gideon Tipodoe die Festnahme von Maurice Levebre an.

„Genug auf dem Kerbholz hat der eh, außerdem können wir dadurch seine Nichte und durch die auch den Wolf unter Druck setzen" rechtfertigte er seinen Plan gegenüber seinem Chef.

„Gut", sagte dieser diesmal etwas mitfühlender als bei Tipodoes letztem Besuch, „was macht ihre Hand?"

Gideon griff zu der Schlinge, in der diese eingegipst ruhte.

„Bruch des Mittelhandknochens, Ring und Mittelfinger angebrochen", meinte er.

„Das Schwein jage ich und wenn ich ihm dabei bis in die tiefsten Winkel der Hölle folgen muss."

Im Krankenhaus war man sich nicht sicher, ob die Hand nicht steif bliebe." „Am besten sie bleiben erst mal zuhause und kommen erst wieder wenn es ihnen besser geht."

Maurice und auch sein Kumpel Rene wurden also verhaftet und in Untersuchungshaft gesteckt.

Polizeichef La Salle unterzog beide regelmäßig stundenlange Verhöre, um den Aufenthaltsort vom Wolf oder von Estelle zu erfahren.

„So glauben sie uns doch", sagten Maurice und Rene, „wir haben keine Ahnung wo sich meine Nichte und Martin aufhalten."

„Ich mach mir große Vorwürfe, weil ich Estelle damit hineingezogen habe, das können sie mir glauben."

„Und an meinen Bruder in Paris darf ich gar nicht erst denken."

„Der macht mich glatt einen Kopf kürzer, wenn er erfährt, dass seine Tochter wegen mir mit einem Profikiller auf der Flucht ist."

„Und genau deshalb werden sie mir sagen, wo deren Versteck ist und auf welche Weise sie Kontakt halten."

„Mein Gott, wie oft denn noch, wir wissen nichts", entgegnete nun Rene.

„Ich war immer schon das schwarze Schaf der Familie", meinte Maurice fast schon weinerlich.

„Wissen sie, ich war nicht immer so, ich stamme eigentlich aus einer großbürgerlichen Pariser Familie. Aber obwohl ich der ältere war, hat man mich um mein Erbe betrogen, als mein Vater starb und hat meinen jüngeren Bruder als Alleinerben eingesetzt.

Ich bekam nur den Pflichtteil und kaufte damit hier in Marseille die Bar -Che Marianne-.

Marianne war damals noch ein heißer Feger und wurde gezwungen von einem Algerier auf den Strich zu gehen. Ich hatte Mitleid mit ihr und half ihr diesen Mistkerl loszuwerden."

„Ah ich erinnere mich", bemerkte La Salle, „man fand ihn dann tot im Hafenbecken mit einem Messer in der Brust. Ich war damals noch ein junger Flick grade mit der Polizeischule fertig."

„Ja", sagte Maurice, „wir werden alle nicht jünger."

„Ja das stimmt", sagte nun La Salle, „aber eines lassen sie sich gesagt sein, Mord verjährt nicht."

„Das ist bald 40 Jahre her und sie haben mir damals nichts nachweisen können und können es jetzt erst Recht nicht."

„Oh, seien sie sich da mal nicht so sicher, die Tatwaffe liegt bestimmt noch irgendwo bei den Cold Cases in der Asservatenkammer."

Nun wurde Maurice doch nachdenklicher und sein Kumpel Rene sagte nun überhaupt nichts mehr.

Und so muss es auch niemand verwundern, wenn zwei Tage später die Marseiller Presse titelte:

Unterweltgröße von Marseiller Polizei verhaftet

Wie aus Polizeikreisen zu vernehmen war, wurde der stadtbekannte Kriminelle Maurice Levebre nun endlich aus dem Verkehr gezogen. Jahrelang hatte er die Stadt durch Schutzgelderpressungen, Geldverleih mit Wucherzinsen und diverser anderer Vergehen terrorisiert. Nun wird ihm anscheinend ein 40 Jahre alter Mord zum Verhängnis. Wie die Behörde weiterhin mitteilte, handelte es sich bei dem damaligen Opfer um den 25-jährigen Mustafa al Mashif einen Marseiller Zuhälter, der aus Algerien stämmig war. Er wurde damals mit einem Messer in der Brust im alten Hafen gefunden.

Nun hat die Polizei an diesem Messer noch DNA Spuren sicherstellen können, die eindeutig eben jenem Maurice Lefebre zugeordnet werden konnten.

Es ist damit zu rechnen dass der Staatsanwalt demnächst ein Verfahren wegen Mordes eröffnet.

Wir werden selbstverständlich werden wir weiterhin berichten sollten uns neue Meldungen vorliegen.

KAPITEL IV

„Mein Gott der arme Onkel", jammerte Estelle. Martin hielt sie fest im Arm und sie schmiegte sich eng an ihn. Martin", sagte sie, „du musst was tun, er ist schließlich dein Freund und mein Onkel obendrein."

„Du hast recht", sagte er, „aber leider befürchte ich, dass die genau damit rechnen, wir brauchen also einen guten, nein, einen sehr guten Plan."

Am nächsten Tag befahl La Salle seine Leute zur Ausgabe des Tagesbefehls.

„Herhören Männer.

Wir haben Order Levebre nach Paris zu überführen.

Wir müssen damit rechnen das eine Befreiungsaktion stattfindet. Aus diesem Grunde werden wir mit einer Eskorte durchfahren.

Und sollte der Wolf doch probieren Levebre zu befreien schlagen wir zu und kommen nicht mit einem, sondern mit zwei Gefangenen an.

Abfahrt ist morgen früh Punkt 6.

Weggetreten."

Am Abend des gleichen Tages ging La Salle wie jeden Tag in sein Stammrestaurant zum Essen.

Er bestellte sich einen Pernod als Aperitif und danach Bouillabaisse und einen halben Liter Chardonnay.

Was er nicht wusste, war, dass einer der Kellner ein Freund von Maurice war. Und so war es für Martin ein Leichtes diesen mit ein paar Scheinen dazu zu bewegen eine kleine kaum wahrzunehmende Retardtablette in die Fischsuppe hinzuzufügen.

Als La Salle seinen Pernot getrunken hatte, wandte er sich nun dem Essen zu. Der Kellner schaute ihm von Weitem verstohlen zu, aber La Salle aß genießerisch seinen Teller leer ohne etwas zu bemerken.

Die Mobil-Tankstelle, mit der die Polizei von Marseille einen dauerhaften Vertrag hatte, lag unweit des Reviers. Am gleichen Abend als La Salle seine Bouillabaisse genoss, näherte sich ein Konvoi von 6 Einsatzfahrzeugen jedes mit einem Fahrer besetzt.

La Salle meinte es wäre unnötig mit 12 Mann zum Tanken zu fahren.

„Wir müssen alle Autos volltanken", sagte der Beamte des ersten Wagens, „da wir morgen nach Paris müssen."

„Bleiben sie sitzen, ich erledige das für sie", meinte der Tankwart.

Während der Beamte noch mit dem Tankwart sprach huschte der Wolf hinter einer Mülltonne hervor und war mit einem Satz am ersten Polizeiwagen. Nun rollte er sich darunter und begann schnell zu arbeiten.

Als er mit dem ersten Wagen fertig war ließ er sich vom zweiten überrollen und ging genauso wie beim ersten Auto vor. Der Tankwart konnte ihn nicht sehen, da der Tank am hinteren Teil des Wagens war. Nachdem alle 6 Wagen manipuliert waren, fuhr ein Sportwagen gegenüber an die Zapfsäulen mit einer gut aussehenden Schwarzhaarigen.

„Nun schauen sie sich doch mal diesen heißen Feger an", meinte der Tankwart eben zum Polizist des letzten Wagens, „ich könnte schwören Italienerin, irgendwo aus dem Süden, man da müsste man noch mal jung sein."

„Stimmt", entgegnete ihm der auch schon etwas älttere Beamte und beide blickten sie nun in die Richtung der Frau, die ihnen nun ein Lächeln schenkte.

Während Estelle den Tankwart und den Polizisten ablenkte schlüpfte der Wolf blitzschnell unter dem Wagen hervor und verschwand.

Als Maurice in den Gefangenentransporter gesteckt wurde, trug er Handschellen und über den Kopf hatte man ihm eine Kapuze gezogen. Ein halbes Dutzend Polizei schirmte die Presse und auch alle anderen Beobachter ab.

Als der Transport sich nun endlich in Bewegung setzte, folgte ihm unbemerkt ein kleiner Peugeot.

Nachdem es nun schon 8 Uhr morgens war, meinte Martin zu Estelle: „So nun wird La Salle langsam unruhig werden, denn das Abführmittel sollte nach 12 Stunden langsam anfangen zu wirken. Sie werden jetzt bald gezwungen sein einen außerplanmäßigen Stopp einzulegen."

Es dauerte auch nicht mehr allzu lange und der Konvoi steuerte den nächsten Rastplatz an.

Der Wolf und Estelle folgten in sicherer Entfernung.

La Salle sprang aus dem Auto. „Das mir keiner seinen Posten verlässt, alle sollen warten bis ich wieder zurück bin."

Dann rannte er los Richtung Tankstellengebäude.

Martin packte aus seiner Tasche eine kleine Universalfernbedienung aus und betätigte die Knöpfe 1 bis 6 nacheinander. Das Gas, das daraufhin durch die an der Wagenunterseite angebrachte Kartusche in die Fahrerkabine strömte, war geruchlos und ließ alle Fahrer und Beifahrer in einen tiefen Schlaf fallen.

Martin und Estelle sprangen aus dem Auto und rannten zum Gefangenentransporter. Martin öffnete die Tür mit einem Dietrich und riss die Augen weit auf.

Im Wageninneren saß nicht wie erwartet Maurice Levebre sondern Gideon Tipodoe mit der Waffe im Anschlag seiner immer noch bandagierten Hand.

„Bitte meine Herrschaften, steigen sie doch ein, sie werden schon erwartet."

Der Wolf war so überrumpelt, dass er nicht anders konnte als dem Folge zu leisten. Estelle folgte ihm.

„Nun sie werden sich sicher fragen wie ich hier herkomme, nun das ist nicht so schwer. Wir wussten zwar nicht wie und wann aber wir konnten es uns denken, dass sie einen Befreiungsversuch wagen würden.

Wir haben dann nur noch diesen Gefangenentransport möglichst auffällig in Szene setzen müssen.

Ich bin übrigens mit einem Kollegen schon einen Tag früher mit dem TGV angereist und mein Kollege fuhr dann mit Levebre am gleichen Tag noch zurück nach Paris.

Ich brauchte dann nur noch mich entsprechend anzuziehen und mich als Maurice ausgeben.

Der dürfte übrigens schon in einer schönen Zelle von Interpol sitzen."

„Ich fürchte", sagte der Wolf, dieser Punkt geht wohl an sie."

„Schluss mit dem Punkte zählen, das Spiel ist aus."

Sie werden vor Gericht gestellt und dann wohl für lange Zeit sitzen müssen.

Und was sie betrifft junge Dame, sie können von Glück sagen, wenn sie noch einmal mit einem blauen Auge davonkommen.

Kurze Zeit später tauchte La Salle wieder auf „Ist schon was passiert?", fragte er.

„Die Mäuse sind in die Falle gegangen."

„Was", rief La Salle und schoss um den Transporter herum, um die Gefangenen zu sehen.

„Verdammte Saubande", rief er, „was habt ihr mir ins Essen gemischt?"

„Oh", meinte der Wolf und lächelte dabei leicht, „nur eine Rizinusölkapsel mit 12-stündiger Verzögerungswirkung."

Der Rest der Fahrt ging völlig ereignislos von statten und Tipodoe nahm an, dass der Wolf sich nun endlich in sein Schicksal ergeben hatte.

In Wahrheit jedoch spielte Martin in Gedanken alle Möglichkeiten durch, die ihn und Estelle für eine Flucht blieben.

Vorläufig fiel ihm aber nichts ein.

Kurz bevor sie Paris erreichten sprach er Tipodoe doch noch einmal an „Eine Frage hätte ich noch."

„Bitte fragen sie nur."

„Sie haben Maurice Lefevbre nach Paris gebracht, aber was hat man denn mit seinem Partner gemacht?"

„Ach sie meinen wohl Rene, den mussten wir leider wieder laufenlassen", sagte er zähneknirschend.

Außer Körperverletzung, Nötigung und anderer kleiner Verbrechen lag nichts gegen ihn vor.

Außerdem wollte keiner gegen ihn aussagen, hatten wohl alle Schiss und so mussten wir ihn gezwungenermaßen wieder laufenlassen."

Im fernen Hamburg schlug die Festnahme von Martin Lubatchek ein wie eine Bombe.

„Mensch", sagte Hansen zu Petersen, „sie haben ihn."

„Wer hat wen?", wollte Pettersen wissen.

„Sie haben Lubatchek und seine Freundin verhaftet."

„Unseren Lubatchek wie alt ist der den jetzt?"

„Der Totschlag an seinem Vater liegt jetzt 8 Jahre zurück, also müsste er 25 sein."

Der Prozess gegen ihn soll in 2 Wochen eröffnet werden, es heißt der Staatsanwalt will kurzen Prozess machen und ein Exempel statuieren.

Sein Komplize und Mentor ein gewisser Maurice Lefevbre haben sie schon zu 6 Jahren Gefängnis wegen Totschlags verurteilt.

Übrigens seine Freundin ist die Nichte von Lefevbre."

„Ach", sagte nun Pettersen, „und die sitzt jetzt auch."

„Nein", sagte Hansen, „der Staatsanwalt war der Meinung, dass sie sich lediglich in den falschen Mann verliebt hätte, und das wäre schließlich kein Verbrechen."

„Ja", sagte nun wieder Pettersen, „wenn das strafbar wäre, dann müsste man die halbe Welt einsperren."

Als Estelle entlassen wurde fragte sie Gideon Tipodoe.

„Es ist wohl nicht möglich mit Martin noch einmal zu reden?"

„Leider nein", schüttelte er den Kopf.

„Und meinen Onkel."

„Ich denke das wird sich einrichten lassen."

„Melden sie sich ganz normal an und sie können sich im Beisein eines Beamten der ihnen zuhört unterhalten."

Estelle betrat zwei Tage später die Haftanstalt, in der ihr Onkel einsaß.

„Hallo Onkelchen", sagte Estelle. Grimmig sah Maurice Lefvebre sie an.

„Ich hatte dir doch gesagt du solltest drauf achten das dein Kontakt zu Martin nicht zu eng wird."

„Ja Onkel ich weiß, aber das hat sich halt so ergeben."

„Junge Leute, ihr denkt einfach nicht über die Konsequenzen nach."

„Nun ja", sagte Estelle, „es ist wie es ist und wir können nun auch nichts mehr ändern aber wie geht es dir so?"

„War schon besser, ich denke ich werde wohl die nächsten Jahre hierbleiben müssen. Vielleicht wird mir dann der Rest zur Bewährung ausgesetzt."

„Meinst du wir könnten in irgendeiner Weise was für Martin tun?"

„Bitte nicht über laufende Verfahren reden", stoppte der Beamte die Unterhaltung.

„Ist ja schon gut", sagte Maurice, „ich wollte sowieso eben zurück in meine Zelle." Im Gehen sagte er noch „Nimm Kontakt zu Rene auf", dann wandte er sich endgültig um und ließ sich von dem Beamten wegführen.

Estelle ging zügig zum Bahnhof, kaufte ein Ticket für den TGV und war kurze Zeit später in Marseille, wo sie sich mit Rene traf.

„Ich kann leider nichts für Martin tun", sagte Rene zu Estelle. „Aber wenn du irgendetwas brauchst, Geld oder sonst etwas, helfe ich dir gerne.

Aber bei Martin müssen wir wohl erst mal das Ende des Prozesses abwarten und irgendwann kommt dann auch die Zeit für neue Pläne.

Aber momentan" und dabei schüttelte er den Kopf, „gibt es wohl keine Möglichkeit ihm zu helfen."

Der Prozess gegen Martin Lubatchek lief für diesen besser als erwartet. Dass er irgendwie am Tod des Comte de Varenne beteiligt war, konnte man ihm nicht nachweisen und die anderen Morde waren in Italien passiert. Blieb also nur noch der versuchte Mord am Marseiller Polizeipräsident La Salle.

Die Staatsanwaltschaft brummte ihm dafür 8 Jahre auf. Danach war geplant ihn zur weiteren Aburteilung erst nach Deutschland und dann nach Italien auszuliefern. Beide hatten Auslieferungsanträge gestellt.

Nach knapp 2 Jahren in Haft bekam er die Möglichkeit in der Gefängniswäscherei zu arbeiten, was ihm aber auch keine Möglichkeit zur Flucht bot.

Inzwischen war es Estelle sogar gestattet ihn zu besuchen.

Eines Tages brachte sie ein Buch mit und bat darum es ihm zu übergeben.

„Ah", sagte der zuständige Beamte, „Der kleine Prinz ist auch eines meiner Lieblingsbücher.

Aber sie werden verstehen das wir das Buch erst einmal gründlich untersuchen müssen, könnte ja ein Kassiber sein."

„Bitte", meinte Estelle, „muss ja wohl alles seine Richtigkeit haben"

Nach einer halben Stunde kam der Beamte zurück und lächelte „Alles in Ordnung ich werde ihm das Buch geben." Estelle freute sich, denn nun hatte sie eine Möglichkeit gefunden mit Martin unkontrolliert zu reden.

Beide hatten nun das gleiche Buch in der gleichen Ausgabe. Wenn sie nun sich eine kurze Nachricht zukommen lassen wollten, so gaben sie unbemerkt einen Code an den anderen weiter.

Das war die Seitenzahl, ab der gelesen werden musste.

Beim nächsten Treffen wurde dann ein weiterer Code ausgetauscht, mit dem man dann die entsprechenden Worte finden konnte.

So bedeutete etwa wenn Estelle sagte: „Ich habe am 24. einen Arzttermin wegen meines Blutdrucks, stell dir vor, als ich das letzte Mal dort war, hatte ich einen Puls von 190–193. Er hatte mir auch Fieber gemessen, war aber nur 36 Grad. „Ach so am 17. habe ich meine Schwester besucht." Die feierte ihren 46 Geburtstag und stell dir vor, selbst unsere Mutter mit ihren 72 Jahren war auch da.

83 Gäste waren da, ich hatte ihr für 96 Euro einen neuen Pullover gekauft."

Seite 24, Worte 190–193 „Ich werde selbstverständlich versuchen"
Seite 36, Wort 17 „dir"
Seite 46, Wort 72 „zu"
Seite 83, Wort 96 „helfen"

Um sich das einfacher merken zu können und um auch keinen Verdacht zu erregen wurden diese kurzen Botschaften meist auf mehrere Tage aufgeteilt.

Das war zwar etwas mühselig, ging aber sehr gut. Aber es wurde ja auch nur dann benutzt, wenn die Worte nicht für die behördlichen Ohren gedacht waren.

Die Semesterferien waren längst vorbei und Estelle hatte ihr Kunststudium wieder aufgenommen.

Ihre Gedanken weilten oft bei Martin und sie sehnte sich nach seinen Zärtlichkeiten. Jede Möglichkeit für einen Besuch bei ihm nutzte sie aber auch bei ihrem Onkel schaute sie oft vorbei.

Als sie Ende des nächsten Semesters wieder in Marseille war, traf sie sich wieder mit Rene. „Rene ich kann nicht ohne Martin leben, wir müssen ihn da rausholen komme da was da wolle."

„Hm", sagte Rene, „mal angenommen wir würden das schaffen, ihr bräuchtet Geld um eure Flucht zu finanzieren, sehr viel Geld."

„Daran habe ich auch schon gedacht", sagte Estelle, „also schau dir das mal an", sprachs und startete dabei ihren Laptop, „hier ist es."

Rene las, was da im Darknet ausgelobt wurde

- Antonio de la Vega -
- Staatsfeind unseres geliebten Landes wird hiermit für Vogelfrei erklärt -
- Wir möchten ihn lieber heute als morgen tot sehen -
- Unser Preis sind 5 Millionen US-Dollar. -
- Momentaner Aufenthaltsort, Paris, Frankreich -
- Hat dort Asyl beantragt und wohnt in einem Gebäude der französischen Regierung. -
- Nehmen sie bitte für weitere Verhandlungen Kontakt mit mir auf -

Davon habe ich gehört", meinte Rene, „das ist doch der Oppositionsführer dieses kleinen mittelamerikanischen Landes."

„Ja genau und ich habe den Auftrag auch schon angenommen."

„Was", rief Rene, "willst du denn auch noch zur Killerin werden."

„Iwo", sagte Estelle, „da kenn ich einen besseren."

„Und wen?", fragte Rene überrascht.

„Na wer hat wohl das beste Alibi von uns allen hat auf der Welt?

Martin."

„Was", rief nun Rene erstaunt, „und wie soll das gehen, wenn der sitzt?"

„Ich habe mir da schon was ausgedacht und auch schon zum Teil mit Martin besprochen."

In der nächsten Zeit häuften sich die Besuche bei Martin und die Beamten hatten schon ein wenig Mitleid mit dem verliebten Paar, das doch noch so lange getrennt sein würde.

In Wahrheit teilte Estelle Martin den Rest ihres Planes mit.

Bis alles organisiert war, sorgte Martin im Knast für Unmut unter den Insassen, aber immer so, dass er im Hintergrund blieb. Mal beschwerte er sich über das schlechte Essen bei seinen Tischnachbarn und dass die Wächter besseres bekämen. Mal ließ er eine Bemerkung fallen, dass der Hofgang schon wieder um 5 Minuten zu kurz war. Doch das Fass zum Überlaufen brachte, als er behauptete, das Gefängnispersonal würde die Mitbringsel der Angehörigen durchsuchen und immer einen Teil der Zigaretten behalten.

3 Tage später brach die Gefängnisrevolution aus die Gefangenen tobten im Hof und manche hatten auch das Dach gestürmt. Martin war auch mit aufs Dach gekommen, hielt sich aber im Hintergrund.

Es schien als warte er auf etwas.

Im richtigen Moment holte er den dünnen Faden aus seiner Hosentasche, den er auf der einen Seite mit seinem Rasierpinsel beschwert hatte. Auf der anderen Seite hatte er eine oben offene Milchdose befestigt. Er stand nun auf einem Teil des Daches, das vom Hof ab und der Straße zugewandt war. Hier standen keinerlei andere Häftlinge, da das Gebäude zu hoch für eine Flucht war und sie auch von der Hofseite nicht gesehen werden konnte. Er legte ein paar Steine, die er vom Dach aufhob, in die Dose. Dann ließ er diese schnell durch ein Fallrohr herunter. Da es von dieser Seite kein Rohr gab, durch das ein Mensch gehen konnte, war auch der Zugang zum Kanal nicht extra mit einem Gitter gesichert.

Rene und Estelle betraten daher ohne Probleme den Kanal und gingen Richtung Gefängnisaußenmauer weiter.

So dauerte es auch nicht lange bis sie das richtige Fallrohr mit der Milchdose gefunden hatten.

Rene griff in seine Jackentasche und holte einen kompakten Gegenstand heraus. Diesen setzte er nun in die Milchdose und zog zweimal an der Schnur.

Sofort wurde alles nach oben gezogen.

Am nächsten Tage des Aufstandes blieb der Wolf in seiner Zelle.

Er holte den Gegenstand hervor und drückte auf den Knopf mit der Aufschrift -Programmstart 1-

Außerhalb von Paris saßen Rene und Estelle auf ihren Campingstühlen im Freien. Vor ihnen stand eine Drohne, an deren Unterseite eine automatische Waffe hing.

Obenauf blinkte schon seit Stunden ein rotes Lämpchen.

Von einem Moment auf den anderen wechselte die Farbe auf grün und die Drohne hob ab und entfernte sich schnell. „Es geht los", sagte Estelle zu Rene, „los wir müssen wieder in den Kanal steigen also auf in die Innenstadt."

Martin schaute in seiner Zelle fasziniert auf den kleinen Bildschirm und die anderen Anzeigen.

Er konnte so genau sehen, dass die Drohne nun ihre richtige Höhe erreicht hatte und nun schnell Richtung Innenstadt flog.

Als sie wohl ihren einprogrammierten Punkt erreicht zu haben schien, ging sie senkrecht nach unten und landete dort genau nach Plan.

Wolf schaltete die Drohne aus und hoffte, dass selbst die Leute die heute ein merkwürdiges Brummen gehört hatten, dieses bald vergessen haben würden. Sie würden sich bald wieder ihren alltäglichen kleinen Problemen zuwenden.

Am nächsten Tag zielte er schon einmal zur Probe.

Er sah auf die Anzeige, die ihm die Werte für Temperatur, Windgeschwindigkeit und Entfernung mitteilten.

Dann drehte er am rechten Drehregler.

Leise sprang ein an der Drohne und der Waffe befestigter Stellmotor an und richtete diese nach rechts aus.

Ein kleiner Dreher am linken Regler und die Waffe regelte sich ein Stück zurück ein.

Nun stellte er die Höhe ein. So jetzt fehlte nur noch die Feinjustierung.

Am nächsten Tag betrat Antonia de la Vega den Balkon seiner Wohnung. Er warf das Handtuch weg, das er locker über den Schultern trug und zog sich sein Hemd an. Ein Vertreter der Regierung betrat nun ebenfalls den Balkon. Vega knöpfte sich noch den Kragen zu, als er es kurz husten hörte.

Er wollte sich eben umdrehen, um seinem Besucher – Gesundheit – zu wünschen als er einen stechenden Schmerz in seiner Brust spürte. Er schaute nun an seinem Hemd herunter, wo sich langsam ein großer roter Fleck bildete. Hust, Hust noch zwei Schuss und er brach nun endgültig tot zusammen.

KAPITEL V

Über das an der Drohne ebenfalls angebrachte Handy wurde die Ermordung live nach Mittelamerika gesendet und so wurden die 5 Millionen Dollar auf sein Konto auf den Kaiman Inseln überwiesen.

Nachdem Martin den Oppositionspolitiker erschossen hatte, drückte er auf - Programm 2 -.

Schnell erhob sich die Drohne und flog nun Richtung außerhalb der Stadt an der Seine entlang. Nach einem kurzen Flug stieg sie nun in Ihre maximale Flughöhe. Als diese erreicht war, zündete sich ein Sprengsatz und verteilte die Überreste der Drohne, und der Waffe über das ganze Umland von Paris.

Schnell lief der Wolf nun wieder aufs Dach, wo die Revolte noch im vollen Gang war, dann entsorgte er die Fernbedienung über das Fallrohr. Unten warteten schon Estelle und Rene nahmen sie in Empfang, damit auch der letzte Beweis entsorgt war.

Gideon Tipodoe dachte laut „Also wenn ich nicht wüsste, dass der Wolf hinter Schloss und Riegel ist, würde ich sagen, dass das auf seinem Mist gewachsen ist.

Aber Männer wie auch immer, wir müssen jeder Spur nachgehen also auf zum Gefängnis."

„Da ist noch Aufstand", sagte ein Interpol Mitarbeiter.

„Ich weiß", sagte Tipodoe, „und irgendwie habe ich das Gefühl, dass das kein Zufall ist."

Im Gefängnis herrschte noch das pure Chaos, als die Leute von Interpol kamen. Mit 6 Leuten suchten sie nach Wolf. In seiner Zelle fanden sie ihn entspannt auf dem Bett liegend und den kleinen Prinzen in der Hand.

„Aufstehen", brüllte Tipodoe, „Zellenvisitation."

Martin wartete geduldig bis die Untersuchung vorbei war. Er dachte an den Mann, den er erschossen hatte, eigentlich hatte er sogar eine gewisse Sympathie für ihn und seine Sache gehabt, aber Geschäft ist eben Geschäft.

„Untersucht den Wolf auf Schmauchspuren", schrie nun Tipodoe.

Wolf ließ sich widerstandslos untersuchen.

„Nichts, nichts", sagte er, „verdammt."

„Er kann von hier aus auch unmöglich geschossen haben", meinte ein anderer Beamter.

„Warum das denn?", fragte Tipodoe.

„Na schauen sie mal wen sie hier aus dem Fenster sehen, sie sehen nur die Rückseite des Hauses, wo das Opfer wohnte." Er kann ja nicht um die Ecke geschossen haben.

„Stimmt", sagte Tipodoe zähneknirschend.

Ein Tag später war der Aufstand genauso schnell wieder vorbei wie er gekommen war. Da der Wolf sich dabei sehr zurückhaltend verhaltend hatte, wurde das sehr positiv bewertet.

„Er war die ganze Zeit in seiner Zelle", sagte der Gefängnisdirektor.

Außer zweimal, wo er auch auf dem Dach war und auch da hatte er sich von den anderen Häftlingen ferngehalten."

„Was", sagte Tipodoe, „und was hat er da gemacht?"

„Er bückte sich wohl um die Schuhe zu binden und beim zweiten Mal schaute er nur in Richtung Stadt."

„Ich bin überzeugt davon, dass er mit dem Mord was zu tun hat. Ich weiß nur noch nicht wie er es gemacht."

„Also ich kann mir das nicht vorstellen, zumal der Mord auch erst passiert ist, als er wieder vom Dach war", entgegnete der Gefängnisdirektor.

„Sie glauben gar nicht wie raffiniert er sein kann", sagte Tipodoe.

Natürlich wurden auch Rene und Estelle überprüft.

Da Estelle eh zum Studium in Paris war, fiel sie nicht auf.

Rene hatte sich gegen Bestechung ein Alibi in Marseille verschafft.

Auch die Überprüfung der Konten brachte nichts.

Das Geld hatten sie sich direkt auf die Cayman Islands überweisen lassen.

Nun mussten sie nur noch eine Möglichkeit finden Martin aus dem Gefängnis zu holen.

Also meinte Rene: „So wie ich die Sache sehe, gibt es nur 3 Möglichkeiten"

1. Tot mit den Füßen voran auf einer Bahre liegend.
2. Schwer verletzt unterwegs Richtung Krankenhaus oder
3. Beim Verlegen in ein anderes Gefängnis.

„Glaub mir", erwiderte Estelle es gibt noch eine 4. Möglichkeit.

Die 4. Möglichkeit war aber riskant und barg einige nicht kalkulierbare Risiken.

Hauptsächlich war Schnelligkeit und gutes Timing vonnöten.

Da Wolf sich während des Aufstandes so ruhig verhalten hatte, wurde er in vielen Dingen nun bevorzugt behandelt.

Mal bekam er bei der Essensausgabe eine größere Portion, mal wurde er zu leichteren Arbeiten eingeteilt.

Auch sprach nun der Wachmann immer ein wenig mit ihm, wenn er durch die Gänge patrouillierte.

So auch an diesen Abend. Der Wachmann ging locker in den Hüften wiegend mit dem Schlagstock in der Hand die Zellen entlang, wobei er diesen über die Gitterstäbe rattern ließ.

„Achtung", sagten die beiden Beamten, die in einem Käfig auf dem Flur saßen, den der Beamte eben verlassen hatte.

„Er geht jetzt in den Seitengang."

„Ratter, ratter", hörten ihn seine Kollegen noch in der Ferne.

Dann schaltete die Kamera auf den Seitengang um und zeigte den Flur, wo sich der Beamte wohl mit Wolf unterhielt.

Anscheinend war es dem Kollegen etwas zu heiß geworden, denn sein Hemd war nicht ganz geschlossen.

„Wenn das der Chef sieht, na dann möchte ich nicht in seiner Haut stecken."

Was die beiden Beamten nicht wissen konnten, war, das der Beamte, kaum dass er um die Ecke gebogen war, und noch ehe ihn die Kamera wieder erfasste, sich vollkommen unvorschriftsmäßig direkt an Wolf gewand hatte, um ihm die deutschen Zigaretten zu übergeben, die er für den Wolf gekauft hatte. „He", riefen die beiden

Beamten, „wir können dich nicht sehen." „Ich bin hier",
sagte er, „komme jetzt gleich wieder in den Sichtbereich."
So ein Idiot, dachte der eine Beamte, jetzt hat er tatsächlich Ärger am Hals und trug diese vermeintliche Nach-
lässigkeit ins nächtliche Wachprotokoll ein.

Doch soweit ließ es der Wolf nicht kommen.

Blitzschnell griff er durch die Gitterstäbe und knallte den Kopf des Beamten dagegen. Dieser brach sofort
zusammen, jetzt musste es schnell gehen, bevor die Kamera in seine Richtung einschwenkte.

Da es schon Abend war, hatte sich der Beamte auch
nicht gewundert, dass der Wolf in Unterwäsche war.
Dieses nutzte er nun für sich. Schnell hatte er den Universalschlüssel des Wachmannes gefunden und öffnete
damit die Tür.

Als nächstes legte er den Beamten aufs Bett und zog
dessen Uniform an. „Schlaf schön", sagte er lächelnd.
Dann verließ er die Zelle und winkte, als die Kamera
wieder auf ihn einschwenkte, nun lief er zügig zurück
auf den Käfig der beiden Beamten zu.

Im diffusen Licht des Ganges sahen die beiden erst
im letzten Moment, dass das der Wolf und nicht ihr Kollege war.

Da Wolf nicht zu ihnen hereinkommen konnte, lösten sie sofort Alarm aus.

Wolf brauchte auch gar nicht zu den beiden hinein,
er musste nur schnell sein.

Er stürmte voran und schloss hastig zwei Schlösser mit dem Universalschlüssel des niedergeschlagenen
Beamten auf.

Von unten hörte man Schritte und laute Schreie.

Wolf rannte nun nach oben Richtung Dach.

„Der Wolf bricht aus, der Wolf bricht aus", klang es nun hinter ihm.

Mit wenigen Schritten hatte er nun das Dach erreicht und blockierte die Tür, durch die er eben gekommen war. Er hob beide Arme und winkte.

Nichts.

Mittlerweile wurde schon an die Tür geklopft.

Immer noch nichts

Nun versuchte man wohl mit einem harten Gegenstand die Tür zu öffnen.

Da ein kleiner Punkt am Horizont er kam schnell näher.

Die Tür schien nun endlich nachgeben zu wollen.

Der Helikopter hatte das Gefängnisdach fast erreicht und man warf von oben eine Strickleiter herunter die der Wolf sofort erklimmte, während sich der Heli schnell entfernte.

Kracks da gab die Tür zum Dach endlich nach, doch man konnte nur noch sehen, wie Martin ins Innere des Fluggerätes stieg, das sich sehr schnell entfernte.

Wie war es nur möglich gewesen so eine Flucht zu organisieren.

Estelle und Rene wurden überwacht.

Alle Kontakte alle Telefongespräche etc.

Und so folgten ihr die Beamten auch als Estelle mal wieder den TGV Richtung Süden bestieg.

Im ersten Tunnel, den sie befuhren, nahm sie über das Laptop Kontakt mit dem Darknet auf. Dieses bemerkten die Beamten aber nicht da, der Zug ein unabhängiges Bordnetz hatte. Und so blieb es den Beamten vorerst verborgen, dass Estelle eine ganze Weile im Darknet blieb.

Sie hatte folgende Seite aufgeschlagen.

- Fluchthilfe AG -
- Wir helfen aus allen Notlagen -
- z. B. Flucht aus Mexiko in die USA -
- Flucht von Nord- nach -Südkorea -
- Wir halfen damals auch unzähligen Personen aus der
  DDR in den Westen zu fliehen -
- Flucht vor Finanzämter und anderer staatlichen Organe -
- Flucht aus Gefängnissen rund um die Welt -
- Selbst bei der Flucht vor ihrer Frau und eventuellen Un-
  terhaltszahlungen ihrer Seite sind wir gerne behilflich -

Estelle stöpselte den Laptop aus und versteckte ihn unter
ihrer Jacke neben ihren Platz. Die beiden, die sie über-
wachten, hatten nichts gemerkt und sie hatte die Seite
so eingestellt das genau die zuletzt aufgerufene Seite
zuerst erschien.

„Man die hat wohl ne Dauerkarte bei der SNCF", dachten
die beiden Beamten, als Estelle kurze Zeit später wieder
mit dem Zug zurück nach Paris fuhr. Diesmal schien sie
mehr Zeit zu haben, denn sie benutzte einen normalen
Zug. Wenn gleich auch erster Klasse. „Mann diese jungen
Leute scheinen ja Geld zu haben wie Heu, wen sie schon
nicht TGV fahren, dann fahren sie immer Erster Klasse."
   „Kommen wir wenigstens wegen der Überwachung
auch mal in den Genuss einer 1. Klasse Fahrt", sagte
sein Kollege.

Estelle jedoch hatte die erste Klasse nur wieder gebucht,
um Anschluss an das Bordnetz zu bekommen. Und da

durch die geringere Geschwindigkeit des Zuges die Durchfahrten durch die Tunnel länger dauerten, konnte sie den Kontakt im Internet länger halten.

Als sie sich bei Fluchthilfe AG wieder gemeldet hatte, wurde sie zunächst einmal über sich selbst befragt.

„Reine Sicherheit meinte die Stimme am anderen Ende, wir werden sie zunächst überprüfen und setzen uns dann wieder mit ihnen in Verbindung. Das kann aber ein paar Tage dauern."

Bei der nächsten Kontaktaufnahme sagte die unbekannte Stimme „Ok sie scheinen sauber zu sein, also was können wir für sie tun?"

„Mein Freund Martin Lubatchek, genannt der Wolf, sitzt in Paris ein, holen sie ihn daraus."

„Wir dachten uns schon so etwas, denn die Überprüfung von ihnen ergab, dass sie die Freundin vom Wolf sind.

Wir werden einige Erkundigungen einziehen müssen und auch einige Leute schmieren oder anheuern müssen wir fordern von ihnen deshalb erst mal 10000 Euro."

„Ist OK", sagte Estelle.

„Wir melden uns dann wieder und werden ihnen ein konkretes Angebot unterbreiten, aber wie auch immer die 10000 werden wir auf alle Fälle einbehalten.

„Ja ich weiß schon", sagte Estelle, „das ist in der Branche so üblich."

„Genau", sagte die Stimme und verstummte.

Eine Woche danach wurde wieder Kontakt aufgenommen. Die Stimme sprach also: „Wir scheinen eine Möglichkeit gefunden zu haben, wie wir ihren Freund da rauskriegen.

Wir haben dort eine Kontaktperson, die gegen Geld dem Wolf über unseren Plan informiert hat.

„Er war einverstanden."

„Die ganze Sache ist aber kein Kinderspiel und nun ja der Wolf ist nun mal kein Unbekannter.

Deswegen ist unser Preis 500000 Euro.

Die 10000 werden ihnen angerechnet, wenn ein Abkommen geschlossen wird.

Die Zahlungsmodalitäten wären dann 190000 sofort und die restlichen 300000 sofort nach Erledigung des Auftrages."

„Ich nehme ihr Angebot an", sagte Estelle nur.

Estelle überwies von den Cayman Islands die geforderten 190000 Euro und die Aktion lief an und wurde erfolgreich abgeschlossen.

Als der Helikopter Martin an einem vereinbarten Ort abgesetzt hatte, bemerkte der Pilot noch „Bezahlen sie die Restsumme so schnell wie möglich meine Auftraggeber fackeln mit säumigen Zahlern nicht lange."

Eine Stunde später hatte sie die 300000 Euro auf das bekannte Schweizer Konto überwiesen.

Der Computer summte und auf dem Bildschirm erschien das Titelbild von Fluchthilfe AG.

Darunter stand:

- *Wir danken ihnen für ihre prompte Bezahlung -*
- *und für ihre Zukunft alles Gute -*

- sollten sie wieder einmal Hilfe brauchen dann mel-
den sie sich -
- Als Stammkunden würden wir ihnen für ihren nächs-
ten Auftrag 10 % Rabatt gewähren -
Mit freundlichen Grüßen

Da Estelle, bevor die Flucht stattfand, mit dem Helikopter abgeholt wurde, konnten ihre beiden Beschatter ihr auch nicht folgen.

Und nun stand sie da und hielt ihren Martin ganz fest in ihren Armen.

Martin streichelte sie zärtlich.

„Und wie soll das jetzt alles weitergehen", sagte er.

„Weiß noch nicht, aber erzähl doch mal wie die dich rausgeholt haben."

„Also das ging alles ganz fix, auf einem meiner Gefängnisrundgänge wurde mir euer Plan mitgeteilt, dass ich herausgeholt werden soll. Zu einem späteren Zeitpunkt sagte man mir auch wann, und wie ich mich dabei verhalten sollte. Der Rest lief dann ab wie am Schnürchen."

Als Gideon Tipodoe von dem Ausbruch erfuhr blieb er erstaunlicherweise recht ruhig. Darauf angesprochen meinte er nur: „Ach wisst ihr, irgendwie war das doch alles nur eine Frage der Zeit bis er fliehen würde."

„Nun was meinst du", sagte Estelle, „wohin jetzt?"

„Also ich würde sagen erst mal Richtung Süden."

„Nach Marseille?", fragte Estelle überrascht.

„Nein, da ist der Boden zu heiß für uns. Wir gehen weiter westlich und dann übers Baskenland nach Spanien."

„Und dann?", fragte erneut Estelle.

„Mit dem Boot nach Afrika, da dürften wir dann erst mal sicher sein."

Und so begannen sie ihre lange Reise Richtung Südwesten. Sie streckten die Finger raus und trampten. Keiner der Fahrer erkannte sie. Beim 4. Mal allerdings wurden sie von einer Polizeistreife gesehen, welche nun umgehend eine Personenüberprüfung vornehmen wollte.

„Polizei", meinte der ältere, „Führerschein und Wagenpapiere und die Ausweise von ihnen", meinte er ohne Estelle und Martin dabei anzusehen.

Das tat dafür sein jüngerer Kollege, der nun sofort rief: „Mensch das ist ja der Wolf!"

Estelle handelte schnell, noch bevor der junge Streifenpolizist seine Waffe ziehen konnte, trat sie ihm zwischen die Beine.

„Was der Wolf", sagte nun der ältere von beiden Beamten und drehte seinen Kopf überrascht zu seinem Kollegen hin.

Diese Schrecksekunde langte dem Wolf, er streckte den Mann mit einem Faustschlag nieder.

Dann nahm er die Waffe des älteren an sich und drehte sich zum Fahrer des Wagens, den sie eben grade angehalten hatten.

Dieser war eben im Begriff loszufahren.

„Los aussteigen", sagte der Wolf.

„Tun sie mir nichts", sagte der Mann, „ich habe Frau und Kinder."

„Verhalten sie sich ruhig", meinte Martin in beruhigenden Ton, „dann passiert niemandem etwas."

„Ich habe dem anderen Beamten auch seine Waffe und beiden ihre Handschellen abgenommen."

„Ok, leg den beiden ihre Handschellen an."

Dann wandte er sich wieder an den PKW Fahrer.

„Darf ich sie bitten mir ihr Handy zu geben."

Der Mann gab es ihm ohne Widerstand.

„Bei der nächsten Raststätte gebe ich es ab."

Dann zerstörte er die Funkgeräte der Polizisten.

„Und nun hätte ich gerne auch noch ihre Wagenschlüssel."

Auch die bekam er widerstandslos ausgehändigt. Dann band er dem Mann mit Kabelbinder, die er aus dem Polizeiwagen entnommen hatte, die Hände zusammen.

„Auch ihren Wagen können sie sich an der nächsten Raststätte wieder abholen."

Und so stiegen sie ein und fuhren davon.

Das Auto aber, das sie mitnahmen, fand man später tatsächlich auf der nächsten Raststätte mit steckendem Schlüssel und dem Handy auf dem Beifahrersitz. Dafür wurde dort ein anderer Wagen gestohlen, der aber leider nicht mehr auftauchte.

Und so wechselten sie alle paar 100 Kilometer das Auto, bis sie das Baskenland erreicht hatten.

Gegen Bezahlung von 500 Euro stellte der Bergführer, den sie im nächsten Gasthof vermittelt bekamen, auch keine lästigen Fragen. Und so erreichten sie nach einer anstrengenden nächtlichen Wanderung Spanien.

In einer Herberge übernachteten sie und ruhten sich ein paar Tage aus, dann gingen sie weiter unter dem Vorwand den Jacobsweg zu suchen.

Nach ein paar weiteren Stunden Fußmarsch erreichten sie auch diesen.

Aber statt dem Weg zu folgen gingen sie weiter Richtung Süden.

An einer Landstraße nahm sie ein freundlicher LKW-Fahrer mit und so erreichten sie schließlich Torremolinos am Mittelmeer.

Nach einer gewissen Zeit fanden sie ein Internetcafé. Die Lage war günstig, niemand darin zu sehen und so betraten sie den Raum. Da der Schlüssel in der Tür steckte, schloss Estelle sofort hinter ihr ab.

„He", rief der Inhaber und kam hinter seinem Tresen hervorgeschossen.

Wolf stoppte ihn, indem er ihm die Waffe unter die Nase hielt.

„Wenn du machst, was wir sagen, sind wir in 10 Minuten wieder weg und ein kleines Trinkgeld gibt es auch noch."

„Los Estelle, zieh die Rollläden runter."

„Schon dabei", sagte diese.

„OK und nun schalten sie ein Terminal frei."

Schnell setzte sich Estelle an das Terminal und rief dort wieder die Fluchthilfe AG auf.

„Nun was können wir diesmal für sie tun?"

„Wir bräuchten eine Möglichkeit hinüber nach Afrika zu kommen."

„Kein Problem, wo sind sie jetzt?"

„Torremolinos."

„Ok warten sie bis übermorgen und gehen sie dann zum Strand, sie bekommen dann ein Boot gebracht. Damit sollten sie es schaffen bis nach Libyen."

„Und die Kosten?"

„15000, 5000 für das Boot, 5000 für die Flüchtlingsfamilie die im Boot sitzt und 5000 für uns."

„Was hat denn eine Flüchtlingsfamilie mit mir zu tun?"

„Sogar sehr viel. Erst mal sollten die aufgegriffen werden, so wird man denken es handelt sich um eine normale Flüchtlingsfamilie. Dann ist es für die Familie obendrein noch gut, dass sie in keinem überfüllten Boot sitzen muss, das jeden Moment kentern kann. Obendrein hat die Familie 5000 Euro Startkapital.

Dieser Job ist eigentlich für alle ein Gewinn.

„Es gäbe da leider noch ein Problem."

„Und welches wäre das?"

„Wir sind ziemlich blank und bräuchten in Afrika Geld."

„OK, wie viel benötigen sie?"

„Etwa 10000 Euro."

„Kein Problem, wir werden die Summe für sie hinterlegen. Also ihre Rechnung wäre dann 15000 Euro -1500 Stammkundenrabatt sind 13500 +10000 Euro, für sie macht 23500 Euro OK."

„Das ist ok", sagte er, meldete sich ab und überwies den geforderten Betrag in die Schweiz.

Er legte noch 100 Euro auf den Tresen und dann verschwanden sie.

Am nächsten Morgen, die Sonne ging gerade auf, hörte er ein leises Motorengeräusch von See her. Es dauerte nicht lange und er konnte ein großes Schlauchboot erkennen. Als es sich dem Ufer bis auf wenige Meter genähert hatte, erkannte er darin 3 Kinder, eine junge Frau mit einem Säugling im Arm und einen Mann, der wohl die ganze Nacht über das Boot gesteuert hatte. Der Mann sprang jetzt aus dem Boot und zog dieses nun Richtung Land. Martin sprang ins Wasser und gemeinsam schafften sie es das Boot an Land zu ziehen. Während die Frau und die

Kinder nun an Land gingen, schüttelten sich die beiden Männer die Hände. Dann sagte der Afrikaner zum Wolf „Du merken 38423 Konto, Lybische Staatsbank Tripolis."

Dann machte er sich mit seiner Familie aus dem Staub.

Martin und Estelle jedoch nahmen Platz im Schlauchboot und fuhren hinaus aufs nächtliche Mittelmeer.

KAPITEL VI

Gideon Tipodoe versuchte mit den wenigen Puzzlestücken die er hatte sich ein Gesamtbild zu machen.

„Also hier war die Sache mit den beiden Streifenpolizisten, 2 Kilometer weiter westlich haben sie das Fahrzeug gewechselt. Wir haben dann alle Mautstellen überprüft in der Gegend und konnten dann einen südlichen Kurs ausmachen.

An einem Gasthof im Baskenland verliert sich die Spur. Ein Bergführer gibt noch an, sie bis auf den Gebirgsgrad gebracht zu haben, dann wäre er aber wieder abgestiegen, während sich unser Gangsterpärchen wohl nach Spanien abgesetzt hat.

Die Behörden in Spanien sind schon informiert, konnten aber bisher den beiden nicht auf die Schliche kommen."

Die beiden erreichten Libyen nach einer 2-tätigen Überfahrt. Das Wetter auf See wahr ihnen gnädig gewesen und so gingen sie unversehrt an Land.

In Tripolis verschafften sie sich erst mal wieder frisches Geld.

Natürlich blieb die Flucht von Martin und Estelle auch in Hamburg nicht unbemerkt.

„Wenn die Sache nicht so ernst wäre, könnte man direkt darüber lachen wie der Wolf unsere französischen Kollegen narrt", bemerkte Petterson. „Ja", entgegnete Hansen, „aber dennoch tut mir Tipodoe leid. Irgendwie habe ich ihn in mein Herz geschlossen."

„Aber mal was anderes, hör mal zu Sven", bemerkte Hansen, „ich habe absolut keine Lust mehr denen bei ihren Stümpereien zuzusehen, ab sofort sind wir wieder mit im Spiel."

„Und wie Karl", fragte Pettersen.

„Ganz einfach. Das BKA wird Zielfahnder einsetzen und die werden ganz schnell Oma und Opa aus der Brenne holen."

„Bitte was", fragte Sven Petterson irritiert.

„BKA Jargon. Das heißt so viel wie einen oder eine zur Fahndung ausgeschriebene Person aufspüren und zurück nach zu Hause bringen."

„Aha na dann hoffe ich doch, dass die mehr Erfolg haben werden als unsere Kollegen von Interpol."

Das deutsche Pärchen fiel kaum auf in dem kleinen baskischen Gasthof.

Nach 3 Tagen gaben sie vor eine Wanderung hoch ins Gebirge machen zu wollen und fragten nach einem bestimmten Bergführer.

„Da haben sie sich aber ein übles Subjekt ausgesucht", sagte der Wirt. „Ich kann meinen Sohn Bescheid geben, da sind sie sicherer."

„Nein vielen Dank, wir haben uns für diesen Herrn entschieden."

„Bitte", entgegnete der Wirt etwas eingeschnappt, dass die beiden sein Angebot nicht angenommen hatten.

„Aber sie müssen sich nicht wundern wenn er sie übervorteilt."

„Wir kommen schon klar", sagte Petra Kramer.

„Ja und vielen Dank für alles", sagte auch Jürgen Müller. Beide waren Zielfahnder beim BKA.

Am nächsten Tag wanderten sie hoch hinauf ins Gebirge.

„Nun", sagte der Bergführer, „da sie sich hier ja wohl nicht auskennen, bin ich der Meinung, dass wir noch einmal über den Preis reden sollten, ansonsten lasse ich sie einfach hier stehe."

„Ja", sagte der deutsche Beamte, „das sollten wir, aber nicht so wie sie sich das denken."

Dabei griff er in seine Jacke und holte eine Walther heraus, seine Partnerin tat es ihm gleich.

„So und nun mach's Maul auf, das Pärchen das überallgesucht wird, wo ist das hin?"

„Aber das habe ich doch alles schon der Polizei gesagt."

„Interessiert mich nicht, führ uns hin wo sie nach Spanien abgestiegen sind."

„OK, ok ist ja schon gut, das ist etwa eine halbe Stunde von hier."

„Also los", spornte der Zielfahnder zum Aufbruch an.

Die kleine Gruppe kam zügig voran und so erreichten sie die vom Bergführer genannte Stelle.

„Und wie jetzt weiter?", fragte Petra Kramer."

„Also sie sind auf diesem Weg runter nach Spanien gelaufen."

„Gut", fragte nun Jürgen Müller, „und wo führt der hin?"

„Der Weg schneidet nach einer gewissen Zeit den Jakobsweg, aber er geht auch noch weiter nach Süden."

„Ich denke wir benötigen deine Hilfe nicht mehr oder was meinst du Jürgen?"

„Nein, hau ab du alter Gauner."

Das ließ der sich nicht zweimal sagen und verschwand schnell Richtung Frankreich.

Die beiden Zielfahnder erreichten so wie eine Woche zuvor die Landstraße, wo die von der Bildfläche verschwunden waren.

„Mist", sagte Jürgen, „bis hierhin bin ich mir sicher, dass sie die gleiche Strecke genommen haben, aber ab hier ist alles reine Spekulation."

„Nun", sagte Petra und zeichnete dabei ein Kreuz in den Straßenstaub, „dann last uns doch einfach mal spekulieren.

Von hier sind wir gekommen, diese Richtung fällt also schon einmal flach.

Hier geht es weiter nach Westen Richtung Portugal. Würde ihnen meiner Meinung nach keinen Vorteil bringen und würde außerdem noch das Risiko bergen beim illegalen Grenzübergang erwischt zu werden. Bleiben also letztendlich nur noch zwei Möglichkeiten."

„Ja sagte Jürgen Ost oder Süd."

„Genau und je mehr ich darüber nachdenke, desto mehr würde ich mich für Süden entscheiden."

In der nächsten Stadt mieteten sie sich erst mal in einem kleinen Hotel ein, wo sie duschen und sich auch so wieder ein wenig erholen konnten.

Zwei Tage später rief ihr Chef sie an. „Hört mal", meinte dieser, „ich habe da von einer interessanten Geschichte Kenntnis erlangt.

Ein Kollege von Scotland Yard teilte mir mit das sie eine Flüchtlingsfamilie aufgegriffen haben, als diese illegal einreisen wollten. Das ist normalerweise nichts Außergewöhnliches, aber hier lag die Sache etwas anders.

Nach einer Körpervisitation fanden die britischen Kollegen fast 3500 Euro. Daraufhin angesprochen erzählte der Mann eine sonderbare Geschichte.

Er hatte mit seiner Frau und seiner Familie eine Möglichkeit gesucht nach Europa zu kommen. Sie hatten schon fast kein Geld mehr, da sprach ein fremder Mann sie an, ob sie sicher nach Europa übersetzen wollten. Nebenbei würden sie auch noch 5000 Euro bekommen. Einzige Bedingung war in Spanien das Boot an ein dort wartendes Pärchen zu übergeben und eine Kontonummer einer Bank in Tripolis mitzuteilen.

Übrigens da Inspektor Green die Franzosen nicht mag und er mir noch einen Gefallen schuldig war, wird Tipodoe davon erst morgen erfahren."

„Wenn das mal nicht unsere beiden Gesuchten waren. Da hatten wir wohl mit unserem Weg nach Süden die richtige Entscheidung getroffen."

Noch am selben Tag bestiegen sie einen Flieger Richtung Tripolis, das sie auch nach einem kurzen Flug erreichten.

Die Hitze flirte und so bestellten sie beim Einchecken in ihr Hotel erst einmal etwas kühles zu trinken.

Dann besprachen sie ihr weiteres Vorgehen.

„Also wir wissen, dass sie hier Geld deponiert haben nur nicht wo. Wenn wir Glück haben, haben sie nicht alles auf einmal abgeholt. Ich denke die werden sich recht sicher fühlen. Wir werden also nach und nach alle größeren Banken überwachen und hoffen, dass sie uns ins Netz gehen", sagte Jürgen.

In diesem Moment kam ein Herr mit weißem Anzug, Hut und Sonnenbrille auf sie zu. Er stellte sich vor den beiden auf und stellte sich vor. „Ali Mustafa Lativ, ich bin hier der Polizeichef", sagte er. Ihr kommen wurde mir vom Flughafen gemeldet."

Die beiden sahen sich an.

„Denken sie nicht, dass wir hier in Libyen keine Ahnung haben. Wir wissen ganz genau wer sie sind und wen sie hier suchen.

Ich möchte ihnen hiermit ganz höflich mitteilen, dass Ermittlungen oder gar eine Verbringung bestimmter Personen ins Ausland nicht erlaubt sind. Das ist Sache der hiesigen Behörden. Am besten sie setzen sich gleich in den nächsten Flieger oder sie genießen noch 1–2 Tage die libysche Gastfreundschaft. Damit sprach er„Ich darf mich Empfehlen" verbeugte sich leicht und verschwand um die nächste Ecke.

„Und nun", meinte Petra.

„Nun du hast ihn ja gehört, genießen wir noch ein paar Tage die libysche Gastfreundschaft."

„Aber die werden uns doch sicher überwachen."

„Da bin ich mir sogar absolut sicher, aber wer will uns hindern die Augen aufzuhalten."

Und so erkundeten sie scheinbar wie ein paar harmlose Touristen die Stadt, hielten dabei aber immer alle Sinne angespannt.

Ein paar Tage später raunte Petra ihrem Kollegen zu „Ich glaube ich habe da vorne Estelle gesehen, komm lass uns langsam in die gleiche Richtung schlendern."

Er stand auf und sie hakte sich bei ihm unter. So folgten sie Estelle, ohne dass die libysche Polizei davon etwas merkte, die ihrerseits die beiden Fahnder überwachte.

So ging es eine Weile durch die verwinkelten Gassen der Altstadt von Tripolis.

Auf einmal schien Estelle zu merken, dass sie verfolgt wurde. Sie beschleunigte ihre Schritte und kurze Zeit später fing sie an zu rennen.

„Stehenbleiben", riefen die BKA Beamten.

„Stehenbleiben", riefen nun auch die libyschen Polizisten.

Estelle rannte um die nächste Ecke und wäre beinah mit Martin zusammengestoßen.

„Schnell sie sind uns dicht auf den Fersen", sagte sie und griff nach seiner Hand.

Zusammen rannten sie weiter.

Bald hatten sie im Gewimmel der Altstadt ihre Verfolger abgeschüttelt.

„Wir müssen unser Hotel verlassen und dann nichts wie weg hier."

Als er das Hotel verließ hörte er wie jemand rief: „Wolf!"

Instinktiv drehte er sich um.

Vor ihm stand eine Frau mit tizianroten gelockten Haaren, einer üppigen Oberweite und Beine, die bis in den Himmel zu reichen schienen. Dazu trug sie einen schwarzen Lederkombi.

In der Hand hielt sie eine Waffe.

„Assesino", rief sie, „ich fordere Vendetta" und dann drückte sie ab.

Wolf reagierte sofort und sprang auf die Seite.

Haarscharf zischte die Kugel an seinem Kopf vorbei.

Die Schützin rannte davon und sagte noch: „Wir sehen uns wieder Wolf und dann schieße ich nicht daneben." Damit sprang sie auf eine im Hintergrund parkende Yamaha und brauste davon.

Als Wolf sich umdrehte, sah er Estelle, die die Augen weit aufgerissen hatte. Die Hand hielt sie an ihrem Arm, zwischen ihren Fingern rann Blut.

„Estelle", rief Martin und war mit zwei Schritten bei ihr.

„Martin", sagte sie angestrengt, „geh und bring dich in Sicherheit. Ich werde schon wieder, denn die sind bestimmt gleich da und ich komme in ein Krankenhaus."

Martin hörte Pfiffe, die schnell näherkamen.

Sein nächster Weg führte ihn zur Bank, wo er so schnell wie möglich sein Konto auflöste.

Estelle wurde kurze Zeit später auf eine Bahre gelegt und tatsächlich in ein Krankenhaus gebracht.

Der arabische Arzt schaute nur kurz hin, dann meinte er:

„So wie das aussieht, haben wir hier einen glatten Durchschuss, das kriegen wir wieder hin. Sie brauchen erst mal viel Ruhe."

Vor ihrer Tür im Krankenhaus nahm eine Beamtin der syrischen Polizei Platz.

Der Wolf fragte sich, wer da geschossen hatte.

Er konnte sich nur zusammenreimen, dass es sich um eines seiner italienischen Opfer handeln konnte.

Auf einmal hatte er einen Geistesblitz „Mensch, dachte er, was hat sie gesagt, Vendetta, das sagt man doch auf Sizilien."

Und Vendetta ist die Blutrache, das muss also eine Angehörige von Giovanni Callista des Geschäftsmannes aus Palermo sein, den ich erschossen habe.

Jetzt werde ich wohl von allen Seiten gejagt, Interpol, Französische und deutsche Polizei und jetzt auch noch die zwei Greifer vom BKA und ein durchgeknallter italienischer Racheengel.

Für den Wolf stellten sich wieder mehrere Fragen.

In der Nähe bleiben und darauf warten, bis es Estelle besser ging

Oder Estelle ihrem Schicksal überlassen

Oder die Zeit bis zu ihrer Genesung zu nutzen, um wieder Geld in die Kassen zu spülen

Wolf entschied sich für Lösung drei.

Schnell hatte er sich einen internetfähigen Laptop besorgt und suchte nun nach Aufträgen für Profikiller.

Da zur Zeit niemand gesucht wurde, richtete er ein Konto in Bengasi ein und ließ sich Geld von den Cayman Islands überweisen.

Nun war er erst mal wieder flüssig.

Durch die Tageszeitungen war er bestens darüber informiert, wie es Estelle ging.

Diese erholte sich zwar, aber laut den Ärzten konnte sie noch nicht entlassen werden.

Es vergingen weitere 2 Wochen und Estelle ging es jeden Tag besser, sie hatte sich auch schon gegenüber der libyschen Polizei dahingehend geäußert, ob sie nicht gehen könnte, da hier doch nichts gegen sie vorlag.

„Das ist korrekt Madame", sagte der Polizeichef, „aber Frankreich hat einen Auslieferungsantrag gestellt und so werden sie übermorgen nach Paris geflogen."

Als am gleichen Tag eine libysche Polizeibeamtin vor Estelles Krankenzimmer saß, betrat ein Arzt mit schnellem Gang die Klinik. Scheinbar war er so beschäftigt, dass er diese nicht sah und es zum Zusammenstoß kam.

„Passen sie doch auf, sehen sie was sie da angerichtet haben", sagte die Polizistin und deutete auf die Überreste ihrer zerstörten Thermoskanne.

Tee breitete sich auf dem Boden aus.

„Ich werde ihnen selbstverständlich ihren Schaden ersetzen."

Er griff in die Tasche und holte einen mittleren Schein hervor.

„Und was trinke ich den ganzen Tag über?"

„Oh ich werde eine Schwester bitten ihnen eine Kanne Tee zu bringen."

„Gut", sagte die Polizistin, „ich bleibe hier vor diesem Zimmer sitzen."

Der Arzt entfernte sich schnell und als er einen Wagen mit Teekannen sah, entnahm er eine und löste darin ein Schlafmittel.

Er brauchte auch nicht lange zu warten, bis eine Schwester vorbeikam, die anscheinend grade nicht viel zu tun hatte.

„Ach Schwester", sprach er sie an. „Bringen sie doch bitte der Polizistin dort vorne diesen Tee und vergessen sie einen Becher nicht."

Damit reichte er ihr den Becher und entfernte sich, um eine der fahrbaren Tragen zu organisieren.

Es dauerte auch nicht lange und die Beamtin trank einen Becher davon, worauf in kürzester Zeit einschlief.

Jetzt musste es schnell gehen, bevor die Zentrale sich meldete und feststellte, dass etwas nicht stimmte.

Der Wolf betrat mit dem Wagen das Zimmer, wo er eine überraschte Estelle vorfand.

„Leg dich auf die Bahre, wir checken jetzt aus."

Als sich Estelle hingelegt hatte, deckte er sie ganz ab und fuhr mit ihr zum Seiteneingang.

Dort öffnete er die hintere Tür eines Krankenwagens und schob Estelle hinein. Dann sprang er nach vorne, wo er die Schlüssel unter der Sonnenblende fand.

Estelle stand nun auf, ging nach vorne durch und setzte sich neben ihn. Nur Minuten später wimmelte es im Krankenhaus von Polizei.

Den Krankenwagen ließen sie am Stadtrand stehen, Martin hatte einen Kleinwagen unter falschen Namen gemietet.

Als Estelle einstieg verzog sie das Gesicht vor Schmerz und griff sich an ihren Verband.

„Schlimm?", fragte Martin.

„Geht so", war die Antwort, „aber sag mal, wer war denn das Weibsstück, das mich da umlegen wollte, eine eifersüchtige Ex oder so?"

„Iwo mein Schatz", sagte der Wolf, „du weißt doch genau, dass ich nur dich liebe."

Sie sah ihn schelmisch an und bemerkte, „das haben schon viele Männer gesagt."

„Aber bei mir stimmt's", sagte er jetzt ernst und zog sie wieder zu sich, was ihr erneut Schmerzen bereitete.

Einige Kilometer außerhalb der Stadt am Rande einer Sandpiste legten sie eine Pause ein, um etwas zu trinken.

Die Sonne schien erbarmungslos auf das kleine Auto nieder und so kamen sie schnell ins Schwitzen.

„Los lass uns weiterfahren", sagte er, nachdem er die Wasserflasche wieder verstaut hatte.

„Ich habe übrigens noch einmal im Darknet nach einem neuen Auftrag umgesehen."

„Schatz", sagte sie, „tu mir bitte einen Gefallen."

„Und der wäre?"

„Leg bitte nur noch Leute um, die es verdient haben."

„Und wer soll das bestimmen?"

„Na wir beide."

„Das heißt ja so was wie Gott spielen."

„Hast du das denn früher nicht getan?"

„Stimmt irgendwie schon."

„Der einzige Unterschied ist jetzt", meinte sie, dass der Teufel nicht mehr mit im Spiel ist."

„Ok", sagte er, „überredet."

„Was hältst du denn von dem da", sagte er und drehte dabei den Laptop in ihre Richtung.

- Mahsud al Ascabar ibn al Nadir -
- Clanchef und Warlord in Somalia -
- Verantwortlich für etliche politische und religiöse Morde -
- Zuständig für etliche Akte der Piraterie -

„Ja", sagte sie, „das ist so ein böser Bube."

„So wie es aussieht haben sich da international mehrere Leute zusammengeschlossen um ihn loszuwerden.

Ok sagte er, „wollen doch mal sehen, was die zu bieten haben. Hm nicht schlecht 2 Millionen aber mal sehen vielleicht geht ja noch mehr. Ok ich biete mich mal für 3 an."

Kurze Zeit später kam die Antwort „Was halten sie von zweieinhalb Millionen?"

„Gut", sagte der Wolf, „eine halbe Million sofort, den Rest später."

Für die Fahrt zur Grenze des Sudan wurde ein Range Rover organisiert.

Und so ging es tagelang über staubige Wüstenpisten Richtung Südosten. Unterwegs unterrichteten sie ihre Auftraggeber, dass es wohl eine Zeit lang dauern würde, bis Somalia erreicht sein würde, da man ja nicht einfach in ein Flugzeug steigen konnte. In Jarbal Arkanu sprach Wolf einen Karawanenführer an. Nach einer längeren Verhandlung war man sich einig, der Karawanenführer bekam den Wagen und stellte keine Fragen. Er stellte uns dafür auch sein eigenes Kamel zur Verfügung.

Nun ging es noch langsamer als zuvor über Jahrhunderte alte Karawanenstraßen weiter in den Sudan hinein.

Dieses war nicht ganz ungefährlich, da im Lande Bürgerkrieg herrschte und so bat uns unser Führer uns im Hintergrund zu halten.

Gelegentlich meldeten wir uns bei unseren Auftraggebern und unterrichteten sie über den neusten Stand.

Mit landestypischer Kleidung saßen wir beide auf unserm Tier. Den Turban eng um den Kopf gewickelt so das nur wenige Sandkörner den Weg unter unsere Kleidung fanden.

KAPITEL VII

So reisten wir mit den Arabern, aßen mit ihnen Hamel und Kamelfleisch tranken Tee mit ihnen und unterhielten uns mit ihnen.

Ein Fremder hätte uns von weiten nicht von den anderen unterscheiden können.

Nach einer sehr, sehr langen Reise erreichten wir so schließlich Khartum die Hauptstadt des Sudan. Ein größeres Gewimmel wie in dieser Stadt kann man sich wohl kaum vorstellen. Überall priesen Händler lebende oder tote Tiere an. Überall roch es nach orientalischen Gewürzen aber auch nach Schweiß, Kamel oder gar menschlichen Urins. Dazu noch der Geruch des nahen Nils.

Nach der Verabschiedung von unserem Karawanenführer suchten wir erst mal einen vertrauenswürdigen Händler auf, bei dem wir uns mit Proviant eindeckten, nun brauchten wir eine neue Möglichkeit weiter nach Somalia zu kommen. Auf die Frage des Händlers, wohin unsere Reise den gehen sollte sagte ich nach Somalia. „Ok", sagte der, „mein Sohn hat ein kleines Boot, sagt ihm, ich hätte euch geschickt wen noch Platz ist, nimmt er euch bestimmt mit."

Dieses war uns natürlich mehr wie recht nach den anstrengenden Tagen auf einem Kamelrücken durch die Wüste.

Und so verkauften wir unser treues Tier auf dem Markt von Khartum. Nach kurzem Handel verließ der Käufer mit dem Kamel den Markt, sichtlich erfreut wie es schien. Scheinbar hatte er uns übervorteilt.

Am Nil angekommen fanden wir nach kurzer Suche das Boot. Schnell waren wir uns über den Preis einig.

Allerdings sagte der Bootseigner „Dass ihr keine Papiere vorweisen könnt, ist ein Problem, aber wenn ihr es schafft so die Grenze zu überschreiten, nehme ich euch dann wieder mit."

So kamen wir ins nächste Land unserer langen Reise indem wir zu Fuß die Grenze nach Äthiopien überschritten. Ein Stück fuhren wir dann wieder mit dem Boot, dann bedankten wir uns und stiegen aus. Gegen Bezahlung nahm uns schließlich ein Pick Up Truck in die Hauptstadt Adis Abeba mit. Hier legten wir erst mal wieder einen längeren Stopp ein. Im Hotel konnten wir endlich wieder duschen und in einem richtigen Bett schlafen, was sich auch als sehr angenehm erwies.

Nach einer Woche Aufenthalt waren wir soweit wieder in Ordnung, dass wir weiter nach Somalia reisen konnten. Wir besorgten uns einen Wagen und fuhren zunächst auf einer Piste Richtung Süden. Bei Yinga bogen wir dann auf die Straße nach Somalia ein. Nach ein paar Stunden Fahrt erreichten wir die Grenze, die dummerweise von einem Posten besetzt war. „Papiere", sagte dieser. Ich legte meine gefälschten Hamburger Papiere vor, die ich Gott sei Dank noch nie benutzt hatte, und legte noch einen Schein dazwischen. Dieses wird in der ganzen arabischen Welt nicht als Bestechung angesehen, sondern eher als Anreiz für die Behörden schneller zu arbeiten. „Ich wünsche ihnen eine gute Fahrt und einen schönen Aufenthalt in Somalia", sprach es, entnahm den Geldschein und gab die Papiere zurück.

„War das nicht riskant", meinte Estelle.

„Nein", sagte Martin, „riskant wäre es gewesen, wenn ich keinen Schein hineingelegt hätte." Und so überquerten sie endlich die Grenze nach Somalia.

So erreichten sie schließlich auch Mogadischu, wo der Wolf sich wieder mit seinen Auftraggebern in Verbindung setzte, um mehr Details zu erfahren.

Der Warlord schien hier ein luxuriöses Anwesen zu haben, das sowohl stark befestigt als auch bewacht war.

Verließ er sein Anwesen einmal, so geschah das immer in einer Wagenkolonne mit getönten Scheiben.

Die Wagen waren gepanzert und der Warlord saß immer in einem anderen Auto.

Loredana Callistas saß in einem Café in Bengasi. Gegenüber saß das Pärchen vom BKA. „Ich werde mich diesen beiden an die Fersen hängen und dann im richtigen Moment zuschlagen", dachte sie für sich.

In Paris jedoch war Gideon Tipodoe am Toben. „Verdammt wie konnte das passieren, dass der deutsche BKA schon in Afrika war während wir von Interpol noch nicht mal den blassesten Schimmer hatten. Los da müssen wir auch dabei sein. Ich werde selber nach Libyen reisen."

Und so packte Tipodoe seine Sachen und nahm den nächsten Flug nach Bengasi.

Anders aber als seine Kollegen setzte er sich nach Ankunft gleich mit seinen hiesigen Kollegen auseinander.

„Sie wollen also bei uns ermitteln, wie kommen sie dazu das wir das dulden würden."

„Ich werde natürlich eng mit ihnen zusammenarbeiten und, letztendlich ihnen den Zugriff überlassen das Erfolgserlebnis läge dann bei ihnen.

Danach können wir uns ja über die Auslieferungs-modalitäten auseinandersetzen."

Und so belauerte Loredana Callista das BKA, das ebenfalls von Interpol und libyscher Polizei überwacht wurde.

Der Krankenwagen war schnell gefunden worden und auf der wenig befahrenen Piste war im fraglichen Zeitraum nur ein Auto gesehen worden. Also lag die Vermutung nahe, dass es sich dabei um die Gesuchten handelte.

Die libyschen Polizisten informierten dahin Tipodoe, der sofort die Verfolgung aufnahm. Nach ein paar Stunden bemerkte das auch das Team vom BKA, das nun seinerseits Tipodoe folgte.

Auf ihrem Motorrad folgte Loredana den rivalisierenden Gruppen.

In Mogadischu suchte Wolf und Estelle eine Möglichkeit für einen Anschlag.

„Also einmal die Woche fährt er nach Buulo Berde, um seinen Bruder zu besuchen. Dort machen die beiden sich einen schönen Abend und am nächsten Tag fährt er wieder zurück. Dabei ist er immer abgeschirmt. Mit einer Schusswaffe geht das nicht. Wir können also nur mit einer großen Sprengladung arbeiten, die auch ein gepanzerter Wagen nicht aushält.

Das Problem ist nur, dass wir nicht wissen, in welchem Auto er sitzt.

Aber ich habe mir überlegt, das über das Gewicht herauszubekommen. Es gibt ganz flache Waagen, die blitzschnell arbeiten können."

Wir stellen nun 10 Kilometer vor unserer Bombe die Waage auf und tarnen sie mit Sand über Funk sendet sie uns dann die Ergebnisse.

Es sind 6 Autos, und der Warlord hat bestimmt über 100 Kilo, also ohne die Gewichte seiner Bodyguards kann ich jetzt schon sagen, dass es das leichteste Auto nicht sein kann. Es könnte dann eigentlich nur der schwerste Wagen sein. Es sei denn die anderen Mitarbeiter von ihm hätten das gleiche Gewicht, was aber nicht der Fall ist, den seine Bodyguards sind alles durchtrainierte Männer, da ist kein Gramm Fett dran.

Also komme ich darauf zurück, dass das schwerste Auto unser Ziel sein muss. Trotzdem ist das immer noch eine Vermutung, den es können ja sein das in einem anderen Wagen mehr Personen sitzen und uns dadurch ein falsches Ergebnis vorgegaukelt werden könnte.

Wir gehen also wie folgt vor:

Du liest die Werte der Waage ab und gibst sie mir durch. Ich warte an einer bestimmten Stelle, wo die Wagen nicht so schnell sind. Auf der Piste habe ich ein leicht mit Sand bedecktes Micro platziert, das mit einem kräftigen Elektromagneten ausgestattet ist. Wenn du mir nun den ermittelten Wagen durchgibst, drücke schalte ich den Magneten ein und wir können mithören, was im Wagen gesprochen wird."

„Werden die das denn nicht merken?"

„Eher unwahrscheinlich wenn der Magnet angezogen wird, so wird das klingen wie ein kleiner Stein, der gegen den Unterboden schlägt."

Hat sich das alles bestätigt, brauchen wir nur noch die Bombe zu zünden, wenn das entsprechende Auto die von uns vorbereitete Stelle erreicht.

Über das Darknet beschaffte er sich 25 KG Semtex und einiges Zubehör, das er für die Sprengung brauchte.

Im Hafen von Mogadischu holte er sich die Lieferung von ein paar zwielichtigen Typen ab.

Nun galt es nur noch einen geeigneten Ort für den Anschlag zu finden.

An der Grenze zum Sudan traf sich eine illustre Truppe.

„Also wir können hier weiter nichts machen sagten die Libyer, wir werden also umkehren."

„Aber sollten sie alle wieder libysches Staatsgebiet betreten müssen sie uns informieren."

Gideon Tipodoe dachte nach „Wo will dann Wolf eigentlich hin und was hat er vor. Er versuchte natürlich mit den sudanesischen Behörden zusammenzuarbeiten.

Diese lehnten aber jedwede Zusammenarbeit ab und verweigerten Tipodoe zudem die Einreise. Das Pärchen vom BKA betrat nachts sudanesisches Staatsgebiet.

Loredana Callista folgte auf ihrer schweren Yamaha bis zur Grenze.

„Halt", sagte der Beamte und machte sich vor dem geschlossenen Schlagbaum breit.

Die Grenze ist geschlossen, wissen sie nicht, dass wir zurzeit gegen die Terroristen aus Darfur kämpfen.

Und schon gar nicht werde ich eine Frau durchlassen.

Angewidert schaute er sie an. „Du sitzt breitbeinig wie eine Hure auf einem Motorrad na wenn du meine Frau wärst du würdest erst mal eine schöne Tracht Prügel beziehen und anschließend hätte ich es dir so besorgt das du dann gewusst hättest wer der Herr im Haus ist also los zurück mit dir."

„Ach hättest du", sagte nun die Italienerin und griff in die Innenseite ihres Lederkombi und holte ihre Scorpion heraus.

„Den Schlagbaum hoch du Hampelmann ehe ich mich vergesse, los."

Als sich der überraschte Mann nicht rührte, schoss sie ein paarmal in die Luft.

Dann stieg sie mit der Waffe im Anschlag ab und ging auf den erstaunten Mann zu, der nun den Schlagbaum öffnete.

„Los ab ins Wachhäuschen", sagte sie und drängte ihn in das kleine Gebäude und in die dort befindliche Zelle.

Dann schlug sie ihm die Waffe über den Kopf. „Das ist für die Hure und dafür, dass du widerlich stinkender Kerl es mir besorgen wolltest."

Dann stellte sie ihm noch Wasser in die Zelle, schloss diese ab und legte den Schlüssel auf den Schreibtisch. Als nächstes stöpselte sie das Telefon aus der Wand und zerschoss den Anschluss.

Dann überquerte auch sie die Grenze zum Sudan.

Nur einmal wollten sie ein paar Männer in Militäruniform aufhalten, die aber schnell im Kugelhagel der Scopion beiseite sprangen. So erreichte sie schließlich auch Khartum. Hier gönnte sie sich erst einmal ein paar Tage Ruhe und kaufte sich dann auf dem Markt landesübliche Kleidung, die weniger auffiel.

Der richtige Platz für den Anschlag war gleich gefunden. Auf halber Strecke zwischen Mogadischu und Buulo Berde befand sich unter der Straße ein Kanalrohr, das wohl dazu dienen sollte, dass die Straße nicht überspült wird, wenn sich ein Wadi bildet. Zur Zeit war aber alles staubtrocken.

Auf einem Esel und in Berberkleidung brachten sie alles vor Ort.

Zuerst wurde die Waage installiert und gleich durch die wenigen Lkw die auf dieser Piste unterwegs waren überprüft.

Schau, sagte Martin, hier kommt nun der kleine Lautsprecher auf die Straße.

Auch dieser wurde mit etwas Sand getarnt.

Ich werde da hinter diesem Felsen mit einer Schafherde weiden und den Magneten einschalten, wenn du meinst, dass du das richtige Auto hast.

So und nun zum Hauptteil der Bombe.

Diese wird in dem Kanalrohr installiert und rundum so verfüllt, dass die ganze Sprengkraft nach oben geht, auch müssen wir beide Seiten fest zumauern.

Am besagten Tag bezogen beide Position. Als die Wagenkolonne die Waagen befuhr konnte Estelle feststellen, dass der dritte Wagen von vorne der schwerste war. Dieses gab sie Martin durch.

Estelle selber beobachtete von einer erhöhten Position die Straße.

Kurz darauf meldete sich Martin. „Bingo, das ist der richtige Wagen, melde mir, wann er die Falle erreicht hat.

Estelle griff nun zu einem Feldstecher und beobachtete die Straße. Von ferne kündigte eine Staubwolke die rasch näherkommenden Wagen an.

Zufällig schaute einer der Bodyguards aus dem Fenster und bemerkte links oberhalb der Straße eine Spiegelung.

„Achtung!", rief er laut ins Micro, „Beobachtungsposten oben auf dem Hügel, sofort alle anhalten und ausschwärmen."

Doch es war zu spät.

„Jetzt", sagte Estelle und Martin löste die Sprengung aus.

Den Wagen zerriss es in alle Einzelteile und auch die anderen Wagen wurden schwer beschädigt, teils durch herumfliegende Trümmer, teils durch die Bombe selbst.

Auch gab es noch weitere Verletzte und neben den Bodyguards, die im Auto des Warlords saßen, noch einen weiteren Toten.

Unverletzt blieben lediglich 3 Leute und die stürmten nun wild um sich schießend die Anhöhe empor.

Auf der anderen Seite wartete schon Martin, der nach der Explosion die Schafherde sich selbst überlassen hatte, und mit einem Geländewagen den rückwärtigen Bereich des Hügels angefahren hatte.

Von diesem rannte Estelle nun herunter.

Die 3 Bodyguards erreichten eben die Anhöhe als Estelle zu Martin ins Auto sprang und dieser Gas gab.

Es flogen zwar noch ein paar Kugeln jedoch verfehlten diese ihr Ziel.

Kurz vor Mogadischu ließen sie den Wagen stehen liefen noch ein Stück bis sie die Stadt erreichten.

Die 3 Überlebenden schienen schon von dem Attentat berichtet zu haben den Polizei, Feuerwehr aber auch einige Privatwagen brausten mit einem Höllenlärm aus der Stadt Richtung Anschlagsort.

In Mogadischu überprüfte Martin an seinem Laptop den Eingang der abgemachten Restzahlung.

Alles war Ok.

Nun meldete er sich wieder bei der altbewährten Fluchthilfe AG.

„Wir sind in Mogadischu und möchten rüber auf die Seychellen, um erst mal ein paar Tage auszuspannen."

„Ok kam die prompte Frage wünschen sie ein 4 oder 5 Sterne Hotel."

„Ich denke 5 Sterne wären angebracht."

„Gut, wir schauen was wir machen können, und werden uns möglichst bald mit einem Angebot bei ihnen melden."

Natürlich schlug der Anschlag große Wellen und so machte sich Loredana Callista sowie das Team vom BKA auf nach Mogadischu.

Da Loredana etwas Vorsprung vor dem deutschen Team hatte, erreichte sie als erste die Hauptstadt von Somalia.

Jürgen und Petra vom BKA waren völlig fertig als sie endlich auch ankamen.

Sie mussten weite Teile zu Fuß gehen oder auf eine Mitfahrgelegenheit hoffen. Auch nutzten sie total überfüllte Busse, wo Trauben von Menschen außen hingen. Viele hatten Hühner oder Schafe mit dabei und so roch es dementsprechend.

Nach ein paar Tagen meldete sich die Fluchthilfe AG.

„Haben ein Angebot für sie, 2000 Euro für den Bediensteten am Flugplatz für ein Flug ohne Zielangabe 8000 Euro für den Piloten, Kerosin und Flugzeugmiete. 2000 für den Bediensteten am Flughafen auf den Seychellen. Das Hotel nimmt 10000 Euro für 2 Wochen Urlaub für Herr und Frau Schmidt.

Für sie können wir einen Preis von 20000 Euro anbieten.

„Ok wir akzeptieren werden das Geld sofort auf bekanntes Konto überweisen."

Nach einer gewissen Zeit kam eine Meldung zurück.

Geld ist eingegangen, begeben sie sich morgen um 6 Uhr 30 zum Flughafen in den Hangar Nummer 5.

Am nächsten Tag klopften sie an besagten Hangar an.

Die Tür öffnete sich und der Pilot kam heraus. Los, sagte er, wir haben nur ein Zeitfenster von 15 Minuten, bis dahin müssen wir den somalischen Luftraum verlassen haben. Schnell war das Hangartor geöffnet und der Lear Jet stand an der Startbahn. Nach einem kurzen Check gab der bestochene Fluglotse Startfreigabe und der Jet hob ab. Minuten später flogen sie über die 5 Meilen Grenze und hatten nun internationalen Luftraum erreicht.

Der Pilot reduzierte nun die Flughöhe um dem Radar zu entgehen.

Martin und Estelle hatten es sich bequem gemacht und ließen sich ein paar Drinks schmecken.

In Mogadischu war erst mal Schluss für die Ermittler des BKA. Sie wurden abberufen und mussten unverrichteter Dinge nach Deutschland zurückkehren.

Auch Loredana Callista wusste nicht mehr weiter.

Die Spur war kalt, vorläufig jedenfalls.

Martin und Estelle verbrachten 2 wunderbare unbeschwerte Wochen völlig unbedrängt und fern aller mörderischer

Gedanken genossen sie nur sich und ihre Liebe. Martin nutzte die Zeit auch noch um den Segelschein, den er als Hamburger in jungen Jahren gemacht hatte nun für Jachten zu erweitern die auf Hoher See fahren durften.

Doch viel zu schnell verging diese schöne Zeit und sie mussten sich erst mal über ihre Zukunft klar werden.

„Also Geld haben wir erst mal mehr als genug einen neuen Auftrag Muss ich also so schnell nicht annehmen" bemerkte Martin.

„Das hat auch den Vorteil das wir keine Aufmerksamkeit erregen und weiter abtauchen können", entgegnete Estelle, „auch können wir so weiter unsere Spur verwischen."

„Ja", sagte Martin, „in letzter Zeit war es manchmal schon ziemlich knapp, aber Hauptsache wir sind zusammen", und dabei legte er zärtlich den Arm um sie.

Dann küssten sich beide leidenschaftlich.

In Hamburg waren Hansen und Pettersen natürlich immer auf dem Laufenden.

„Also es ist doch immer wieder erstaunlich, wie die beiden immer wieder entkommen können", sprach Pettersen Hansen an. „Jetzt haben sie selbst unsere besten beiden Ermittler vom BKA ausgetrickst."

„Kein Mensch weiß wo die beiden zur Zeit sind."

Loredana Callista hörte sich in ganz Mogadischu nach einem deutschen Pärchen um.

Nichts!

Keiner hatte etwas gehört oder wollte etwas gehört haben.

In jeder Bar und in jedem noch so üblen Laden zog sie Erkundigungen ein.

Doch keiner hatte ein deutsches Pärchen mitgenommen oder kannte jemanden, der Martin und Estelle mitgenommen haben könnte.

Nach ein paar Tagen war sie sich sicher, über Land sind sie nicht entwischt.

Nun trieb sie sich in Nähe des Hafens herum, sie befragte jeden Skipper und jeden kleinen Fischer.

Nichts!

Mittlerweile hatte sie viel an Schmiergeld ausgegeben, sodass ihr Geld langsam knapp wurde.

Nun schloss sie daraus, dass nur der Weg mit einem Flugzeug möglich sein konnte.

Nun galt es nur das richtige Flugzeug beziehungsweise den richtigen Piloten zu finden.

Nach ein paar Erkundigungen wusste sie, dass es nur 4 kleinere Flugzeuge in Mogadischu gab.

Eines war ein altes Düngeflugzeug, das schied also schon mal aus.

Beim zweiten war der Pilot schon über 80 Jahre alt und durfte schon nicht mehr fliegen.

Dieser schied also auch aus.

Blieben nur noch 2 Piloten, die auch geeignete Flugzeuge hatten.

Schnell hatte Loredana Callista herausgefunden, dass der eine von beiden wohl ein ehrbarer Familienvater war.

Der 4. allerdings war ein Aufschneider, Frauenheld und Spieler und dabei ständig Pleite. Loredana war schnell klar das, es sich nur hier um den richtigen Piloten handeln musste.

Also warf sie sich in Schale und suchte das Hotel des Piloten auf.

Sie fand ihn an der Hotelbar bei einem Wodka on the rocks.

Nach einer gewissen Zeit lächelte sie zu ihm herüber, sodass dem eitlem Gockel gar nichts übrig blieb und sie zu einem Drink einzuladen.

Es dauerte nicht lange und sie verließen die Bar und suchten sein Zimmer auf.

In Vorfreude fing er an sich auszuziehen.

Loredana schaute ihm zu bis er nackt war bis auf die Unterhose.

„Ey Baby", sagte er, „was soll das, zieh dich doch auch aus."

„Ne kein Bedarf", lächelte Loredana ihn an, „ich glaube der Spaß ist nun vorbei und bedrohte ihn mit ihrer Scorpion.

„So du Schmalspurcasanova du wirst mir jetzt sagen wohin du das deutsche Pärchen geflogen hast."

„Welches deutsche Pärchen?

Loredana lud ihre Waffe durch.

„Beleidige bitte nicht meine Intelligenz", sagte sie und schoss knapp an ihm vorbei.

„Bitte sagte er, jetzt ich würde es ihnen ja gerne sagen aber die Leute die mich bezahlt haben verstehen leider keinen Spaß."

„Und wenn du nicht sofort auspackst wird meine kleine Freundin innerhalb von Sekunden ein Sieb aus dir machen."

„Ok, ok die habe ich vor knapp zwei Wochen auf die Seychellen geflogen."

„Ok", sagte sie, „zieh dich an, bereite alles vor und dann wirst du mich auch dorthin fliegen."

„Gut, gut kostet aber schon ein bisschen."

„Du glaubst doch nicht, dass ich dir auch nur einen Cent bezahlen werde."

„Eigentlich habe ich das auch gar nicht erwartet", sagte er mürrisch.

„Ich habe uns eine Hochseejacht gekauft", sagt er, damit werden wir erst Richtung Osten fahren und dann weiter nach Norden immer entlang der Afrikanischen Küste aber immer in internationalen Gewässern bis zum Roten Meer."

Loredana Callista erreichte die Seychellen am gleichen Tag an dem Martin und Estelle sich einschiffen wollten.

„Du bleibst hier", sagte sie drohend zum Piloten, falls ich dich noch mal brauche."

„Sicher, sicher", sagte dieser und dachte für sich, „ich werde mit Sicherheit nicht warten bis du zurückkommst."

„Gut", sagte Loredana, setzte sich auf ihr Motorrad und brauste davon.

„Verdammte Mühle", dachte Loyd Brenner, hat mir meinen ganzen Flieger eingesaut."

Und so versuchte er mit einem Lappen und Reinigungsmittel die Ölflecken im Flieger zu entfernen.

„Loyd Brenner" wurde er plötzlich von hinten angesprochen.

Die Stimme klang so eiskalt, dass ihm das Blut in den Adern gefror.

Er drehte sich um und taxierte den Mann der bei sommerlichen Temperaturen im Trenchcoat und Sonnenbrille vor im Stand.

Vorerst schien keine Gefahr von ihm auszugehen, da er seine Hände ineinander verschränkt hatte.

„Nun ich denke sie wissen wer ich bin und warum ich da bin.

„Wir haben ihnen viel Geld bezahlt, unter anderem auch dafür, dass sie die Klappe halten."

„Die Verrückte wollte mich umbringen."

In Loyd Brenner stieg langsam Panik hervor.

„Der Erfolg unseres Unternehmens beruht in erster Linie auf Diskretion.

„Ohne die haben unsere Kunden kein Vertrauen zu uns und das wiederum schadet unserem Geschäft."

Damit griff er in seine Manteltaschen und holte erst eine Makarov und dann den dazu passenden Schalldämpfer hervor.

„Aber das können sie doch nicht tun."

Nun brach bei Loyd Brenner Panik aus.

„Sie haben unserem Unternehmen schweren Schaden zugefügt, zumal es sich beim Wolf um einen Stammkunden handelt, der eine sehr gute Zahlungsmoral hat."

„Also um den Wolf geht es", sagte Loyd Brenner.

„Ja", sagte der Mann, aber das wird dir nichts mehr nutzen, hob dabei seine Waffe und schoss damit Loyd Brenner in den Kopf.

KAPITEL VIII

Fern dieser brutalen Szene hatte Loredana herausgefunden, wo die Gesuchten logiert hatten und das sie die Inselgruppe heute mit einer Jacht verlassen wollten.

Schnell beeilte sie sich um zum Jachthafen zu gelangen. Sie fuhr die Reihe der Jachten ab, entdeckte sie aber zunächst nicht.

Da, da vorne hatte eben ein Boot abgelegt und entfernte sich langsam vom Bootssteg.

Ein Blick und sie erkannte den Wolf darauf Loredana gab Gas und raste den Bootssteg entlang hob ab und landete grade noch so auf der nun bedenklich schwankenden Jacht.

Beinahe wäre sie gestürzt, aber sie konnte das Motorrad grade eben noch abfangen.

Sofort riss sie die Scorpion aus ihrer Bluse.

Estelle sprang hinter die Kajüte um der tödlichen Gefahr zu entgehen.

Wolf brauchte jedoch nur den Bruchteil einer Sekunde um die Gefahr zu erkennen.

Blitzschnell trat er zu und traf die Hand mit der Waffe.

Noch bevor Loredana abdrücken konnte landete die Scorpion im Hafenbecken.

Nun war es an Loredana überrascht zu sein. Doch bevor sie sich wieder besann schickte sie der Wolf mit einem genau platzierten Hieb nicht ganz Gentlemen-like ins Reich der Träume.

Als sie wieder zu sich kam dröhnte ihr der Schädel. Nach dem Wellengang zu urteilen befanden sie sich schon auf hoher See.

Sie wollte sich bewegen, merkte aber, dass sie an Hände und Füße gefesselt war.

Nun schaute sie sich erst mal um, anscheinend hatte man sie unter Deck verfrachtet.

Oben an Deck waren Stimmen zu hören.

„Am besten wir lassen das Miststück gleich über Bord gehen", sagte Estelle.

Schließlich hätte sie mich fast umgebracht."

„Ich habe zwar schon einige Leben auf dem Gewissen, aber irgendwie habe ich Skrupel sie einfach ersaufen zu lassen."

„Ach und woher kommen deine Skrupel auf einmal?"

„Ich weiß nicht irgendwie finde ich's halt nicht richtig."

„Aber was wir über Bord gehen lassen können ist das Motorrad, damit machen wir ihr die Verfolgung erst mal unmöglich."

„Und wenn sie sich ein neues besorgt?"

„Nicht wenn wir sie in einer einsamen Gegend aussetzen."

Nachdem man sich einig war, suchte man auf der Karte nach einer Möglichkeit Loredana Callista auszusetzen.

„Also hier denke ich, ist die beste Möglichkeit, direkt an der Einfahrt zum Roten Meer."

„Meinst du diese Inselgruppe hier?"

„Genau hier die Inselgruppe der Südjemen an der Spitze zu Somalia gelegen."

„Ja ist gut und liegt außerdem auf dem Weg."

Im nächsten Moment hörte man ein lautes Klatschen.

„Mist dachte Loredana, das war mein Bike."

Der Wolf ging unter Deck.

„Wenn du brav bist, werde ich dir die Hände und Füße freimachen, eingesperrt wirst du aber bleiben"

„Mistkerl", sagte Loredana.

„Sei froh das ich dich nicht umgelegt habe."

„So wie du meinen Vater umgelegt hast."

„Das war für mich ein Auftrag wie jeder anderer, tut mir leid."

„Am besten du hörst auf uns zu folgen."

„Niemals dazu verpflichtet sich meine Ehre."

„Jedenfalls werden wir dich aussetzen.

Danach werden wir uns absetzen und uns jeder Verfolgung entziehen."

Nach wenigen Tagen wurde bei bestem Wetter die Inselgruppe erreicht und die Italienerin an Land gesetzt.

Martin gab ihr noch ein Handy, damit sie sich abholen lassen konnte.

Tags drauf machte sich ein Privatflugzeug der Familie von Palermo aus auf den Weg zur Hauptinsel Süd Jemen.

Dort angelangt charterte man ein Boot und holte Loredana von der Insel ab, wo sie ausgesetzt worden war.

Martin und Estelle befanden sich zu diesem Zeitpunkt schon im Roten Meer unterwegs Richtung Sues Kanal.

„So", sagte Martin, „wir können nicht so einfach durch den Kanal fahren da hätten sie uns gleich zumal du keine Papiere hast."

„Und wie gehen wir vor?", fragte Estelle.

„Wir müssen vorher an Land gehen und jemand anderes fährt das Boot ins Mittelmeer."

„Am besten wäre es denke ich wir fahren nach Israel."

Gesagt getan und so ankerten sie schon bald im Jachthafen des Seebades Eilat.

Nach einem kurzen Gespräch war abgemacht, dass die Jacht nach Haifa überführt werden sollte.

„So", meinte Martin, „jetzt suchen wir uns erst mal ein Hotel und ruhen uns aus bis die Jacht in Haifa ist."

Damit gingen sie weg vom Hafen und hin zu einer belebten Straße.

„Taxi", rief Martin, doch statt eines Taxis fuhr ein Militärjeep vor.

Die beiden Herren darin lächelten sie an, einer hatte eine Waffe in der Hand, die er jedoch verdeckt unter einer Zeitung hielt.

„Darf ich vorstellen, sagte nun einer der beiden in perfektem Deutsch. Ich bin Major David Goldmann und das ist Hauptmann Moshe Levi, wir haben sie schon erwartet, aber steigen sie doch ein."

„Darf ich vorher fragen wer sie eigentlich sind?"

„Oh selbstverständlich wir sind vom Mossad! Israelischer Geheimdienst."

Und so landeten sie bei der Zentrale des Mossad.

Sie saßen beide in einer Art Verhörraum. Goldmann lief langsam durch den Raum während er gelegentlich in einer Akte blätterte.

„Nun meinte er das ist ja ganz ansehnlich was sie bisher so getrieben haben aber damit ist jetzt Schluss. Ich mache ihnen ein Angebot das sie nicht ablehnen können.

Bisher weiß noch keiner in Europa das sie hier sind aber das könnten wir schnell ändern. Da sie das bestimmt nicht wollen, mache ich ihnen ein einmaliges Angebot.

Sie beide bekommen von uns neue Papiere ein eigenes Haus einen Wagen und ein großzügiges Jahresgehalt."

„Und was muss ich dafür tun" wollte Martin wissen.

„Ganz einfach" lächelte Goldmann, sie arbeiten jetzt für uns."

„Nun ja so wie es aussieht haben wir wohl keine andere Wahl."

„Nein nicht wirklich antwortete Goldmann."

„Also gut ich willige ein", sagte der Wolf.

In den kommenden Wochen bekam Martin nun eine kurze Einweisung in israelischen Waffen sowie eine Militärische Ausbildung wie sie beim Mossad üblich ist.

Der Ausbilder war ein durchtrainierter Mitfünfziger und Deutschenhasser obendrein.

Deshalb hatte Martin das Vergnügen immer ein paar Runden mehr laufen zu dürfen oder 20 oder 30 Liegestütze oder Kniebeugen mehr machen zu dürfen.

Am Ende dieser Ausbildung war er jedenfalls so fit wie noch nie.

Die meiste Zeit war er auch dann damit beschäftigt diesen Zustand beizubehalten. Goldmann und Levi hatten sich schon eine ganze Zeit nicht mehr sehen lassen.

Eines Tages, Estelle und Martin genossen gerade die Abendsonne und ein paar Drinks, klingelte es an der Tür.

Estelle öffnete und ließ Goldmann herein.

„Wir haben einen Auftrag für sie, kommen sie bitte morgen früh um 7 Uhr 30 zur Lagebesprechung ins Hauptquartier."

„Das solche Besprechungen immer so früh sein müssen aber alles klar ich werde da sein."

Am nächsten Tag bei der Besprechung kam heraus, dass das Opfer ein palästinensischer Anführer war.

Die Israelis bezeichneten ihn als Terrorist der für viele Anschläge auf Israelisches Militär verantwortlich sein sollte.

„Gut", sagte Goldmann wir wissen, dass Hassan ibn Said am nächsten Mittwoch bei der Verlobungsfeier seiner Tochter sein wird."

„Das gefällt mir nicht", sagte Martin, „das gibt zu viele Kollateralschäden."

„Nicht wenn wir ihm einen Kopfschuss verpassen."

„Bei so vielen Menschen ist ein präziser Schuss so gut wie unmöglich."

„Und haben sie eine andere Idee."

„Der Anschlag Muss auf dem Weg zur Feier stattfinden."

„Das wird schwer sein da er fast immer von Leibwächtern umgeben ist."

„Was heißt hier fast."

„Nun er hat eine Schwäche für europäische Sportwagen und die fährt er dann immer allein."

Aber nicht morgen, wie gesagt da fährt er zur Verlobung seiner Schwester und ist gut bewacht.

„Nun dann werden wir ihm nun ein Angebot machen, das für ihn unwiderstehlich ist."

„Ach sagen sie haben sie Zugriff auf das Fernsehen im palästinensischen Teil von Israel."

„Das wird schwer werden was soll denn da gesendet werden."

„Nur ein Werbespot."

„Was für ein Werbespot."

„Eine Gutscheinverlosung für eine Probefahrt mit einem Porsche Cabrio."

„Und er wird sie gewinnen, doch leider ist sie nur am Tag der Verlobung seiner Schwester gültig."

Das Auto wird ihm direkt vors Haus gestellt, dann ist noch ein Kamerateam dabei die Interviews von ihm wollen, alles in allen eine Riesenshow. Er wird natürlich nicht nein sagen können und planen mit dem Auto zu fahren. Seine Leute werden daraufhin das Auto auf Herz und Nieren überprüfen. Aber da am Auto nichts ist, werden sie auch nichts finden.

Wenn er dann losfährt alleine oder mit Begleitung hat er sein Todesurteil schon unterschrieben.

Und so kam der entscheidende Tag, Hassan ibn Said fuhr mit dem Porsche voraus und zwei schwarze Mercedes folgten ihn. Er hatte gute Laune und genoss die Sonne, die ihm durch das geöffnete Verdeck auf den Kopf schien.

Auf einmal wurde die Idylle durch ein nervtötendes Geräusch gestört. Im Rückspiegel erkannte er einen Modelhubschrauber, an dessen Kufe eine Kamera angebracht war. In der Mitte erkannte er zu seinem Schreck eine Handgranate, deren Sicherungsstift mit einer kurzen Kette mit der anderen Kufe verbunden war.

Instinktiv gab er Gas und fuhr Zickzack, um der drohenden Gefahr auszuweichen.

Doch auch der kleine Hubschrauber beschleunigte jetzt.

Martin konnte alles aus einiger Entfernung über die Kamera verfolgen, als der Hubschrauber für einen Moment über dem Sportwagen war drückte er den Auslöser.

Die Handgranate fiel herunter und mit einem Ruck wurde der Sicherungsstift gezogen, der nun baumelnd an der Kufe verblieb.

Hassan ibn Said hatte jedoch keine Chance, die Granate fiel genau ins Auto und tötete ihn auf der Stelle.

„Schade um den schönen Wagen", sagte noch Goldmann, der Martin bei der ganzen Aktion über die Schulter geschaut hatte."

Martin und Estelle waren zwar vom Mossad mehr oder weniger in eine gewisse Abhängigkeit gezwungen worden, trotzdem sollten die kommenden Jahre die schönsten ihres Lebens werden.

Martin führte gelegentlich einen Auftrag aus, wobei Goldmann oder Levi meistens von Terroristen und Feinden des israelischen Volkes sprachen.

Für Martin waren das aber eher politische oder religiöse Gründe. Wenn es sich nicht um Palästinenser handelte, so waren es Iraner oder andere Muslime.

So vergingen die Jahre und eines Abends stand Martin mit Estelle im Arm auf der Terrasse ihres Hauses und sagte: Ich bin müde, ich glaube, ich werde Goldmann um eine längere Auszeit bitten."

„Ja Schatz", sagte sie „tu das."

Goldmann und Levi waren natürlich alles andere als erfreut.

„Schauen sie", sagte der Wolf, „meine Tätigkeit ist ja nicht wie jeder andere Beruf. Ich bin kein Bäcker, der Tag für Tag Brötchen backt, ich lege Menschen um."

„Menschen", empörte sich Goldmann sofort, Abschaum und Terroristen."

„Sie können es nennen wie sie wollen ich werde in nächster Zeit niemand töten."

„Ok, ok sagte nun Levi" und wie lange soll die Auszeit gehen."

„Bis ich mental wieder in der Lage bin weiterzumachen mindestens aber ein halbes Jahr."

„Was ein halbes Jahr!", rief Goldmann, Levi winkte ab und meinte zu Goldmann

„Ich denke in Anbetracht der guten Arbeit, die beide für uns geleistet haben können wir zustimmen, Oder."

„Na gut", sagte Goldmann, ihr Urlaub ist genehmigt.

Nach zwei Monaten süßen Nichtstun sprach Martin zu Estelle: „Schatz eigentlich habe ich überhaupt keine Lust mehr weiter für den Mossad zu arbeiten."

„Weißt du noch wie wir uns versprochen haben nur noch echte böse Buben zu erledigen."

„Ja", sagte Estelle, aber hier haben wir da leider keinen Einfluss darauf."

„Gut wir werden also die Mitarbeit mit dem Mossad kündigen."

Tags drauf betrat er das Büro von Goldmann und Levi

„Na", meinte Goldmann doch schon wieder fit.

„Nein", sagte er, „ich wollte euch beiden nur mitteilen, dass ich kündige."

„Was" beide rissen ihre Augen auf.

Martin holte aus einer Jackentasche eine Spraydose, die er den beiden nun ins Gesicht sprühte, während er den Atem anhielt.

„Schlaft schön und auf Nimmerwiedersehen", sagte er noch auf die nun am Boden liegenden Agenten des Mossad.

Dann ging er noch zum Schreibtisch von Goldmann, öffnete die obere Schublade und holte die Schlüssel seiner Jacht.

Estelle hatte schon alles Notwendige gepackt und so fuhren sie schnell nach Haifa, wo die Jacht im Hafen lag. Man sollte nun eigentlich meinen, dass bei einem Boot, das jahrelang nicht genutzt wurde, erst umfangreiche Arbeiten nötig wären, doch weit gefehlt.

Das Boot war in einem Topzustand.

Zwar war es Martin und Estelle eben wegen Fluchtgefahr untersagt das Boot zu betreten, dennoch war es ja immer noch ihr Eigentum.

Und da der Mossad sich nicht nachsagenlassen wollte, dass er das Eigentum anderer Leute verrotten ließ, wurde das Boot regelmäßig geputzt und gewartet.

Martin und Estelle kamen in Haifa an, auf dem Bootssteg stand ein Wachposten, der auf das Boot aufpassen sollte. Als sie auf ihn zugingen wollte er eben etwas sagen doch Martin kam ihn zuvor. „Wir kommen von der Zentrale und sollen das Boot durchsuchen." „Da weiß ich aber nichts von", sagte der Wachposten. „Hier sagte Martin die Schlüssel schließ schon mal auf." Dann warf er ihn die Schlüssel zu.

Instinktiv hob dieser die Hände um zu fangen. Blitzschnell war Martin bei ihm und verpasste ihm einen Kinnhaken.

15 Minuten später war alles verstaut und sie stachen in See. Und wohin jetzt", fragte Estelle.

„Zurück in die Höhle der Löwen da werden sie uns am wenigsten suchen, außerdem haben wir israelische Pässe wir werden also erst mal nicht auffallen.

„Also auf nach Frankreich, auf nach Marseille", rief Martin.

„Auf in meine Heimat", dachte Estelle für sich.

KAPITEL IX

Von Haifa aus verlief ihre Reise über das östliche Mittelmeer zunächst bis nach Kreta, was sie bei gutem Wind in wenigen Tagen erreichten.

Bei der Hafenmeisterei wies Martin seinen gefälschten deutschen Ausweis vor, da die israelischen Pässe bestimmt längst auf der Fahndungsliste standen. Estelle blieb unter Deck, sie hatte normalerweise nichts zu befürchten, weil eine Kontrolle üblicherweise nicht stattfand.

Bei Nacht schlich sie sich aus dem Boot, vorbei am Büro des Hafenmeisters, der wohl nach einem kräftigen Zug Ouzo eingeschlafen war.

Dann traf sie sich mit Martin, der schon in einer Pension in Heraklion eingecheckt hatte.

Nach einem leckeren griechischen Frühstück mit Schafskäse, Ei und dem berühmten kretischen Honig starteten sie ein Bummel durch die engen Gassen der Altstadt.

Nach dem Erwerb von einigen Souvenirs war es nun auch schon langsam Zeit fürs Mittagessen. In einer engen Seitengasse, wo es mehrere Restaurants gab, nahmen Sie Platz.

Das kuriose hier war, dass jedes Restaurant nur zwei Tische draußen stehen hatte und die Gasse selbst nur etwa 3 Meter breit war.

Lief nun ein unvorsichtiger Tourist durch den engen Durchgang zwischen zwei Tischen durch und passte nicht auf, so konnte es durchaus sein, dass sein linker Ärmel das Zaziki des Gastes im linken Restaurant streifte, während der rechte Ärmel auf dem Restaurant der rechten Seite ebenfalls im Zaziki hängenblieb.

Estelle meinte dann später, wenn man anschließend die Ärmel ableckte, könnte man feststellen, welches besser wäre.

Zum Mittag gab es Gyros und einen Salat dazu unpassenderweise Pommes Frittes, sowie einen erfrischenden Retsina.

Nachdem man sich auch auf Drängen von Estelle das örtliche Museum angeschaut hatte, Estelle hatte ja Kunst studiert, widmete man sich nun wieder den kulinarischen Genüssen und ließ sich ein zartes Lamm schmecken. Dieses spülte man mit reichlich Demestika hinunter. Anschließend wurde der Abend mit einigen Runden Ouzo abgeschlossen wovon auch der Wirt einige bezahlte.

Nach ein paar Tagen war man aber die Völlerei satt und plante den Aufbruch.

Innerhalb kürzester Zeit hatte man die Straße von Messina erreicht.

Als sie durch die Passage fuhren, dachte Martin zurück, als er vor Jahren hier übergesetzt hatte, um Loredana Callistas Vater zu erschießen. Jetzt, wo er darüber nachdachte, bekam er fast ein schlechtes Gewissen, war eine solche Tat wirklich gerechtfertigt gewesen. War Loredanas Vater nicht auch ein liebender Ehemann und Vater seiner Kinder gewesen.

Auch wenn er noch so viel Dreck am Stecken gehabt haben sollte Martin kamen nun doch Zweifel an seinem Tun.

Eine frische Prise riss Martin aus seinen trübsinnigen Gedanken.

Sie hatten die Passage hinter sich gelassen und Martin änderte den Kurs auf nordwestliche Richtung.

Nun ging es durch das Tyrrhenische Meer und als nach 10 Tagen Land in Sicht kam, hatte man Korsika erreicht.

Sie fuhren nun an der korsischen Küste weiter Richtung Norden und als sie wieder freies Fahrwasser erreichten, wussten sie, dass es nun nicht mehr weit war.

Martin schlug nun eher einen westlichen Kurs ein. Von Weitem konnten sie schon die Lichter von Monaco sehen. Nun folgte man der Französischen Küste bis man in den Alten Hafen von Marseille einfuhr.

Martin hatte schon richtig vermutet, dass ihre israelischen Pässe, kurz nachdem sie das Land verlassen hatten, zur Fahndung ausgeschrieben wurden. Und da die dortigen Behörden auch noch durchsickern ließen, um wen es sich dabei in Wirklichkeit handelte, stieß das natürlich bei Interpol, BKA sowie einer gewissen Familie auf Sizilien auf reges Interesse.

Sofort wurden überall Vermutungen angestellt, wohin die Jacht gesegelt sein könnte.

Gideon Tipodoe war der Meinung, dass egal was der Wolf weiter vorhatte, er erst einmal im Mittelmeerraum bleiben würde, um früher oder später auf dem Atlantik zu verschwinden.

Das BKA dachte, dass der Wolf so schnell wie möglich Gibraltar zu passieren versuchte.

In Sizilien wurde beim Essen Familienrat gehalten.

„Also", sagte Pietro der jüngere Bruder von Loredana, „was denkst du, wo der Mistkerl ist."

„Wenn du mich fragst, ich würde da suchen, wo er sich auskennt und sicher fühlt."

„Und wo soll das sein?"

„Marseille, ja ich glaube er ist in Marseille."

„Aber genau da wird ihn doch Interpol und französische Polizei doch zuerst suchen."

„Und das glaube ich nicht, die Franzosen werden es in ihrer unglaublichen Arroganz nicht für möglich halten, das er es wagen würde quasi sich direkt unter ihrer Nase zu verstecken. Und das ist genau sein Stil. Schade das ich ihn nicht selbst kaltmachen kann, aber leider kennt er mich und wäre sofort gewarnt, wenn ich auftauchen würde."

„Keine Sorge große Schwester", sagte Pietro. Ich werde das schon erledigen."

„Auf den Tod von Wolf und auf die Familie Calista."

Sie prosteten sich zu und wandten sich anschließend wieder ihren Spaghetti mit Fenchel und Sardinen zu.

Schon von Weitem konnten Martin und Estelle Maurice beim Kellnern beobachte. Marianne stand wie immer hinterm Tresen. Selbst Rene war anwesend, er saß an der Bar und kippte einige Pastis.

Martin und Estelle betraten das Café und setzten sich an einen der kleinen Bistrotische.

„Sie wünschen" sprach Maurice sie beide auf Französisch an, er schien beide nicht erkannt zu haben.

Martin lüftete seine Sonnenbrille etwas und fragte auf Deutsch: „Gibt es hier auch deutsches Bier?"

Maurice zuckte zusammen, denn langsam schien er zu begreifen, wer da vor ihm saß.

„Da muss ich erst mal nachsehen, ob noch etwas im Nebenraum ist", sprach er und deutete mit seinem Kopf leicht in die entsprechende Richtung.

Nach einer gewissen Zeit standen Martin und Estelle auf und betraten ebenfalls den Nebenraum.

Für jeden Beobachter musste es so aussehen, als wären das ganz normale deutsche Touristen, die, nachdem der Kellner nicht mehr zurückkam, einfach mal nach dem Rechten sehen wollten.

Kaum außer Sichtweite fiel Estelle Maurice um den Hals „Onkel Maurice", rief sie freudig aus, und auch dieser verdrückte sich eine Träne aus den Augen. Als er sich aber wieder etwas gefasst hatte, sagte er, „Ihr Wahnsinnigen die halbe Welt ist hinter euch her und ihr kommt ausgerechnet hierher."

„Ich bin mittlerweile auf Bewährung draußen und die ist auch fast vorbei, ich kann also nicht viel für dich tun."

„Ist schon gut Onkel Maurice", sagte nun Martin, „wir wollen uns auch nicht lange aufhalten, nur solange um neue Vorräte aufzunehmen."

„Habt ihr eine Liste, dann schicke ich Rene zum Einkaufen."

„Oh gerne dann können wir uns in der Zwischenzeit etwas unterhalten."

Pietro Callista hatte alles gut durchdacht, schon seit Tagen wartete er auf die Ankunft von Martin und Estelle. 5 Leute hatte er noch dabei, um seinen Plan zu verwirklichen. 2 Leute waren um die Bar postiert, die nun beide meldeten den Wolf gesehen zu haben.

„Ok", sagte Pietro, „kommt zum Treffpunkt, dann starten wir Teil zwei unseres Planes."

Während Rene die Lebensmittel und Getränke an Bord brachte, saßen Maurice Martin und Estelle zusammen in der Bar, tranken Rotwein, sprachen über Erlebnisse und über die internationalen sowohl hiesigen Beamten.

Rene kam von der Jacht zurück und bemerkte die beiden Spitzel sofort, die nun aufstanden, um zum Treffpunkt zu gehen. Rene ließ sich nichts anmerken, betrat die Bar und ging auf die kleine Gruppe zu. Dann nahm er sich einen Stuhl und setzte sich dazu.

„Also wenn ihr mich fragt, irgendwas ist hier faul, ich habe bemerkt, dass da zwei Gestalten immer wieder hier rüber schielten und jetzt konnten sie nicht schnell genug verschwinden."

„Polizei", meinte Maurice.

„Glaube ich nicht, die zwei hatten richtige Gangstervisagen."

„Gut wir werden die Augen offen halten."

Nach einer halben Stunde kam ein VW Bully gefahren und hielt genau gegenüber der Bar.

Martins Sinne waren zum Zerreißen gespannt, alles rief nur noch Gefahr, Gefahr.

Als nun vorne aus dem Wagen eine Person ausstieg und die Seitentüren öffnen wollte, rief Martin „Volle Deckung Überfall".

Als Pietro die Tür des Bullys aufriss, kam darin eine weitere Person zum Vorschein, die hinter einem schweren

Maschinengewehr saß, das auf einem Dreibein befestigt war.

Dieser eröffnete sofort das Feuer.

Doch bevor noch irgendjemand getroffen werden konnte, hatten alle schon Deckung aufgesucht.

Das MG ratterte laut ein Stakkato erzeugend sein Magazin durch und zerlegte dabei Flaschen, Gläser und das ganze Mobiliar.

Rauchend stellte das Maschinengewehr sein Feuer ein. 3 Leute mit Sakko und Sonnenbrille betraten nun bewaffnet das Lokal, um allen die noch lebten den Rest zu geben. Aus dem Seitenraum sprang urplötzlich Maurice hervor mit einer Pumpgun im Anschlag.

„Ihr Schweine", rief er „ihr habt meine Marianne erschossen."

Er schoss ein paarmal bis er selbst getroffen wurde.

Einer der Angreifer hatte eine volle Ladung Schrot abbekommen und rührte sich nicht mehr.

Maurice lag stöhnend am Boden.

Martin hielt Estelle im Arm und saß mit ihr hinterm Tresen.

„Bastardo", rief Pietro Callista als er sie sitzen sah.

Aber Martin war schneller, er zog eine Uzi hervor und schoss in die Richtung von Pietro.

Dieser machte zwar noch einen Satz zur Seite, konnte aber nicht verhindern zwei Kugeln in die Schulter zu bekommen, während die dritte knapp an seinem Kopf vorbeiging.

„Kleines Souvenir vom Mossad", sagte Martin und jagte den jetzt flüchtigen noch eine Salve hinterher.

„Ich glaube ihr geht jetzt besser", stöhnte Maurice, „die Flicks werden bald hier sein.

Es wird sich schon jemand um mich kümmern."

„Los komm, sagte Martin, wir legen ab."

„Aber Onkel Maurice."

„Er hat recht, gleich wird es hier nur so von Bullen wimmeln, die Ambulanz wird auch gleich hier sein die kümmern sich schon."

Aus der Ferne hörte man schon schnell näherkommende Sirenen.

„Los jetzt", sagte Martin noch mal.

KAPITEL X

5 Minuten später wimmelte es tatsächlich von Polizei und Onkel Maurice wurde in einen Krankenwagen gehoben.

Weitere 5 Minuten später war auch Polizeichef la Salle da.

„Mann das sieht ja hier aus als hätte eine Bombe eingeschlagen."

„Möchte wissen, worauf sich der alte Idiot da wieder eingelassen hat", wobei er zu Maurice schaute der nun im Krankenwagen erstversorgt wurde.

„Wie steht es um ihn?", fragte la Salle einen der Sanitäter.

„Schwerverletzt, mehrere Einschüsse aber keine lebenswichtigen Organe soweit wir feststellen konnten, aber sehr hoher Blutverlust."

„Aber wenn sie mich fragen, der ist zäh und wird wieder."

„Hmm", äußerte sich la Salle und wendete sich nun wieder dem völlig zerstörten Lokal zu.

„Was können wir denn schon sagen?", fragte La Salle einen seiner Beamten.

„Nun, wie es aussieht, wurde das Lokal laut Zeugenaussagen vor etwa einer halben Stunde aus einem VW Bus unter Feuer genommen."

Wie wir schon feststellen konnten, handelte es sich bei der Waffe dabei um ein amerikanisches schweres Maschinengewehr älterer Bauart, was auch die Zerstörung erklärt.

Bei den Toten handelt es sich um die 65-jährige Marianne Pyrasse, die zusammen mit Maurice Levebre diese Bar betrieb.

Zum Zweiten um einen unbekannten Toten südländischen Aussehens, der wohl zwei Ladungen groben Schrot ins Gedärm bekommen hat, was seiner Verdauung nicht zuträglich war. Möchte wirklich mal wissen, was da passiert ist, dachte la Salle und schaute dabei hinaus aufs Meer, wo gerade ein Boot in den Sonnenuntergang fuhr.

Hätte la Salle geahnt, wer auf diesem Boot ist, er hätte sicher Himmel und Hölle in Bewegung gesetzt, um der zwei Besatzungsmitglieder habhaft zu werden.

Estelle saß auf der Jacht und weinte leise vor sich hin. Martin versuchte sie zu trösten und streichelte ihr mit der einen Hand über die Schulter, während er mit der anderen das Ruder hielt.

„Wir müssen hier irgendwo vor Anker gehen, ich kann nachts nur schlecht in diesem von großen Schiffen stark befahrenen Gebiet segeln."

Estelle dachte kurz nach, dann sagte sie „Alexandre Dumas".

„Wie bitte", fragte Martin.

„Na der Schriftsteller, Alexandre Dumas der jüngere."

„Und inwieweit hilft der uns?"

„Ja hast du denn nicht den Grafen von Monte Christo gelesen?"

„Nein habe ich nicht aber mal im Fernsehen gesehen."

„Und wo war er jahrelang gefangen?"

„Auf irgend so einer Insel mit einem Gefängnis drauf."

„Richtig sagte Estelle und diese Gefängnisinsel befindet sich genau gegenüber von Marseille."

Dabei wies sie mit der Hand in eine Richtung, wo man mit den letzten Sonnenstrahlen noch die Umrisse der Insel und der dazugehörigen Gebäude erkennen konnte.

„Ist vollkommen unbewohnt und wird uns für eine Nacht Schutz bieten."

„Und wie heißt diese Insel noch mal?"

„Wie die Insel heißt?"

„Nun das ist das berühmt berüchtigte Chateau de If."

Martin schaffte es noch die Jacht zur Insel zu steuern und legte dann für die Nacht an.

In der Kabine legte man sich zur Ruhe, besonders Estelle hatte diese bitter nötig.

Am nächsten Morgen als Estelle aufwachte, hatte Martin schon Tee gekocht, dem er einen starken Schluck Rum beigemischt hatte, diesen reichte er ihr nun.

„Trink das, das wird dir guttun, übrigens Onkel Maurice lebt, habe ich aus dem Radio erfahren."

Er ist zwar schwerverletzt und liegt noch auf der Intensivstation, aber er wird es überleben.

Marianne hat es leider nicht geschafft, aber dafür hat Maurice einen dieser Gangster noch zur Hölle geschickt.

„Martin", sagte nun Estelle, „die waren doch nicht wegen meines Onkels hier, die wollten uns erledigen."

„Ja das glaube ich auch und ich kann mir auch schon vorstellen, wer dafür zuständig war."

„Das war mit Sicherheit jemand vom Callista Clan."

Aber gut das bringt uns jetzt alles nichts wir müssen an die Zukunft denken also wohin jetzt.

Martin sagte Estelle ich würde liebend gerne mich mit dir irgendwo niederlassen, ein paar Kinder kriegen und alt werden. Ich habe es satt gejagt zu werden.

„Leider können wir uns das zur Zeit nicht aussuchen, obwohl ich den Gedanken auch sehr reizvoll finde."

„Schau mal was ich mir ausgedacht habe wir werden als nächstes die Balearen anlaufen nicht Malle oder

Ibiza, wo so viele Leute sind, ich dachte da eher an Menorca, da ist es etwas ruhiger und wir können weiteres planen.

Also ich möchte so schnell wie möglich dann Gibraltar passieren, um in den Atlantik zu kommen."

Was sie nicht wussten, war, dass das Team vom BKA schon längere Zeit dort war und die Straße von Gibraltar überwachte.

Nach knapp einer Woche erreichten sie Menorca, wo sie ihre Vorräte abermals ergänzten.

Diesmal aber so, dass sie auch für eine Fahrt bis zu den Kanarischen Inseln gewappnet waren.

Lang hielten sie sich auch sonst nicht auf und planten also bald das große Wagnis der Passage von Gibraltar.

Als Gideon Tipodoe in Paris vom Überfall auf Maurice Levebres Lokal erfuhr, gingen bei ihm sämtliche Alarmglocken an. Er bestieg sofort den nächsten TGV und erreichte noch am selben Tag Marseille.

Dort setzte er sich umgehend mit Polizeichef la Salle in Verbindung.

„Was halten sie von dieser ganzen Situation?"

„Meiner Meinung nach hatte die italienische Mafia noch eine Rechnung mit Maurice offen. Der Tote war ein Bekannter Mafiosi aus Sizilien."

„So aus Sizilien, und ist es ihnen da nicht mal in den Sinn gekommen, dass der Anschlag auch jemand ganz anderen gegolten haben könnte?" „Und wem?"

„Na dem Wolf schließlich hat er doch damals vermutlich diesen dubiosen Geschäftsmann dort umgelegt."

„Wolf nein, das glaube ich nicht, der ist doch schon jahrelang von der Bildfläche verschwunden. Vielleicht liegt er schon irgendwo tot in der afrikanischen Wüste."

„Oder auch nicht, nach letzten Informationen war er für den Mossad tätig, hat sich aber dann abgesetzt."

„Was", rief la Salle aus.

„Ja meinte Tipodoe und seitdem ist er mit einer Jacht auf dem Mittelmeer unterwegs."

„Es könnte also gut sein, dass er zum Zeitpunkt des Überfalls auf das Che Marianne im Lokal war, aber das finden wir raus, wenn Maurice Levebre vernehmungsfähig ist."

Martin besprach mit Estelle das weitere Vorgehen.

„Also mein Plan hängt im Wesentlichen von guten Timing, Schnelligkeit sowie eine gehörige Portion Glück ab. Nicht zu erwähnen, dass die Sache alles andere als ungefährlich ist.

Also wir werden morgen zur richtigen Zeit aufbrechen und schnell Richtung Westen segeln, ich hoffe dann Gibraltar bei einbrechender Dunkelheit zu erreichen.

Dann kommt das gefährlichste Stück, wir müssen den Durchbruch Nachts wagen auf einer der vielbefahrensten Wasserstraßen dieser Erde, und haben wir das erst mal geschafft, steht uns ein rauer Ritt auf dem Atlantik bevor, nächstes Ziel sind dann die Kanaren."

So steuerte Martin also am nächsten Tag in aller Frühe Richtung Westen. Estelle hatte etwas länger geschlafen, kam aber nun mit zwei Tassen Tee in der Hand an Deck.

„Und wie kommen wir voran?"

„Bis jetzt ganz gut, wenn alles planmäßig läuft, erreichen wir Gibraltar genau bei Sonnenuntergang.

Das deutsche Team vom BKA wechselte sich schon seit Tagen beim Beobachten ab. Jedes kleinere Schiff, Boot oder Jacht wurde in Augenschein genommen.

Jedoch bisher ohne Erfolg.

Nach ein paar Tagen tauchte dann auch Gideon Tipodoe auf, um ebenfalls die Straße von Gibraltar zu beobachten.

Schließlich kam man überein zusammenzuarbeiten und sich beim Beobachten abzulösen.

Die Jacht von Martin und Estelle erreichte genau zum richtigen Zeitpunkt die Straße von Gibraltar. Als die Sonne unterging fuhren sie hinein.

Die Beobachtungsposten hatten sich schon zurückgezogen, da man nichts mehr sehen konnte.

Vielmehr war man der Meinung, dass man für heute genug getan hatte, und wendete sich nun dem spanischen Stierblut einem Rotwein zu.

Martin musste höllisch aufpassen, unzählige Positionslampen von großen Schiffen waren vor aber auch hinter ihm zu sehen. Mehr als einmal konnte er einem Zusammenstoß gerade noch entgehen oder einer starken Bugwelle ausweichen. Einmal kam er einem Schiff so nahe, dass die Propeller des vorausfahrenden Schiffes ihn fast zum Kentern brachten.

Nach ein paar Stunden war es geschafft, schweißüberströmt ließ Martin die Passage hinter sich und steuerte südlich auf die Kanaren zu.

Das Wetter war stürmisch, aber trotzdem war Martin zufrieden die gefährliche Durchfahrt geschafft zu haben.

Nun folgten ein paar stürmische Tage auf dem Atlantik bis schließlich die Kanarischen Inseln in Sicht kamen.

Bei strahlendem Sonnenschein steuerte Martin La Gomera eine der kleineren Inseln des Archipels an.

Die Hauptinsel Gran Canaria mied er lieber, zu hoch war da doch die Wahrscheinlichkeit erkannt zu werden.

Also sprach er zu Estelle, „wir werden jetzt zum letzten Mal Proviant aufnehmen und dann geht es ab Richtung Westen. Wenn wir die richtige Strömung erwischen, kommen wir locker bis zu den Antillen. Von dort segeln wir dann weiter bis nach Südamerika.“

„Da brauchen wir uns dann nur ein Land zu suchen, das nicht ausliefert und wir sind endlich frei.“

„Daraus wird wohl vorläufig nichts“, sagte Gideon Tipodoe, der nun auf die Mole gelaufen kam. Ich habe schon auf euch gewartet. Sprach es und ging an Bord.

Übrigens das war ein Husarenstück die Durchfahrt durch Gibraltar mitten in der Nacht.

Als mir das klar wurde, wusste ich, dass ich schnell schalten musste, denn als nächstes würdet ihr sicher versuchen nach Südamerika abzuhauen. Also bin ich in den nächsten Flieger nach Gran Canaria. Dort angekommen bat ich um Amtshilfe bei der dortigen Polizei. Es war dann nur noch ein Kinderspiel herauszufinden, wo ihr euch aufhaltet.

Also machen wir es kurz, ich habe zwei internationale Haftbefehle für euch.

Ich werde sie jetzt mitnehmen und nach Frankreich ausfliegen.

„Oh das glaube ich nicht“, sagte Martin.

„Und warum nicht?“

„Nun dann dreh dich doch mal um."

Die Jacht hatte sich schon einige Meter vom Steg entfernt.

„Verdammt", rief Tipodoe zu Estelle, „du hast das Boot losgemacht."

Martin hatte nun seine Waffe gezogen und forderte Tipodoe auf ihm seine zu geben.

Natürlich flog diese sofort über Bord.

„So und nun seien sie mein Gast", lud ihn Martin ein. Es wird ihnen nichts geschehen, denn ich werde sie bei nächster Gelegenheit an Land setzen.

Wie wäre es denn mit der westafrikanischen Küste zum Beispiel."

Doch alles kam ganz anders als geplant. Als Gideon Tipodoe abreiste, blieben Petra und Jürgen das Team vom BKA nicht untätig. Sie setzten sich mit ihrem Vorgesetzten in Verbindung, der seinerseits mit der deutschen Marine in Verbindung trat. Und so dauerte es auch nicht lange, bis die deutsche Fregatte Bayern, die am Horn von Afrika Dienst getan hatte, in Spanien anlandete. Die Fregatte kam direkt vom Suezkanal und war nun auf der Rückfahrt nach Wilhelmshaven, wo sie als Teil des 2. Fregattengeschwaders stationiert war.

Schnell wurde ein Motorboot losgeschickt, um die beiden BKA Beamten an Bord zu nehmen.

Danach ging alles sehr schnell.

Da man wusste, wohin Tipodoe geflogen war, brauchte man nur rund um die Kanarischen Inseln zu patrouillieren und die Augen offen zu halten.

Und so entging dem deutschen Schiff auch nicht die Jacht, die nun den armen Tipodoe aussetzen wollte.

Nach einem kurzen Geplänkel war diese ausmanövriert und es richteten sich nun doch einige bedrohliche Waffen auf sie.

Es blieb nun nichts mehr übrig als der Dinge zu harren, die da kamen.

Und so wurden alle Insassen der Jacht freundlich aber bestimmt an Bord gebeten.

Die Jacht selbst wurde emporgehoben und am Schiff befestigt somit war an eine Flucht nicht mehr zu denken.

„Ich verlange sofort nach Frankreich gebracht zu werden", sagte Tipodoe.

„Zunächst habe ich Order sagte der Kapitän zurück nach Bremerhaven zu kommen."

„Und die beiden Gefangenen?"

„Nun der männliche ist immer noch deutscher Staatsbürger und wird auch dort von Bord gehen und vermutlich erst einmal eine Strafe wegen Totschlags absitzen. Danach sehen wir weiter."

„Wegen der Frau müsste Frankreich einen Antrag auf Auslieferung stellen.

Sie Tipodoe können von Bremerhaven wenn sie möchten leicht über Bremen und Hamburg nach Paris gelangen. Aber bis dahin seien sie uns ein gern gesehener Gast."

„Rotwein können wir ihnen nicht anbieten, aber ein gepflegtes deutsches Bier wird sich bestimmt auftreiben lassen", sprach der Kapitän lächelnd.

KAPITEL XI

Martin und Estelle wurden unter Arrest gestellt und vor ihren Kabinen jeweils ein Posten abgestellt.

Nur zum Essen und zweimal am Tag für einen 20-minütigen Rundgang durften sie hinaus, wobei peinlich darauf geachtet wurde, dass sie nicht zusammen an Deck sind, um miteinander zu reden.

So wurde schließlich der Ärmelkanal durchfahren und schließlich erreichte man Bremerhaven, wo die Gefangenen an Land gebracht wurden.

Hansen und Pettersen ließen sich das natürlich nicht entgehen. Jeden Schritt hatten sie über die Jahre verfolgt, soweit das möglich war, und nun saßen sie sozusagen in der ersten Reihe.

Gideon Tipodoe war ziemlich mürrisch, als er deutschen Boden betrat.

Ich hoffe sie bleiben noch ein paar Tage unser Gast Gideon, meinte lächelnd das Paar vom BKA.

Nein Gideon Tipodoe hatte keine Lust noch in Deutschland zu bleiben, noch am selben Tag reiste er nach Paris.

Martin ging sofort in Untersuchungshaft, Estelle in Abschiebehaft.

Nach ein paar Tagen bekam Martin unerwarteten Besuch.

In den Besucherraum trat eine verhärmt aussehende Frau mittleren Alters. „Mutter", entfuhr es ihm. 15 Jahre waren seitdem vergangen.

„Junge", rief sie nun auch und nahm vor der Glasscheibe Platz.

„Ist das alles wahr was ich über dich gelesen habe?"

„Bist du wirklich für all die Morde verantwortlich?"

„Mutter habe bitte Verständnis, dass ich hier nichts sagen möchte, wo die Wände Ohren haben.

„Also doch, ich wollte es nie glauben, mein Martin und ein Profikiller."

„Bitte Mutter lass uns von was anderem reden, wie ist es dir so ergangen, seit ich in jener Nacht Hals über Kopf geflohen bin?"

„Nun, da Vater ja dann tot war, musste ich mich mit Gelegenheitsjobs über Wasser halten."

Ein Jahr später lernte ich dann Dieter, meinen jetzigen Mann kennen.

Er war übrigens überhaupt nicht davon begeistert, dass ich dich besuche.

„Mutter, er ist dir gegenüber aber nicht gewalttätig?"

„Nein er ist so ganz anders als dein Vater, und das wir wegen dir gestritten haben ist eine seltene Ausnahme.

Schließlich hat er mich dann ja auch gehen lassen.

Ach übrigens, du hast einen 10-jährigen Halbbruder, der dich gerne kennenlernen würde, aber da hat sich Dieter durchgesetzt, er hat halt Angst, du könntest zum negativen Vorbild werden.

„Sag Dieter, dass ich meinen Halbbruder auf der einen Seite gerne kennenlernen würde, dass ich aber auch anderseits seine Bedenken verstehe. Aber vor allem würde ich ihn als neuen Mann meiner Mutter einmal kennenlernen."

„Ich werde es ausrichten", sagte Martins Mutter.

„Ihre Besuchszeit ist vorbei", sagte nun auch der Polizeibeamte.

Bei einen ihrer nächsten Besuche brachte Martins Mutter ihren neuen Mann mit.

Neugierig betrachtete der Martin zunächst aus dem Hintergrund und versuchte sich eine Meinung über den Sprössling seiner neuen Frau zu machen.

Nachdem Martins Mutter kurz mit ihm gesprochen hatte, stellte sie ihm nun Ihren neuen Mann Dieter vor.

Dieter tauschte nun den Platz mit Martins Mutter „Hallo ich bin Dieter."

„Angenehm Martin."

Als nächstes folgte ein kurzes Schweigen weil anscheinend niemand wusste was er sagen sollte.

Dann brach Martin das Schweigen. „So du bist also der neue Mann an der Seite meiner Mutter."

„Ja das ist richtig, wir haben uns auf der Arbeit kennengelernt.

Deine Mutter ist putzen gegangen und ich habe die Fenster im gleichen Haus geputzt so haben wir uns kennengelernt."

„Aha, sagte Martin, davon musst du mir bei Gelegenheit mehr erzählen."

„Die Besuchszeit ist vorbei", unterbrach sie derselbe Beamte wie beim letzten Mal.

Am nächsten Tag wurde Martin in einer der Verhörräume gebracht, wo er schon von einem gepflegten älteren Herr mit Anzug und Krawatte erwartet wurde.

Dieser stand nun auf und streckte Martin seine Hand entgegen.

„Guten Tag Herr Lubatchek, darf ich mich kurz vorstellen, mein Name ist Heinrich Diepholz von der Kanzlei Diepholz, Diepholz und Co.

Ich wurde als ihr Pflichtverteidiger beauftragt.

Also zunächst habe ich eine gute und eine schlechte Nachricht, welche möchten sie denn zuerst hören?"

„Zuerst die gute", sagte Martin.

„Ok der Staatsanwalt hat beschlossen wegen des Tötungsdeliktes gegenüber ihres Vaters keine Anklage zu erheben, da unklar ist, inwieweit es sich hier überhaupt um Totschlag handelte oder ob die Tat durch Nothilfe gedeckt war.

Auch ist unklar, ob nicht alles schon verjährt ist."

„Und die negative Nachricht?"

„Die negative Nachricht ist das sie trotzdem nicht freikommen, weil ein halbes Dutzend anderer Staaten einen Antrag auf Auslieferung gestellt hat."

„Gut war eigentlich keine Überraschung aber sagen sie können sie mir vielleicht einen Gefallen tun."

„Sie sind also damit einverstanden, dass wir sie rechtlich vertreten."

„Ja bin ich."

„Ok um welchen Gefallen handelt es sich?"

„Bitte können sie feststellen, was aus meiner Freundin Estelle Lefebre geworden ist."

„Wir werden sehen, was wir in Erfahrung bringen können."

Nach zwei Wochen tauchte der Anwalt wieder auf, setzte sich hin und sagte zu Martin.

„Also auch heute habe ich wieder eine gute und eine schlechte Nachricht."

„Gut", sagte Martin, „wie immer erst die gute."

Also die Bundesregierung wird den entsprechenden Anträgen nicht stattgeben, weil eine Täterschaft ihrerseits nicht hundertprozentig nachgewiesen werden konnte."

„Und die schlechte?"

„Ihre Freundin wurde heute nach Frankreich ausgeliefert."

„Und was ist jetzt mit mir?"

„Nun sie kommen nun in Auslieferungshaft, da Frankreich und Italien entsprechende Anträge gestellt haben."

„Und kann man da gar nichts machen?"

„Vorerst nicht", sagte Diepholz, „aber wir werden tun was wir können."

„Das hoffe ich doch, holen sie mich hier raus und sie bekommen einen schönen Bonus."

Eine Woche später war Diepholz wieder da.

„Sie können sich ihre Sachen abholen, sie sind mit sofortiger Wirkung frei. Ich konnte beide Anträge wegen eines Formfehlers abweisen. Ich hoffe sie stehen zu ihrem versprochenen Bonus."

„Selbstverständlich", sagte der Wolf.

„Ach so, es gibt noch etwas, was sie wissen sollten", bemerkte Diepholz Bei ihrer Einlieferung wurde ihre Freundin wie üblich auch medizinisch untersucht. Dabei wurde festgestellt, dass sie in der sechsten Woche schwanger ist. Ich nehme an sie sind der Vater."

Wolf schrak zusammen, sein Innerstes wurde von den unterschiedlichsten Gefühlen überflutet und er wusste zum ersten Mal in seinem Leben nicht, was er sagen sollte. Doch es sollte nicht lange dauern bis er sich wieder gefangen hatte.

Martin überlegte nicht lange, verließ das Gefängnis und klingelte bei seiner Mutter.

Die Tür öffnete sich einen Spalt und ein kleiner Junge stand an der Tür. Ist deine Mama oder dein Papa da?", fragte Martin.

Papa, rief der Kleine, da ist ein Fremder an der Tür.

Aus dem Hintergrund kam Dieter an, erst stutzte er ein bisschen, dann sagte er Ok komm rein da können wir uns endlich mal in Ruhe unterhalten. „Klaus geh auf dein Zimmer", sagte Dieter.

Deine Mutter ist noch auf Arbeit, wendete er sich nun wieder Martin zu.

„Ich möchte mich auch gar nicht lange aufhalten, sagte Martin, ich möchte nur einiges klarstellen.

Wenn du Angst hast, dass ich hier einziehen will, das brauchst du nicht, ich habe mir ein kleines möbliertes Zimmer genommen.

Möchte eigentlich nur, dass ich gelegentlich mal vorbeikommen kann, um meine Mutter zu besuchen, oder sie kann auch zu mir kommen." „Einverstanden", sagte Dieter. „Ok. Im Übrigen werde ich Vater und somit meine Mutter Oma, sagst du das ihr bitte, ich melde mich dann noch mal." „Ok" bemerkte Dieter noch mal.

Gideon Tipodoe fluchte in seinem Pariser Büro, als er von der Freilassung des Wolfes hörte.

„Ja sind die den komplett übergeschnappt", war seine erste Reaktion aber er hatte ja noch einen Joker. „Sofort Madam Levebre reinbringen. Entweder packt sie nun aus dann müssen die Deutschen ihn doch ausliefern, oder sie wandert selbst für lange Jahre hinter Gitter."

Der Adjutant betrat nun erst das Büro. „Madam Levebre ist nicht mehr in ihrer Zelle."

„Was?" Tipopdo sprang auf.

Habe ich es denn nur mit Idioten zu tun?"

„Nein", sagten sie, „sie wurde ganz offiziell mit einem von ihnen unterzeichneten Formular abgeholt." „Was?", rief er wieder.

Wo ist dieses Formular, das muss eine Fälschung sein.

„Hier, sagte einer seiner Mitarbeiter, und reichte ihm das entsprechende Stück Papier.

Tipodoe riss ihm das Schreiben aus der Hand.

„Ihr hirnlosen Dilettanten, das ist eine Übertragung eines deutschen in ein französisches Formular und mein Name wurde einfach reinkopiert."

Eine Stunde vorher betrat ein Beamter der französischen Gendarmerie die Büroräume von Interpol. „Ich soll hier eine Inhaftierte abholen und nach Marseille überführen."

„Um wen handelt es sich?"

„Estelle Levebre."

Der Beamte pfiff durch die Zähne

„Das ist zur Zeit eine unserer prominentesten Insassen."

Wer hat die Überführung denn veranlasst?

Ein gewisser Gideon Tipodoe.

„Das ist unser direkter Vorgesetzter, zeigen sie mir bitte mal die Überführungsformulare."

Der Beamte überreichte die Formulare und nach kurzer Prüfung wurde die Inhaftierte vorgeführt.

Der Beamte legte ihr Handschellen an und zog sie ruppig voran.

„Aua sie tun mir wir weh", protestierte Estelle".

„Maul halten, mitkommen."

Auf dem Hof öffnete er einen Polizeiwagen für Gefangenentransporte und bugsierte sie hinein.

Dann bestieg er das Auto und fuhr davon.

Nach einer gewissen Zeit verließen sie Paris und fuhren nun weiter Richtung Straßburg. Als Estelle dieses bemerkte als sie aus dem Fenster sah, sprach sie den Fahrer an.

He nach Süden geht es aber da lang.

„Aber in die Freiheit geht es nach dort."

Estelle war verblüfft. „Martin!", rief sie aus.

„Erraten", sagte er.

Auf einem Parkplatz stellten sie das auffällige Polizeiauto ab. Dort stiegen sie in einen dort bereitgestellten Mietwagen und fuhren damit weiter nach Straßburg.

Dort wurde dann der Mietwagen zurückgegeben und nun begab man sich zu Fuß über die Brücke nach Deutschland.

In einem Straßencafé tranken beide erst einmal einen Kaffee.

Dann stand Martin auf und ging überraschenderweise vor ihr die Knie.

Estelle schaute ihn sehr überrascht an.

Noch bevor sie etwas sagen konnte, zog er aus der Tasche ein Etui mit einem Diamantring darin hervor.

„Estelle, ich frage dich hier und jetzt willst du meine Frau werden?"

„Martin bevor ich jetzt ja oder nein sage, solltest du wissen, dass ich schwanger bin."

„Ich weiß Liebes, aber das ist nicht der alleinige Grund, wieso ich dich Heiraten will. Schon vom ersten Abend an wusste ich, dass du die Richtige für mich bist und mittlerweile sind wir durch so viele Situationen gemeinsam gegangen, dass es da für mich keinen Zweifel gibt. Also was ist los, willst du mich nun oder nicht", sagte er und legte dabei sein breitestes Grinsen auf, das er hatte.

Natürlich wollte sie und ein Vorteil ist dabei noch, dass sie mit der Heirat die deutsche Staatsbürgerschaft bekam.

KAPITEL XII

Nun musste sie vorläufig keine Angst mehr haben ausgeliefert zu werden.

Die Hochzeit fand im kleinen Kreis statt. Maurice, dem es schon viel besser ging, war gekommen und war Trauzeuge von Estelle.

Martins Mutter war auch da mit ihrem neuen Mann und ihrem Sohn.

Martins Trauzeugen wurden kurzfristig vorm Standesamt organisiert.

Selbst Gideon Tipodoe war gekommen. Er gratulierte kurz zur Hochzeit und sprach dann in ernsterem Ton: „Ich gebe euch den guten Rat, bleibt in Deutschland, gründet meinetwegen eine Familie, setzt ein paar Kinder in die Welt und lasst es gut sein. Sollte ich euch beide bei irgendetwas illegalen außerhalb von Deutschland beobachten, dann Gnade euch Gott ich werde euch jagen und wenn es sein muss bis ans Ende der Welt.

„Wir werden Ihren Rat beherzigen", sagte Martin.

Martin und Estelle bezogen eine Wohnung in Hamburg Blankenese einer noblen Wohngegend. Es hätte alles gut sein können aber nach einer gewissen Zeit holte Martin und Estelle ihre Vergangenheit wieder ein.

Eines Tages klingelte es bei Martin und Estelle an der Haustüre. Estelle öffnete die Tür. Zwei Herren standen vor der Tür. „BND", sagte der eine, wir würden gerne mit ihrem Mann sprechen. „Mein Mann hat sich zurückgezogen aus dem Geschäft und zur Ruhe gesetzt, falls sie ihn in diesem Zusammenhang sprechen möchten."

„Er soll sich erst mal anhören, was wir zu sagen haben „Ist er den zuhause."

„Nein er ist joggen gegangen, er treibt viel Sport in letzter Zeit, dass er körperlich fit bleibt."

„Nun sagte der eine BND Mann, das ist ja erfreulich, aber wann kommt er den wieder."

„Der ist schon da, sagte Martin, der eben gerade gekommen war."

„Wollen wir nicht lieber hineingehen", sagte einer der BND Männer." Es muss ja nicht jeder mitkriegen, was wir zu besprechen haben."

„Ok", sagte Martin und bat die beiden Herren herein.

„Darf ich zunächst nach ihren Namen fragen", meinte Martin.

„Glauben sie mir das ist vollkommen unerheblich."

„Am besten wir kommen gleich zur Sache", sagte der zweite BND Mann.

„Gut", sagte Martin, setzen wir uns, um was geht es?"

„Nun sagen wir, wir haben uns mit dem französischen, dem
italienischen Geheimdienst, sowie auch dem israelischen Mossad verständigt, und Somalia wird auch den Ball flach halten.

„Und was bedeutet das?", wollte Martin wissen.

„All diese Länder werden ihre Untersuchungen in ihre Richtung gehend einstellen."

„Ok aber was wird man als Gegenleistung von mir verlangen."

„Nun können sie sich das nicht denken."

„Sie müssten nur gelegentlich einen Auftrag von diesen Ländern übernehmen."

Estelle zog hörbar die Luft ein. „Martin", sagte sie.

Martin schaute Estelle an und meinte zu den beiden BND Leuten „Darf ich kurz mit meiner Frau unter vier Augen sprechen."

„Bitte", sagten die BND-Leute.

Nach 10 Minuten kamen beide zurück.

„Ok", sagte Martin, „wir sind uns einig, aber unter einer Bedingung."

„Und die wäre?"

„Wie beschränken uns auf eine Mitarbeit von 5 Jahren, außerdem müssen unsere Akten danach komplett gelöscht werden."

„Sagen wir 10 Jahre, eine großzügige Abfindung, und wenn ihr es dann wollt auch noch eine neue Identität."

„Ok sagte Martin, 10 Jahre und dann ist endgültig Schluss."

„Gut wir schicken morgen einen Wagen sie werden dann eine Einweisung erhalten, wie alles zusammen hängt und wie das in Zukunft alles ablaufen soll. Also bis morgen." Damit drehten sie sich um und verschwanden genau so schnell wie sie gekommen waren.

„Jetzt muss ich doch wieder arbeiten", sagte Martin zu Estelle, aber weißt du was, in gewisser Weise bin ich froh drum, mir fiel schon langsam die Decke auf dem Kopf."

„Ich weiß", sagte Estelle lächelnd, „ich kenn dich doch nur zu gut."

„Und das Gute daran ist", bemerkte Martin dazu, „das wir nach 10 Jahren eine komplett weiße Weste haben und dann in Ruhe und Frieden leben können."

Am nächsten Tag kam tatsächlich ein schwarzer Mercedes vorbei und holte Martin ab. Nach einer Viertelstunde Fahrt erreichten sie den Flughafen.

„Ich dachte eigentlich, dass ich in Hamburg bliebe, und zum Mittag wieder zurück bin."

Der Mercedes blieb auf dem Rollfeld neben einer Czesna stehen

„Wenn sie bitte einsteigen würden", wurde er aufgefordert.

Kaum waren sie im Flugzeug, startete der Pilot.

„Ich kann ihnen versichern, dass sie zum Mittagessen wieder in Hamburg sind, unser Ziel ist Berlin."

„Wenn die Unterredung dort zu Ende ist, werden sie auf dem gleichen Weg wieder zurückgebracht."

In Berlin bestiegen sie wieder einen Wagen und fuhren etwa 20 Minuten durch die pulsierende Innenstadt, bevor man ein Bürogebäude erreichte.

Sie betraten das Gebäude und traten schließlich in ein Büro in dem noch andere Personen Platz genommen hatten.

Nach und nach trafen auch noch andere ein unter anderen ein Mann, der Martin bekannt vorkam,

„So", sagte der eine Mann vom BKA, nachdem er alle Anwesenden begrüßt hatte.

„Zunächst Grundsatz Nummer 1 Niemals einen Namen nennen wenn es sein Muss denken sie sich einen aus, von uns bekommen sie Decknamen.

So und nun zu unserer Organisation

Wir sind Teil der Europaen Special Unit, also der Europäischen Spezial Einheit. Offiziell gibt es uns gar nicht. Wir unterstehen direkt dem Innenministerium, das in solchen Fällen wo wir zum Einsatz kommen sollen eng mit dem Geheimdienst zusammenarbeitet also in unserem Fall mit dem BND."

Nun stand der Mann auf, der Martin bekannt vorkam.

„Ich, sagte er, bin der stellvertretende Innenminister.

Ich möchte ihnen kurz die weiteren Zusammenhänge erläutern.

Wie sie sicher wissen hat jedes Land einen Geheimdienst und jedem Geheimdienst ist wiederum eine unserer ESU Gruppen angeschlossen, die wiederum dem Innenministerium unterstehen.

Von ihnen hat jeder unterschiedliche Talente, und sollte es irgendwo ein Problem geben, so werden die europäischen Innenminister das in geheimer Sitzung bereden.

Wenn eine Einigung erzielt ist, wählt man die Person aus, die für den Einsatz am besten geeignet ist.

Ist das geklärt, wird der entsprechende Geheimdienst informiert und der unterrichtet dann den ausgewählten Mitarbeiter, und gibt ihm Informationen für seinen Einsatz.

Noch Fragen."

„Gibt es ein Mitspracherecht, was die Aufträge betrifft, wollte jemand aus den hinteren Reihen wissen.

„Nein ein Mitspracherecht ist nicht vorgesehen.

Sonst noch Fragen.

Nein.

Dann schließe ich die Sitzung und sie werden zurückgebracht wo sie vorher waren.

Eins noch, versuchen sie nicht diesen Ort hier jemals wieder zu finden, es würde ihnen nicht gut bekommen."

Und so kam es, als Martin später in Hamburg eintraf, dass er noch sein Versprechen einlösen konnte mit Estelle auf den Landungsbrücken Fischbrötchen zu essen.

Es vergingen einige Monate, wo Martin und Estelle nichts hörten. Doch dann klingelte es an der Tür. Ein Herr in Anzug und Krawatte betrat unaufgefordert die Wohnung. Wir benötigen ihre Hilfe, wurde Martin angesprochen. „Ok, sagte Martin, worum geht es.

„Also genaues kann ich ihnen auch nicht sagen, alles ist streng geheim. Nur so viel weiß ich, dass ihr Einsatzort Frankreich ist.

Ausgerechnet Frankreich dachte Martin ob Tipodoe das weiß.

Anscheinend konnte der BND-Mann Martins Gedanken erraten, deswegen sagte er „Wir haben Interpol angewiesen ihren Bluthund zurückzupfeifen. Morgen geht es nach Paris, da erfolgt dann das Briefing.

Tatsächlich flog Martin mit einem offiziellen Flug der Air France nach Paris. Trotz seiner originalen Papiere wurde er nirgendwo behelligt.

In Paris am Flughafen Charles de Gaule stand ein Mann, der die ankommenden Fluggäste mit einem Foto verglich. Als er Martin entdeckte, hellte sich seine Mine auf. Er sprach Martin an und sie verließen zusammen den Airport. Beide wurden dann mit einem Wagen abgeholt.

Die Fahrt durch Paris schien ewig zu dauern. Tausende von Leuten demonstrierten auf den Straßen und blockierten die ganze Stadt. Schließlich erreichte man ein Bürogebäude nicht unähnlich dem in Berlin.

In einem Büro wurde er schon erwartet. Zwei Männer waren da, einer von beiden kannte er Gideon Tipodoe.

Der zweite Mann hieß Martin Platz zu nehmen.

„Also sie beide kennen sich ja schon, ich habe Monsieur Tipodoe angewiesen sich zurückzuhalten, sie haben also vollkommen freie Hand, egal, was sie tun.

Monsieur Tipodoe wenn sie uns nun allein lassen würden der Rest unterliegt strengster Geheimhaltung."

Zähneknirschend verließ Tipodoe den Raum, man konnte sehen, dass er mit der Situation nicht einverstanden war.

„So, also legen wir gleich los, wie sie ja sicher schon mitbekommen haben, wird Paris schon seit einigen Wochen durch diesen unseligen Streik lahmgelegt.

Ihre Aufgabe ist es nun, beenden sie diesen Streik notfalls mit Gewalt. In erster Linie sollten sie damit anfangen den Anführer der Streikenden so zu beeinflussen, dass der Streik endet. Wir als Staat können uns natürlich nicht kompromittieren indem wir einen Streikführer bestechen sie aber schon. Sollte das aber auch nicht gehen, autorisiere ich sie, alle anderen Schritte einzuleiten, die sie für notwendig erachten. Aber sollten sie in Unannehmlichkeiten geraten werden wir abstreiten von allem etwas gewusst zu haben."

Etienne Laurant der Organisator der Streiks stand inmitten seiner Leute auf dem Champs de Elysee und hielt ein großes Schild hoch. Mit der Menge skandierte er immer wieder die Forderungen nach mehr Gehalt für den öffentlichen Dienst und einen früheren Pensionsantritt.

Er rieb sich die Hände, denn es war ein kalter Februartag. Neben ihn standen auf einmal zwei Männer, die ebenfalls zu den Demonstranten zu gehören schienen. Den beiden Männern schien es ebenfalls kalt zu sein, denn der eine zog nun eine Thermosflasche aus seiner Jackentasche. Dürfen wir ihnen ein Schluck Tee anbieten, sprach ihn nun der eine Mann an.

„Oh gerne", sagte Etienne und nahm den Becher dankend entgegen.

Mit Genuss trank er den Tee, obwohl dieser eine leichte Bitternote hatte. Merkwürdige Geschmacksrichtung dachte er noch bevor er langsam das Bewusstsein verlor.

Martin und ein Mann des Geheimdienstes griffen schnell zu und bugsierten Etienne zu einem in der Nähe geparkten Wagen. Den anderen Demonstranten fiel diese kleine Szene nicht auf.

Der Geheimdienstmann verabschiedete sich, denn der Rest der Aktion sollte komplett Martin überlassen sein.

Als Etienne Laurant wieder zu sich kam, lag er auf einer Pritsche in einem Raum, der stark an eine Zelle erinnerte.

Sein Kopf schmerzte, als er sich aufrichtete.

„Wo bin ich" fragte er.

„Das tut nichts zur Sache, sagte der Mann, der auf einem Stuhl ihm gegenüber saß und eine Schusswaffe ihm Schoss liegen hatte.

„Was wollen sie von mir", war seine nächste Frage.

„Jetzt kommen wir der Sache schon näher", erwiderte Martin.

„Ich vertrete eine Gruppe von Personen, denen es überhaupt nicht gefällt, dass sie die Leute aufwiegeln."

„Was heißt hier aufwiegeln wir haben berechtigte Forderungen."

„So", sagte Martin, „jetzt hören sie mir mal ganz genau zu. Es ist ihre Entscheidung wie die Geschichte hier für sie endet.

Entweder sie nehmen unser Angebot an oder die Pariser Polizei wird sie in irgendeiner stinkenden Gasse tot auffinden. Dann können sie sich vielleicht noch über einen Nachruf in einer der bekannten Pariser Tageszeitungen freuen, aber das war's dann auch schon."

Etienne Laurant wurde bleich im Gesicht.

„Aber das können sie doch nicht machen ich habe Frau und Kinder."

„Nichts liegt mir ferner als Unglück über ihre Familie zu bringen also hören sie unser Angebot an.

Sie werden mit sofortiger Wirkung in den Ruhestand versetzt sie brauchen nur noch unterschreiben Sie werden ihre vollen Bezüge erhalten plus eine monatliche Aufwandsentschädigung von 500 Euro.

Anschließend werden sie ihren Wohnsitz nach Guadeloupe verlegen."

„So weit weg wie soll ich das den alles meiner Frau erklären."

„Gar nicht, sagte Martin, denn bei der war ich schon, sie sitzt sozusagen schon auf gepackten Koffern." Und so war der Streik von einem Tag auf den anderen beendet, da er nun ohne Führung war. Einige Leute versuchten zwar eine neue Struktur aufzubauen, aber das wurde von ein paar eingeschleusten Mitarbeitern des Geheimdienstes immer wieder vereitelt.

Und da keine neue Führung aufgebaut werden konnte, blieb alles so wie es war und der französische Staat sparte einige Millionen.

Etienne Laurant dachte sich ein paar Tage später bei einem kühlen Drink am Strand, dass er es doch eigentlich nicht hätte besser treffen können.

Für Martin war der Auftrag erledigt, es gab noch eine kurze Nachbesprechung dann flog er wieder zurück nach Hamburg, wo ihn Estelle schon sehnsüchtig erwartete.

Martin schaute sie freudestrahlend an und sagte dann nachdenklicher. „Weißt du, jetzt wo wir Eltern werden ist das noch ein Grund mehr dieses Handwerk nur noch ein paar Jahre auszuüben."

„Na ja 8 Jahre müssen wir noch durchhalten dann können wir uns endgültig zur Ruhe setzen."

KAPITEL XIII

Und so wurde dann ein halbes Jahr später ihr Sohn geboren.

Maurice war aus Marseille gekommen und freute sich riesig, dass er der Pate sein durfte, zumal das Kind seinen Namen bekommen sollte. Es hieß Moritz, die deutsche Variante von Maurice.

Für eine gewisse Zeit wurde Martin auch nicht behelligt, sodass er sich ganz seiner kleinen Familie widmen konnte.

Doch eines Tages klingelte es wieder an der Tür und derselbe Mann wie beim letzten Mal stand davor. Martin bat ihn herein und bot ihm einen Drink an.

Natürlich wusste der Mann auch diesmal nicht allzu viel über die geplante Aktion zu sagen nur dass es diesmal in Deutschland stattfinden würde und das er innerhalb von 3 Tagen wieder zurück wäre wenn alles glatt ginge.

Das Briefing fand im gleichen Gebäude statt, wo Martin schon einmal war.

Es dauerte auch nicht lange, da kam der Einsatzleiter auch schon über Martins Aufgabe zu sprechen.

„Also folgende Situation, Deutschland ist mit vielen Ländern befreundet und diese auch mit uns.

Nichtsdestotrotz spionieren diese Länder uns aus und wir aber auch sie.

Man versucht auf diese Weise sich bzw. bei Verhandlungen einen Vorteil zu verschaffen. Das wird auch bis zu einem gewissen Punkt akzeptiert, solange der jeweilige Agent nicht grade auf frischer Tat erwischt wird.

Sollte das der Fall sein, so wird dieser Agent vor Gericht gestellt und verurteilt. Oft wird er dann aber auch gegen einen anderen Agenten ausgetauscht.

Schön und gut aber jetzt gab es einen Vorfall, der so nicht mehr hinnehmbar ist.

Einer unserer Agenten wurde hier in Berlin beim Spionieren in der polnischen Botschaft erwischt.

Dabei wurde er von einem dortigen Mitarbeiter getötet.

Wir wissen genau wer das war, können aber nichts tun, weil dieser als Mitarbeiter der Botschaft Immunität besitzt. Außerdem müssten wir dann auch offiziell unsere Spionagetätigkeit gegenüber Polen zugeben, was selbstverständlich nicht möglich ist wie sie sicher verstehen werden."

Dann bekam Martin eine Mappe überreicht.

„Hier drin sind alle Informationen über den Mörder die sie brauchen, arbeiten sie sich gut ein und dann erledigen sie den Mistkerl.

Am besten wäre es natürlich, wenn es nicht direkt als Anschlag auszumachen ist, aber gleichzeitig auch als solcher erkannt wird.

Wir wünschen ihnen viel Erfolg."

Martin hatte seinen Plan schnell ausgedacht, in den nächsten zwei Nächten ging er immer an der Botschaft vorbei und wenn die Schäferhunde, die dort Wache hielten, auf ihn zugerannt kamen, warf er ihnen schnell einen Ring Fleischwurst zu. Schon in der nächsten Nacht, als er sich wieder der Botschaft näherte, bellten beide als sie ihn erkannten. Diesmal jedoch hatte er die Wurst aufgeteilt und warf jedem ein Stück hin. Als die Hunde nun mit Fressen beschäftigt waren, nahm er das Blasrohr, das er zu diesem Zweck mitgeführt hatte in die Hand und führte einen Pfeil ein, an dessen Seite eine Hohlnadel befestigt war mit einer kleinen innen liegenden Retardkapsel. Auf der anderen Seite eine war lange Schnur. Martin zielte nun und traf dann auch den Hund, den er treffen wollte. Dieser jaulte kurz auf, aber Martin zog auch schon an der Schnur und entfernte so den Pfeil. Dann ging er schnell zum Auto zurück, schaute noch mal schnell auf die Uhr und ging dann zum Wagen zurück. Er übernachtete in einem Hotel und wartete darauf, dass alles so ablief wie geplant.

Am nächsten Tag ging Piotre Matuchevski freudestrahlend aus der Botschaft.

Er war soeben belobigt worden, weil er den deutschen Spion eliminiert hatte. Jetzt wollte er erst einmal mit seinem Hund Stalin im Grunewald spazieren gehen und morgen sollte es dann ab nach Hause gehen.

Irgendwie kam ihm der Hund heute komisch vor, er hatte schon Mühe ihm die Leine anzulegen. Als sie dann schließlich den Grunewald erreichten wurde der Hund immer wilder. „Ruhig Stalin versuchte er ihn zu beruhigen und griff mit seiner Hand nach ihm.

Sofort biss der Hund zu. Piotre schrie auf vor Schmerz und setzte sich darauf auf eine Parkbank.

Da der Hund sich nicht beruhigen wollte, riefen Passanten schließlich die Polizei, die nicht anderes tun konnten als den Hund zu erschießen.

Piotre wurde ins nächste Krankenhaus eingeliefert, wo man nach eingehenden Untersuchungen feststellte, dass der Patient durch einen Hundebiss mit Tollwut infiziert wurde.

Diese führte dann nach kurzem Krankheitsverlauf zum Tode.

Als die Pathologin den Hund untersuchen wollte, um herauszubekommen wie der sich eigentlich infizieren hatte, war der Kadaver nicht mehr aufzufinden. Ein ihr nicht bekannter Veterinär hatte ihn schon wegen der Seuchengefahr verbrennen lassen.

Die Bundesregierung schickte eine Trauerkarte und einen Kranz an die polnische Botschaft und bedauerte das Ableben eines solchen verdienten Mitarbeiters.

In der polnischen Botschaft hatte man verstanden.

Martin flog zu seiner Frau und dem Kind zurück nach Hamburg. Er erbat sich, nachdem er diesen Auftrag so zufriedenstellend erledigt hatte, einen Urlaub für sich und seine Familie, der ihm auch umgehend genehmigt wurde.

Ihr Ziel war Gran Canaria, wo sie am Playa des Ingles einen wunderbaren Badeurlaub verbrachten. Das sie dabei immer von den spanischen Behörden im Auge gehalten wurden, wäre ihnen gar nicht aufgefallen, hätte es am Strand nicht einen Vorfall gegeben. Martin und Estelle waren vielleicht einen Moment nicht aufmerksam genug gewesen. Jedenfalls war ihr 3-jähriger Sohn wohl von einer Strömung erfasst worden und drohte nun aufs Meer hinaus gezogen zu werden „Hilfe, Hilfe rief das Kind, doch noch bevor Martin oder Estelle reagieren konnten, sprang ein Mann ins Wasser und rettete das Kind.

„Ihr Sohn Senor Wolf", sagte der spanische Beamte, als er das Kind den total überraschten Eltern übergab.

Von nun an achtete Martin drauf und es fiel ihm auf, dass er rund um die Uhr überwacht wurde.

Als sie wieder zurück vom Urlaub waren, ging ihr ganz normaler Alltag wieder weiter, ohne dass sie gestört wurden.

Nach ein paar Jahren war es dann auch schon so weit, dass Sohn Moritz eingeschult wurde.

Martin war nun bald 50 Jahre alt und hoffte darauf in den Innendienst versetzt zu werden.

Dieses wurde jedoch abgelehnt und Martin stattdessen wieder zu einem Briefing bestellt. Martin wartete einen Moment, bevor er ins Zimmer ging, wo wie gewohnt einige getarnte Männer saßen.

„Wie sie wissen, fing einer an, haben wir ein recht gutes Verhältnis zu Russland. Allerdings gibt es da einen Oligarchen, dessen Einfluss auf den russischen Präsidenten Putin immer größer wird. Dieses liegt weder im europäischen noch speziell im deutschen Interesse. Ihre Aufgabe soll es nun sein, diesen Mann zu liquidieren und das Ganze so aussehen zu lassen als wäre dieser Mord von der Konkurrenz begangen worden. Wir werden sie als russischen Arbeiter in die Botschaft einschleusen der Reparaturen am Stromnetz der Botschaft vornehmen soll. Das ist unauffällig den die Russen lassen bei uns ja auch keine deutschen Arbeiter in die Wohnung. Sie werden in einem günstigen Hotel übernachten, was ihrem Stand entsprechen sollte. Sie bekommen von einem Boten dann eine Waffe mitsamt Munition überbracht, diese benutzen sie dann und werden sie anschließend los. Soweit alles klar?"

„Klar sagte Martin."

Und so reiste Martin nach Russland, wo er mit falschen Papieren im Hotel Sonja eincheckte.

Zur Tarnung hatte er eine Werkzeugkiste dabei, die alles enthielt, was ein Elektriker so braucht. Am nächsten Tag klopfte ein Angestellter der russischen Botschaft an seine Tür.

„Sie sind also der Elektriker", fragte dieser sofort.

„Ja in der Tat so ist es", antwortete Martin.

„Möchte wissen, was an unserem Stromnetz nicht in Ordnung sein soll, soweit ich weiß funktioniert doch alles tadellos."

„Ich wurde angewiesen alles noch einmal durchzumessen", sagte Martin, „könnte sein, dass die Deutschen mit dranhängen."

„Das erklärt natürlich ihren Auftrag", sagte der Angestellte. Sie sollen dann morgen um 8 mit ihrer Arbeit beginnen."

„Geht in Ordnung", meinte der Wolf.

Am nächsten Tag erschien er in der Botschaft, wo er nach kurzer Zeit vermelden konnte, dass in der Botschaft alles in Ordnung wäre.

Nun hatte er sich etabliert und fiel nicht mehr auf.

Im kleinen Hotel Sonja war er ab jetzt nur noch Piotr Kamutschenko der Elektriker. Und da er auch in der Botschaft nicht aufgefallen war, gab sich nun auch der KGB mit seiner Überprüfung scheinbar zufrieden.

Martin hatte es sich kaum gemütlich gemacht und seine Sachen ausgepackt da klopfte es an der Tür seines Hotelzimmers.

Vorsichtig öffnete er.

Vor der Tür stand ein Bote mit einem Paket.

„Das ist für sie Ersatzteile, die bestellt hatten."

Martin gab dem Boten ein Trinkgeld und schloss die Tür.

Er legte das Paket auf den Tisch und öffnete es vorsichtig.

Zum Vorschein kam eine russische Maschinenpistole neuerer Bauart sowie 100 Schuss Munition.

Nun ist es so, dass Martin die sogenannte deutsche Gründlichkeit zu eigen war und so zerlegte er die Waffe in ihre Einzelteile, um keine unangenehmen Überraschungen zu erleben.

Und siehe da die Waffe hatte einige Probleme.

Als nächstes nahm Martin sich die Patronen vor.

Diese waren alle mit einem roten Punkt als scharfe Munition gekennzeichnet. Doch Martin fiel auch hier etwas auf.

Bei einer der Patronen war ein kleines Bisschen grün neben der roten Markierung zu sehen.

Martin nahm sein Taschenmesser und kratzte bei allen Patronen solange, bis die rote Farbe verschwunden war, und stattdessen die darunter liegende grüne Markierung zum Vorschein kam.

„Platzpatronen, alles Platzpatronen" stellte Martin überrascht fest.

„Das heiß aber auch, dass die Russen etwas wissen oder zumindest ahnen", dachte Martin. Ich frage mich nur woher, wir haben anscheinend eine undichte Stelle, ich muss mir also was neues einfallen lassen.

Zuallererst beobachtete der Wolf sein Opfer, um dessen Gewohnheiten kennenzulernen. Als er Bescheid wusste, ging es nur noch darum, eine geeignete Waffe zu bekommen. Dazu beobachte er Soldaten aus einer nahe gelegenen Kaserne. Als er sah, wo diese ihren Wodka tranken, folgte er einem.

Der Soldat setzte sich an den Tresen und bestellte einen großen Wodka.

Martin setzte sich ebenfalls an den Tresen und bestellte Wodka.

Er hob das Glas und prostete dem Soldaten zu. So dauerte es nicht lange und die beiden Männer lachten und tranken zusammen.

Nach einer gewissen Zeit fragte Martin den Soldaten was man denn so bei der roten Armee verdiene.

Aber da hatte er wohl einen wunden Punkt erwischt, der Soldat beschwerte sich bitterlich über harten Drill und kümmerlichen Lohn.

„Wollen sie sich eventuell noch etwas dazu verdienen?

„Ein Zubrot ist mir immer willkommen", sagte der Soldat.

Also sagte Martin verschwörerisch und bestellte noch 2 große Wodka ich bin ein großer Freund von sowjetischen Waffen. Leider fehlt mir noch ein Prunkstück in der Sammlung. Ich bräuchte eine Kalaschnikow und 100 Schuss.

„Unmöglich sagte der Soldat.

„Unmöglich ist nichts, sagte Martin.

Ach im Übrigen, ich würde 2000 Euro bezahlen.

„Zu wenig bei dem Risiko, bemerkte der Soldat, ich möchte 10000 Euro".

„Zu viel", sagte Martin, „höchstens 4000."

„Gut also 5000", sagte der Soldat.

„Abgemacht erwiderte Martin bringen sie die Waffe zu meinem Wagen ich werde morgen in der Nähe der Kaserne warten. Ich bringe dann auch das Geld mit."

Genauso lief dann auch alles ab. Der Soldat brachte nach Einbruch der Dunkelheit die Waffe und kassierte das Geld.

Am nächsten Tag wurde der Verlust der Waffe festgestellt und die ganze Kaserne durchsucht. Aber die Waffe tauchte nicht mehr auf. Die Offiziere erhöhten den Druck auf die Soldaten, aber leider kam die Waffe nicht wieder zurück.

Nach einigen Wochen war über die ganze Geschichte Gras gewachsen.

Wochen wartete Martin aber nicht. Er wartete ab, bis der Oligarch Iwan Taschinski, genannt Iwan der Schreckliche, seinen Lieblingsclub aufsuchte Iwan, trank Wodka und Krimsekt mit drei jungen Damen. Abgesichert wurde er dabei von zwei Leibwächtern.

Nach ein paar Drinks hatte der Oligarch genug von Getränken und Damen.

Die beiden Leibwächter gingen voraus und sicherten die Flanken, während Iwan zum Auto lief.

Martin hatte im gegenüberliegenden Haus Position bezogen.

Martin öffnete das Fenster, hob die MP und schoss.

Iwan war schon tot bevor er aufs Pflaster aufschlug.

Die beiden Bodyguards eröffneten sofort das Feuer, aber da war Martin schon durch den Hinterausgang entwischt. Er sprang in einen vorher geparkten Moskwitsch und mischte sich unter den chaotischen Moskauer Verkehr.

Bevor Martin sich Richtung Flughafen bewegte, entsorgte er die AK47 in der Moskwa.

Nun fuhr Martin entspannt Richtung Flughafen und freute sich schon auf die Heimreise und seine Familie, doch es sollte anders kommen.

Er hatte den Flughafen fast erreicht, als ein Transporter mit quietschenden Reifen vorfuhr. 2 Männer sprangen raus und zerrten Martin aus seinem Wagen in den Transporter.

Martin fand sich kurze Zeit später in der Lubjanka dem Hauptquartier des russischen Geheimdienstes.

KAPITEL XIV

Die beiden Männer brachten Martin in ein Büro, wo ein Offizier des Geheimdienstes an einen Schreibtisch saß. Einer der Männer knallte Martin auf einen Stuhl, gegenüber von einem KGB Offizier.

„Guten Abend Wolf sagte dieser."

„Darf ich mich vorstellen, ich bin Oberst Medvedev. Unser Präsident ist sehr erbost, er will ihren Kopf.

Aber ich bin der Meinung, dass sie uns vorher mit einigen Auskünften dienen könnten."

„Ich wüsste nicht, mit welchen Auskünften ich ihnen behilflich sein könnte."

„Falsche Antwort sagte der Offizier und nickte kurz.

Sofort wurde er in die Nieren geschlagen. Martin krümmte sich vor Schmerzen.

Fangen wir mal ganz einfach an. Wer hat ihnen die Waffe besorgt."

„Welche Waffe?"

Der nächste Schlag traf die andere Niere.

Also, sagte der Offizier, ich lege mal die Karten auf den Tisch. Aus einer Schublade zog er einen dicken Ordner. Also Herr Lubatchek, das hier ist ein Dossier mit allen ihren Aktionen, als sie dann nach Russland einreisten, war uns klar, dass sie irgendwas im Schilde führten. Und denken sie nicht, dass wir uns durch ihr Ablenkungsmanöver hätten täuschen lassen von wegen Elektriker und so. Die Waffe, die sie bekommen sollten, konnten wir noch abfangen. Aber wir konnten nicht verhindern das sie sich eine neue Waffe besorgten.

Ich frage also noch mal woher war die Waffe?"

„Ok, sagte Martin, von einem Soldaten hier aus der Kaserne."

„Das dachten wir uns schon, denn der Verlust der Waffe dort war uns schon bekannt."

Aber wie hieß der Soldat."

„Wir haben nur einen Abend zusammen getrunken und er hat mir die Waffe verkauft, unsere Namen haben wir uns gegenüber nicht erwähnt." Der Offizier ließ ihn noch ein paar harte Schläge verpassen bevor er Martin in eine Zelle sperren ließ.

„Morgen wirst du weiter verhört", sagte einer der KGB Schergen und glaube mir, wir haben noch jeden zum Reden gebracht."

Martin musste sich übergeben und als er die Toilette benutzte pinkelte er Blut.

Ich muss hier raus, sonst bin ich innerhalb einer Woche tot und vergessen. Die deutsche Botschaft wird mit Sicherheit nichts für mich unternehmen.

Am nächsten Tag wurde er wie schon angekündigt wieder zum Verhör geführt.

„Sie werden uns heute alles über die europäische Spezial Einheit erzählen, sagte der Oberst.

„Einen Scheiß werde ich tun", sagte Martin. Der Offizier nickte wieder und Martin wurde mit einer stählernen Hand emporgerissen, doch diesmal reagierte Martin sofort. Bevor dieser noch zuschlagen konnte, hatte Martin den Mann gedreht und vor sich positioniert.

Dann zog er ihm seine Waffe aus dem Holster und schoss zweimal durch den Körper des Mannes auf den am Schreibtisch sitzenden Offizier.

Beide waren sofort tot.

Martin nahm sich nun aller Waffen an, die im Zimmer lagen. Dann öffnete er vorsichtig einen Spalt der Tür. Draußen war alles ruhig. Nur vereinzelt betraten Personen den Flur. Martin wartete einen günstigen Moment ab, dann ging er ins Treppenhaus.

Von dort aus ging er in den Keller, wo sich die Wäscherei befand. Ohne gesehen zu werden entwendete er eine Uniform, die er auf einer der Toiletten dann auch anzog.

So gekleidet fiel er niemandem auf.

Auch schien man die beiden Toten noch nicht entdeckt zu haben, denn im Haus war soweit noch alles ruhig.

Durch den Hintereingang kam er ins Freie und von dort auf die Straße.

Schnell entfernte er sich und hatte schon nach wenigen Minuten die deutsche Botschaft erreicht. Im Büro eines Verbindungsoffiziers staunte man nicht schlecht als er in russischer Uniform auftauchte.

Kurz schilderte er die ganzen Vorkommnisse.

„Die Russen waren gewarnt, anscheinend gibt es einen Maulwurf in der Organisation, musste improvisieren habe den Auftrag dann aber doch ausgeführt. „War schon auf dem Rückweg da wurde ich vom KGB verhaftet und verhört. Habe aber nichts verraten.

Musste bei meiner Flucht leider zwei hohe KGB Beamte töten darunter ein Oberst."

„Wir müssen sie sofort hier wegbringen", sagte der Verbindungsoffizier, wenn die erst die Toten entdeckt haben kommen wir so schnell nicht mehr aus Russland raus. Dabei griff er zum Telefon und ließ erst einen Flieger klarmachen, der heute noch Botschaftsmitarbeiter ausfliegen sollte, dann wurde ein Auto der Fahrbereitschaft bestellt.

5 Minuten später saß Martin mit 3 anderen Leuten die zu ihrer eigenen Überraschung und so kurzfristig mitten in der Nacht in den Urlaub geschickt wurden in einem Auto Richtung Flughafen.

Weitere 10 Minuten später hatte der Flieger abgehoben und flog Richtung Deutschland.

Martin lehnte sich tief in seinen Sessel zurück, während seine Mitreisenden nun die an Bord befindliche Bar entdeckt hatten und diese nun ausgiebig plünderten.

Der Wagen des KGB der nun mit quietschenden Reifen auf dem Vorfeld des Flughafens ankam, hatte leider das Nachsehen.

In Deutschland angekommen wurde Martin erst einmal ärztlich untersucht. Neben ein paar Tabletten für die Nieren und dem Hinweis, viel zu trinken, bekam er viel Ruhe verordnet.

Und so machte es sich Estelle mit viel Liebe zur Aufgabe ihren Mann wieder gesund zu pflegen.

Als es ihm dann wieder etwas besser ging, wurde er tatsächlich erst einmal in den Innendienst versetzt.

Hier bestand keine Gefahr mehr um Leib und Leben.

Allerdings musste Martin feststellen, dass die Arbeit am Schreibtisch und mit Akten auf Dauer ihn auch nicht befriedigte.

Deshalb war er auch froh, als er eines Tages abkommandiert wurde und nun als Ausbilder für den Bundesnachrichtendienst arbeiten sollte. Speziell Waffentechnik, Schusstraining und Nahkampf.

Als er seinen ersten Lehrgang hatte, merkte er schnell, dass ihn die jungen Leute nicht so ernst nahmen. Mit einem leichten Lächeln erinnerte er sich daran, wie Rene ihn damals auf die Bretter geschickt hatte.

Und so ging er nach dem alten Vorsatz vor, den er schon als Kind auf dem Schulhof gelernt hatte, ballere immer gleich dem Anführer eine vor den Latz und dann sind alle anderen ruhig.

„So dann komm du mal zuerst vor forderte Martin einen Jungen heraus, der die ganze Zeit nur gelästert hatte und Sprüche gedroschen hatte.

„Kleinigkeit", sagte dieser und versuchte auf Martin einzuschlagen.

Doch es erging ihm wie vor über 30 Jahren ihm selbst und er landete immer und immer wieder auf der Matte. Als die anderen dann anfingen sich über ihn lustig zu machen, gab er beschämt auf. Ab da lief der Kurs in Nahkampftechniken in geordneter Reihenfolge ab.

Doch auch das blieb nicht das Ende.

Nach einer längeren Zeit als Leiter eines ESU Trainingscamps wurde er wieder zum Briefing in Paris eingeladen.

Wieder flog er mit Air France nach Paris. Dort wurde er wieder mit einem Wagen in das Bürogebäude gefahren, das er schon kannte.

„Wir haben sie aus zweierlei Gründen wieder aus Deutschland angefordert."

1. Ihre hervorragende Arbeit bei ihrem letzten Einsatz in Frankreich.

2. Der Mann, der in Schwierigkeiten geraten ist, ist ein alter Bekannter von ihnen.

„Um wen handelt es sich" fragte Martin.

„Gideon Tipodoe?"

„Was der Beamte von Interpol?"

„Genau der"

„Was ist passiert?"

„Tipodoe ist etwas übers Ziel hinausgeschossen."

„Er hat außerhalb seines Kompetenzbereichs gearbeitet. Er wurde dabei erwischt, als er im Libanon einen Mann verhaften wollte, der wegen verschiedener Verbrechen in Frankreich gesucht wurde.

„Jetzt läuft der Verbrecher weiter auf freien Fuß herum, während der arme Tipodoe in einem stinkenden libanesischen Knast ausharren muss.

Deine Aufgabe wäre Tipodoe zu befreien und nach Frankreich zu bringe und gleichzeitig den Gangster zu bestrafen. Du wirst mit einem französischen Kriegsschiff in die Nähe der libanesischen Küste gebracht. Dort musst du dann bis zur Küste schwimmen.

Es war nichts außergewöhnliches, dass ein Schiff der französischen Marine bis ins östliche Mittelmeer hinein vorstieß. Dort war es den Behörden der Region also bekannt, dass diese gelegentliche Überwachungsfahrten durchführten. Es war also niemand besonders beunruhigt, als sie das Schiff auf ihrem Schirm hatten.

Sie nahmen Funkkontakt auf, fragten kurz nach den Absichten und wiesen freundlich darauf hin, dass das Schiff sich bitte in internationalen Gewässern halten sollte. Der Kapitän antwortete freundlich, dass sie auch nicht die Absicht hätten die Grenzen des Landes zu verletzen. Dann verabschiedete man sich und der Kapitän ließ beidrehen.

Während des kurzen Gespräches des Kapitäns mit der Libanesischen Küstenwache hatte Martin sich in einen Froschmann verwandelt, der nun sich von einem Jetpack Richtung Strand ziehen ließ.

Es dämmerte schon, als er schließlich an Land ging. Er verstaute den Froschmannanzug in einen mitgeführten Sack und zog sich um. Dann versteckte er alles unter einer Baumwurzel und füllte noch Erde und Blätter darauf.

Als erstes wollte er den Verbrecher seiner gerechten Strafe zuführen.

Dieses ging erstaunlicherweise einfacher als erwartet.

Am Hafen von Beirut gab er einem Fischer 100 Euro damit er ihm einen Gefallen tat und sich und noch eine weitere Person abends mit aufs Meer nahm.

Als nun der gesuchte spät am Abend aus einer Teestube kam und in eine dunkele Gasse einbog, folgte Martin ihn und betäubte ihn mit einem schnellwirkenden Gas.

So schleppte er ihn zum Hafen auf das Boot und legte ihn ins Rettungsboot.

„Das ist ein betrunkener französischer Seemann, der desertiert ist, ich habe den Auftrag ihn zurückzubringen. Draußen auf See wartet ein Schiff, das ihn dann aufnehmen wird.

Man sah dem Fischer an, dass er sich nicht sicher war, ob er das nun glauben sollte oder nicht."

„Sieht gar nicht aus wie ein Franzose" versuchte er noch einzuwenden.

„Ist er ja auch nicht, er ist Libanese, war aber in französischen Dienst bei der Marine."

„Ach so", sagte der Fischer „deswegen also die eher libanesische Kleidung."

„Gut meinte Martin dann können wir ja ablegen."

„Ja", sagte der Fischer und löste die Leinen.

Nach einer halben Stunde Fahrt erkannte man die Umrisse des französischen Kriegsschiffes. Nach einem Signal wurde ein Fallreep runtergelassen und der Libanese verschwand auf dem Schiff.

„So", sagte Martin „Ich hau mich jetzt für den Rest der Nacht aufs Ohr und wenn dein Fischfang erfolgreich war, dann hauen wir uns morgen einen schönen Fisch in die Pfanne."

„Ok, sagte der Fischer, das machen wir."

Gideon Tipodoe war nicht so hartgesotten wie der Wolf und so hatten ihn die stundenlangen Verhöre arg zugesetzt. Er saß nun in einer Ecke seiner Zelle zusammengekauert. Das linke Auge war zugeschwollen und die Oberlippe war aufgeplatzt.

Er hatte im Laufe des Verhörs alles erzählt, was er wusste und noch einiges, was er nicht wusste. Sollen sich doch die verdammten Libanesen selbst zusammenreimen was war ist und was nicht. Die Zelle, in der er war, bestand aus einem alten Bettgestell mit einer Decke, die vor lauter Ungeziefer nur so wimmelte. Tipodoe hatte deswegen auch schon einige Flohbisse abbekommen. In einer Ecke des Raumes befand sich ein stinkendes Loch, um die Notdurft zu verrichten. Er wusste, dass er solche Bedingungen nicht lange durchhalten konnte.

„Warum nur unternahm die französische Botschaft den nichts. Anscheinend geht das wieder nicht so einfach diplomatische Gründe oder so."

Und ich kann hier drin verrecken, dachte Tipodoe.

Die Mauer ragte etwa 20 Meter hoch. Martin hatte sich wieder ganz in Schwarz gekleidet und die Nacht abgewartet.

An Händen und Füssen trug er Kletterhilfen, die schon in vereinfachter Form die Ninjas des 16. Jahrhunderts benutzt hatten.

Nun diese waren auf dem neuesten Stand der Technik und ermöglichte Martin wie eine Spinne senkrecht die Wand hochzuklettern.

Martin arbeitete sich also zielstrebig zu dem kleinen vergitterten Fenster vor.

In wenigen Minuten hatte er es erreicht und sicherte sich mit einem Karabinerhaken. Er warf einen Blick in den innen liegenden Gang, wo gerade eine Wache aus dem sichtbaren Bereich verschwand. Martin schaute auf die Uhr.

Nach etwa 3 Minuten war die Wache wieder da.

Dieses über prüfte er noch zweimal. Danach benutzte er den Laser, den er ums Handgelenk trug, um die Gitterstäbe durchzutrennen.

James Bond wäre neidisch lächelte er leise, als er den letzten Eisenstab durchtrennte.

Er schaute auf die Uhr.

Noch 30 Sekunden.

Martin schwang sich in den Gang und war mit zwei Sätzen an der Ecke, wo gleich die Wache wieder auftauchen sollte.

In der Hand hielt er eines der abgetrennten Eisenrohre, mit dem er nun den erscheinenden Wachmann niederschlug. Er fing den Mann auf, fesselte und knebelte ihn und blockierte die einzige Tür. Langsam ging er an den einzelnen Zellen vorbei.

Bloß nicht alle Leute aufgeweckt den das wäre der Sache abträglich gewesen.

Bald jedoch hatte er den übel zugerichteten Tipodoe gefunden.

Mit dem Laser die Tür zu öffnen war nur eine Kleinigkeit und so betrat er dessen Zelle und hielt ihm die Hand vor dem Mund.

Tipodoe riss die Augen auf.

Martin legte den Finger auf seinen Mund und nahm seine Hand von Tipodoes Gesicht.

„Wolf", sagte er leise, „mit jedem hätte ich gerechnet aber bestimmt nicht mit ihnen."

„Los gehen wir", sagte Martin.

Um es Tipodoe zu erleichtern stellte er einen Schemel vors Fenster.

„Was darunter sagte Tipodoe unmöglich."

„Kein Problem sagte Martin und legte ihn ein Geschirr an.

Nun konnte Tipodoe nicht anders, er musste sich auf Martin verlassen.

Also ging er mit den Beinen zuerst heraus und Martin ließ ihn runter.

Dann sicherte er das Seil an einem in der Nähe befindlichen Zellengitter und wagte nun selbst den Abstieg.

„Und wie nun weiter", fragte Tipodoe, als auch Martin unten angekommen war.

„Zum Strand."

„Baden gehen wollte ich heute eigentlich nicht mehr."

„Nicht Baden Schwimmen."

Martin suchte den Baum auf und grub die Sachen aus, auch für Tipodoe hatte er eine Froschmannausrüstung dabei. „Mit dem Jetpack lassen wir uns in internationale Gewässer Ziehen.

Wenn wir die erreicht haben, betätigen wir diesen Schalter an dieser kleinen Signalboje.

Dann weiß das französische Schiff das hier herumkreuzt, wo wir sind und fischt uns raus.

So der Plan also los."

Diesmal ging es etwas langsamer, weil das Jetpack zwei Personen ziehen musste, doch nach etwa einer Stunde stellte Martin dann die Boje an. Nach weiteren 20 Minuten kam das Schiff näher, das mit großen Scheinwerfern die Wasseroberfläche absuchte, bis sie die beiden Schwimmer entdeckt hatte. Auch diese holte man über das heruntergelassene Fallreep an Bord. Nachdem es erst einmal etwas warmes zu trinken gab, wurde Tipodoe medizinisch versorgt.

Martin jedoch ging in seine Kabine, legte sich in seine Koje und schlief ein mit dem Gedanken seit Jahren mal endlich etwas wieder getan zu haben was richtig und gut war.

In Marseille ließ sich Martin ausschiffen, nicht ohne jedoch von Gideon Tipodoe tausendmal die Hand geschüttelt zu bekommen.

„Ich stehe tief in ihrer Schuld", sagte er. Sie können versichert sein von mir haben sie nichts mehr zu befürchten."

„Ist ja gut", sagte Martin, „halten sie sich in Zukunft von Gefahren fern."

„Das werde ich mit Sicherheit tun, bestätigte Tipodoe.

Also leben sie wohl", sagte er und streckte Martin erneut die Hand hin.

Dieser ergriff sie ein letztes Mal, dann hob er noch seinen rechten Arm zum Gruß bevor er die schiffseigene Schaluppe betrat.

KAPITEL XV

Schon als die Schaluppe in den alten Hafen von Marseille einlief, konnte er Estelle sehen, die mit Moritz an der Hand auf ihn wartete.

„Papa, Papa, hörte er seinen Jungen rufen und dem sonst so hartgesottenen Mann trieb es die Tränen in die Augen.

Kaum an Land fiel der kleine Junge seinem Papa in die Arme, der sich der vielen Küsse kaum erwehren konnte.

„Sag mal", sagte Estelle lächelnd, weinst du etwa?"

„Nein", sagte Martin, ist nur die Seeluft."

„Aha die Seeluft also na dann komm mal mit Onkel Maurice erwartet uns schon."

„Sag mal", bemerkte Martin, „Maurice müsste doch auch schon über achtzig sein, wenn ich mir das recht überlege."

„Ja und Rene ist über sechzig, der ist nämlich auch da."

„Na dann aber los", sagte Martin.

Es wurde noch ein langer Abend. Nach einem ausgezeichneten Essen mit viel Wein und Champagner ließ man die alten Zeiten wieder auferstehen.

Nur als die Sprache auf Marianne kam traten Maurice die Tränen in die Augen.

„Martin, du musst den Kerl umlegen, der sie getötet hat, das bist du mir schuldig."

„Hmm", sagte Martin, „der Anschlag ging damals von Pietro Callista aus, aber ob er oder einer seiner Mittäter Marianne getötet haben, ist schwer zu sagen."

„Dann kill notfalls alle, wenn du Geld willst, daran soll es nicht scheitern."

Maurice, es geht mir nicht ums Geld, aber ich habe mit Pietros Schwester meinen Frieden gemacht, lege ich jetzt auch noch ihren Bruder um, werden alte Wunden wieder aufbrechen.

Nachdem Martin einige Nachforschungen angestellt hatte, stellte er fest, dass alle außer Pietro schon das Zeitliche gesegnet hatten.

Gut, dachte sich Martin, muss ich mir nur noch was einfallen lassen, was Maria als natürlichen Tod ihres Bruders akzeptieren würde.

Zu allererst begann Martin sein Äußeres zu verändern.

Er ließ sich einen Vollbart wachsen und hielt sich viel in der Sonne auf, sodass seine Haut mit der Zeit wettergegerbt aussah.

Auch fing er an einige derbe Arbeiten auszuführen, sodass er schwielige Hände und dunkle Ringe unter den Fingernägeln bekam.

Ein blau-weiß gestreiftes Hemd eine fleckige Hose und eine passende Mütze ließen ihn als Fischer erscheinen. Er ging ein paarmal am Kiesstrand entlang, wo Pietro regelmäßig schwimmen ging. Aber dieser nahm gar keine Notiz von ihm, also hatte er ihn auch nicht erkannt.

Nach einer Woche war er wieder in Strandnähe und tat so als würde er Netze flicken. Es dauerte auch nicht lange, da kam Pietro Callista an den Strand, legte eine Badematte auf den Kiesstrand aus und streifte seine Kleidung ab. Nur die Badehose, die er unter seiner normalen Kleidung trug, behielt er an.

Mit einem Sprung war er auf den Beinen und lief zum Meer. Mit großen Zügen schwamm er aufs Meer hinaus.

Als Pietro etwa 100 Meter hinausgeschwommen war, zog Martin Schutzhandschuhe aus Metall an und holte eine kleine Dose hervor.

Unauffällig bewegte er sich Richtung Badematte von Pietro, öffnete die Dose und holte einen kleinen blaugefleckten Tintenfisch hervor und legte das Tier in Pietros Designerschuhe. Nun ging er schnell zurück zu seinem Netz und wartete ab, bis Pietro zurückkam.

Als Pietro aus dem Wasser stieg, fühlte er sich wie immer sehr erfrischt, er ging zu seiner Matte, trocknete sich ab und begann dann sich wieder anzuziehen. Gerade wollte er seine nagelneuen Schuhe anziehen, als er einen stechenden Schmerz am Fuß spürte.

Als er nach seinem Fuß schaute sah er den kleinen blaugefleckten Tintenfisch daran.

Die Lähmung setzte fast unmittelbar ein und binnen Minuten war er tot.

Martin setzte sich in Bewegung, binnen Minuten hatte er den Hafen von Palermo erreicht.

Mittels Fähre erreichte Korsika und von dort Marseille.

„Marianne ist gerächt", sagte er. „Gut", sagte Maurice, „darauf trinken wir."

In Palermo sprach Maria Callista mit der Gerichtsmedizinerin. „Es tut mir leid, sagte diese, aber da hat ihr

Bruder sich wohl den falschen Platz ausgesucht, um auf seiner Badematte zu liegen.

„Und todesursächlich war tatsächlich dieser Drecks-tintenfisch?"

„Genau diese Art ist extrem giftig, es tötet selbst einen Menschen relativ schnell.

Sehen sie und die Medizinerin hob die Abdeckung an, die über Pietros Leichnam lag. Hier können sie noch die Bisswunde noch sehen."

„Und sie sind sich absolut sicher, dass da keiner nachgeholfen hat?"

„Absolut sicher kann man sich natürlich nie sein, ich bin ja sowieso nur die Gerichtsmedizinerin.

Für Ermittlungen sind die Kollegen vom Morddezernat zuständig."

Doch auf die italienische Polizei wollte Maria Callista sich nicht verlassen.

Sie schickte einige Leute los, um in der Umgebung des Strandes Nachforschungen anstellen zu lassen.

Schon bald darauf kamen einige ihrer Leute mit ersten Informationen.

„Ich habe mit den Fischern geredet", sagte einer, und die haben alle ausgesagt, dass letzte Woche ein fremder Fischer aufgetaucht wäre. „Dieser hätte sich dann in der Nähe der anderen niedergelassen und oft in Richtung ihres Bruders geschaut."

„Ja und was auch recht interessant ist", sagte nun ein anderer, einer der Fischer sagte, dass er recht stümperhaft versuchte ein Netz zu flicken, das beschädigt war. Allerdings sagte der gleiche Fischer, dass dieses Netz noch so neu aussah als hätte es das Meer noch nie gesehen.

Was hat das alles zu bedeuten Chefin, fragte einer der Informanten.

„Oh das kann ich euch jetzt schon sagen, da wollte sich einer als etwas ausgeben was er nicht ist."

„Gnade dir Wolf, wenn das tatsächlich deine Handschrift ist, wie ich vermute."

Nach ein paar weiteren Untersuchungen waren für Maria Callista 2 Sachen klar.

1. Es war kein Unfall sondern Mord und
2. Der Mörder hieß Wolf
3. Sie wollte seinen Kopf

„Aber das ist eine Sache, die ich selbst in die Hand nehmen muss", dachte sie sich.

Maria war mit ihren knapp 50 Jahren immer noch eine sehr schöne Frau. Nur um die Augenwinkel hatte sie ein paar aparte Fältchen, die sie aber noch attraktiver erscheinen ließ wenn sie lachte.

Dieses kam aber in den letzten Tagen selten vor.

Sie hatte in diesen Tagen einige Leute um sich versammelt, die sie ständig mit neuen Informationen versorgten.

„Ich muss bis spätestens übermorgen zugeschlagen haben, sagte sie." „Danach ist er wieder in Deutschland und ist für mich dank seiner Organisation nicht mehr erreichbar.

„Trotzdem rate ich dir, sagte einer ihrer engsten Mitarbeiter, solltest du nichts überstürzen."

„Ich überstürze nichts, sagte Donna Callista, aber jetzt ist Handeln angesagt."

Am nächsten Tag brachte Maurice seine Nichte und Martin zum Bahnhof.

Nach der üblichen Abschiedszeremonie lösten sich Estelle und ihr Mann von Maurice um in den Zug zu steigen.

Plötzlich sprach die Blumenfrau, die in der Nähe gewesen ist Martin an. Vendetta Wolf Vendetta und zog eine kleine MP unter ihren Nelken hervor. Geistesgegenwärtig warf sich Maurice in die Schussbahn als Maria Callista abdrückte.

Tödlich getroffen sank er zu Boden.

Noch ehe Maria reagieren konnte, hatte Martin seine geliebte Glock herausgerissen und seinerseits Maria erschossen.

„Estelle beugte sich über den sterbenden Maurice.

„Bald werde ich wieder mit meiner geliebten Marianne vereint sein", sagte er bevor er die Augen für immer schloss.

Plötzlich war alles voller Polizei auf dem Bahnsteig.

„Die Waffe runter Wolf", rief einer der Beamten. Martin hatte die Hände oben mit der Glock in der rechten Hand. Nun bückte er sich und legte die Waffe mit gestreckten Händen auf dem Bahnsteig ab.

Estelle, die immer noch weinte, wurde in der Zwischenzeit von einer Beamtin festgehalten.

Nach einer Fahrt von nicht einmal 10 Minuten saßen sie nun im Büro eines alten Bekannten.

„Hab ich dich endlich", sagte La Salle als er das Büro betrat. „Auf dich warte ich schon ewig ganz besonders wegen des Anschlages auf mich."

„Den ich doch gar nicht zu Ende geführt habe", lächelte Martin La Salle nun an „Ihnen wird das Lachen noch vergehen, sagte der Polizeichef, jetzt geht es ab in den Bau.

„Da muss ich sie enttäuschen, aber da bin ich anderer Meinung, sagte Martin und lächelte wieder, während er nun sogar die Füße auf den Tisch legte. Nun platzte La Salle aber der Kragen und er schrie los „Was erlauben sie sich überhaupt sie Lump sie Dreckiger!"

Martin blieb ganz ruhig, dann reichte er La Salle ein Visitenkärtchen, auf dem aber lediglich zwei Telefonnummern aufgedruckt waren. „Was soll das, was ist das?", fragte La Salle.

„Das würde ich sagen", meinte Martin, ist so eine Art Freibrief, aber wenn sie mich fragen, würde ich nur die oberste Nummer wählen."

La Salle riss ihm die Karte aus der Hand und wählte die oberste Nummer.

„Ja hier Polizei---", weiter kam er nicht, da wurde er auch schon unterbrochen, „gut sie wissen schon Bescheid." „Allerstrengste Geheimhaltung."

„Was soll ich?", empörte sich La Salle, „beide freilassen?"

„Verdienstvoller Mitarbeiter oft schon nationale Sicherheit gerettet. Wenn es mir nicht passt andere Nummer anrufen."

„Na das überlege ich mir noch, sagte La Salle und knallte das Telefon auf.

Sie scheinen ja einflussreiche Freunde zu haben, meinte La Salle. Jetzt würde mich nur noch interessieren zu wem die andere Nummer gehört."

„Das sagte Martin und stand dabei schon auf ist die direkte Durchwahl zum französischen Innenminister."

La Salle fiel die Klappe herunter und konnte einen Moment nichts mehr sagen, dann sagte er knapp „Gehen sie in Gottes Namen, gehen sie, aber ich hoffe, ich seh sie so schnell nicht wieder." „Da wär noch was", sagte Martin. Was denn noch rief La Salle. „Oh nur eine Kleinigkeit, fahren sie uns bitte zurück zum Bahnhof."

„Also gut es sei, sagte La Salle, aber dann will ich sie in meinen Zuständigkeitsbereich nie wieder sehen."

Mit dem TGV war es ein leichtes den Gare del Este in Paris zu erreichen. Hier stieg man um in einen deutschen ICE, der beide bis nach Hamburg brachte.

Lange konnte er sich nicht ausruhen, schon am nächsten Tag wurde er aufgefordert in Berlin zu erscheinen.

Im schon bekannten Büro wurde er bereits erwartet.

„Wolf, was haben sie sich bei dieser Aktion eigentlich gedacht? Wir hatten allergrößte Mühe ein diplomatisches Debakel zu verhindern."

„Wir dachten eigentlich, dass sie verstanden haben, dass ihre Profession nur noch unter staatlicher Aufsicht stattfinden soll."

Martin blieb cool, er überlegte kurz, dann sagte er „Es tut mir leid, wenn sie wegen mir Unannehmlichkeiten hatten aber leider konnte ich nicht anders. Ich werde selbstverständlich alle Konsequenzen tragen."

„Wolf sie wissen doch so gut wie ich das sie uns im Gefängnis nichts nützen.

Sie werden also auf freien Fuß bleiben.

Die Aktion in Frankreich wird von den dortigen Kollegen vertuscht werden soweit es geht.

Alle Augenzeugen wurden bestochen, dass sie nichts sagten. Die Zeitungen durften nicht berichten, weil es auch hier um die nationale Sicherheit ging.

Martin, sie fahren erst einmal nach Hamburg zurück und warten, bis Gras über die Sache gewachsen ist."

Wieder vergingen einige Monate und das Ende der 10-jährigen Verpflichtung kam langsam näher.
Eines Tages wurde er wieder nach Berlin bestellt.

So sagten die Herren: „Martin Lubatchek genannt, der Wolf, Ihre Zeit bei uns läuft in 14 Monaten bei uns aus.
„Wie versprochen werden in allen Ländern, wo sie auf irgendwelchen Fahndungslisten stehen, Ihre Einträge gelöscht.
„Aber vorher", meldete sich ein anderer Mann zu Wort werden sie noch einen letzten Auftrag übernehmen."
„Dieser Auftrag wird auch gleichzeitig ihr Meisterstück darstellen, denn er wird viele Risiken bergen.

„Und um was geht es da genau" fragte Martin.
Der erste Offizier stellte einen Tageslichtprojektor ein.
„Auf dieser ersten Folie sehen wir eine kleine Stadt in Indien an der Grenze zu Bangladesch.
Ihre erste Aufgabe wird es sein, die Grenze zu überschreiten, ohne als Europäer erkannt zu werden.
Haben sie das geschafft, müssen sie das Land durchqueren. Das wird einige Zeit dauern, bis sie sich dort durchgearbeitet haben. Haben sie diese 2. Aufgabe erledigt, müssen sie die Grenze nach Myanmar dem früheren Burma überschreiten. Die 4. Aufgabe wird es sein nach China einzudringen ohne erwischt zu werden. In Kunming wartet eine Kontaktperson auf sie. Sie werden angesprochen, wenn sie einen roten Seidenschal tragen.

Und zum Schluss müssen sie noch bis nach Chengou vordringen und aus dem dortigen Gefängnis eine unsere Agentinnen befreien und sicher nach Europa bringen. Damit würden wir ihre Scharte als ausgewetzt bezeichnen.

Das ist es in etwa, die genauere Planung wird ihnen überlassen.

Wir haben ihnen einen Ordner zusammengestellt, wo hilfreiche Informationen drin sind, Satellitenaufnahmen, Straßenkarten. usw, Aber auch Hinweise zur Kultur der einzelnen Völker der Art ihrer Kleidung, Bewaffnung, Sprache etc. Kurzum verschmelzen sie mit dem Land um sie herum fallen sie nicht auf, ansonsten wird es für sie eine kurze Reise ohne Wiederkehr. Und eines noch: Ich brauche ihnen wohl nicht zu sagen das alles und ganz besonders der Ordner strengster Geheimhaltung unterliegt.

Wir wünschen ihnen vielen Erfolg."

Zwei Tage später bestieg der Wolf ein Flugzeug der Air India. Argwöhnisch von einigen anderen Geheimdienstlern beobachtet.

Doch als das Flugzeug abgehoben hatte, war ihr Job erledigt, denn Dinge, die ihre Länder nicht direkt betrafen, gingen sie nichts an und das schien ja hier der Fall zu sein.

Martin machte es sich in seinem First Class Abteil gemütlich. Das war einer der Bedingungen, die er gestellt hatte. Denn wenn er sich schon monatelang durch Dschungel und unwegsames Gebiet schlagen musste, so wollte er doch wenigstens einen Flug mit allem Komfort. Und so ließ er sich von den hübschen indischen Stewardessen nach allen Regeln der Kunst mit leckerem Essen und Getränke verwöhnen.

Schon nach einer Weile döste er nur noch vor sich hin. Er dachte an seinen toten Vater, an seine Mutter und ihren neuen Mann.

Aber er gedachte auch all der Toten, die er zu verantworten hatte. Bald darauf fiel er in einen tiefen traumlosen Schlaf.

Die Sonne brannte heiß vom Himmel als das Flugzeug in Kalkutta auf dem Internationalen Flughafen landete. Martin blinzelte, als er die Gangway herabging. Ein bereitstehender Bus brachte die Passagiere zum Terminal.

Ein Mitarbeiter der Botschaft veranlasste eine beschleunigte Bearbeitung der Einreiseformalitäten.

Dann wurde Martin zur deutschen Botschaft gefahren.

Dort wies man ihm ein Zimmer zu und brachte die Kleidung, die er bestellt hatte.

Da es erst früher Nachmittag war beschloss er noch einen kleinen Bummel durch die Stadt zu machen.

Die Kleidung war gut gewählt einfach aber nicht billig.

So wie sie einem Mann zukam, der durchaus gelegentlich zur deutschen Botschaft musste.

In dieser Kleidung betrat Martin nun die Straßen von Kalkutta. Sofort empfing ihn ein unbeschreibliches Getöse. Da hörte man schrille Motoren Bremsengeräusche, unerträgliches Hupen und dazu noch tausende von Stimmen, die sich mit den Händlern und den Besitzern der kleinen Garküchen am Straßenrand mischten. Martin mischte sich unters Volk versuchte so unauffällig wie möglich zu sein, und ließ das ganze Chaos auf sich wirken.

An der nächsten Straßenecke war ein kleiner Markt, der eben von einer Horde Kühe heimgesucht wurde, seelenruhig fraßen die Kühe an den Ständen die vorher so mühsam aufgezogene Gemüse und Früchte.

Niemand unternahm etwas, da ja diese Tiere als heilig galten.

Martin ging weiter und sah bald einen Fakir auf seinem Nagelbrett. Rundum standen einige Männer, die nach Art und Weise wie Martin gekleidet waren und dementsprechend nach indischen Maßstäben der gleichen Kaste angehörten wie Martin. Da diese nun anfingen ein paar Rupien in seine Schale zu werfen, tat Martin das gleiche.

Als nächstes entdeckte Martin einen Basar auf dem es alles zu kaufen schien, angefangen bei den Unmengen von Gewürzen über Gold und Silberschmuck in traditioneller Handarbeit bis hin zu Chinesischen Küchenzubehör aus Plastik.

„Irgendwie fehlt hier eigentlich nur noch der fliegende Teppich" dachte sich Martin und ging nun, da der Abend sich langsam näherte, zur Botschaft zurück.

Am nächsten Tag wurde ihm mitgeteilt, dass sich eine Möglichkeit zum illegalen Grenzübertritt nach Myanmar ergeben hätte.

„Wir haben eine Gruppe von Schmugglern aufgegriffen, diesen haben wir Straffreiheit zugesichert, wenn sie sie über die Grenze mitnehmen, und noch so weit sie können führen."

Noch am gleichen Tag verließ Martin die Botschaft unter der Plane eines alten verstaubten Mercedes LKW. Auf der Ladefläche saßen einige sehr übel aussehende Gestalten. Aber Martin hatte seine Kleidung so perfekt ausgesucht, sodass er von einem Außenstehenden nicht von den anderen Schmugglern zu unterscheiden war. Er konnte außerdem noch eine Feldflasche mit Schnaps vorweisen, was allgemein begrüßt wurde und so war er bald von allen akzeptiert.

Stundenlang ging die Fahrt nun Richtung Osten, die Feldflasche hatte solange die Runde gemacht bis sie leer getrunken war, und die Männer fingen laut an zu singen. Bald schon war die Grenze zu Bangladesch erreicht. Der Fahrer reichte ihm einen Ausweis, in dem er vorher einen größeren Schein platziert hatte. Der Grenzposten kannte die Schmuggler schon, er ging einmal kurz um den Wagen schaute herein und fragte etwas, was Martin nicht verstand. Einer der Schmuggler antwortete etwas, womit sich der Grenzer anscheinend zufrieden gab und so entnahm er das Geld und winkte sie über die Grenze. Weiter ging es durch Bangladesch ohne besondere Vorkommnisse. Doch irgendwann kam dann auch der LKW zum Stehen. „Von hier aus zu Fuß sagte einer der Männer zu ihm."

„Du tragen helfen", fragte der Mann weiter.

„Ja sicher", sagte Martin, weil er sich dachte, dass das auch zu seiner Tarnung beitrug.

Nach einem anstrengenden zweistündigen Marsch mit schwerer Last erreichten sie einen Fluss.

„Dort drüben Burma", sagte der gleiche Mann zu ihm.

Schnell wurden einige Äste und Blätter entfernt und es kam ein Floss zum Vorschein.

Dieses zogen die Männer dann ins Wasser und begannen es zügig zu beladen. Dann legte man ab.

Sofort versuchte die starke Strömung das Floss mitzureißen.

Sie hatten eben grade die Flussmitte erreicht, als ein junger Mann ausrutschte und ins Wasser fiel.

Sofort glitten mehrere Krokodile ins Wasser.

Der junge Mann schwamm um sein Leben und erreichte eben noch das Floß.

Martin ergriff seine Hände, um ihn an Bord zu ziehen, als der Mann einen gellenden Schrei losließ. Eine der Panzerechsen hatte ihn erfasst und versuchte ihn nun unter Wasser zu ziehen.

Martin wollte dagegenhalten, aber seine Mitreisenden hielten ihn davon ab.

„Lass ihn los, sagten sie, das Krokodil hat sowieso mehr Kraft." Wenn du jetzt weiter festhältst, kentert das Floß und wir sterben alle."

Martin ließ los, der junge Mann schrie nun aus Leibeskräften. Die Todesangst war ihm ins Gesicht geschrieben, als er Martin zum letzten Mal ansah. Dann zog das Krokodil ihn unter Wasser und vollführte die Todesrolle. Sofort verfärbte sich das Wasser an dieser Stelle blutrot. Als sie am anderen Ufer angekommen waren, fragte Martin, ob so was öfter vorkäme.

„Nein, da wir in der Regel vorsichtiger sind und nur etwa alle paar Wochen hierherkommen wenn überhaupt. Aber das sein gute Ausrede."

„Ausrede für was?", fragte Martin.

„Du erinnern Grenze zu Bangladesch.

Grenzer bekommen Geld von uns, trotzdem er fragen wer du seien."

„Und was habt ihr gesagt?"

„Oh ganz einfach, wir sagen du Ersatzmann dein Vorgänger von Krokodil gefressen."

„Ok", sagte der Anführer, ab hier werden wir noch etwa 10 Kilometer zusammenbleiben dann werden sich unsere Wege trennen weil wir dann Richtung Norden weitergehen."

Nach den 10 Kilometern meinte der Anführer. „So hier an der Wegscheide biegen wir jetzt Richtung Norden ab. Wenn du weiter in diese Richtung läufst, wirst du bald auf eine Siedlung stoßen, von dort musst du dich dann allein weiter durchschlagen. Wir sind dann wieder am Anfang des Monates hier „Bist du da, nehmen wir dich wieder mit"

Martin schüttelte ihm die Hände, verbeugte sich kurz und so verabschiedeten sie sich.

Martin lief in die angegebene Richtung weiter. Es dauerte nur wenige Minuten und der dunkle Dschungel hatte ihn vollkommen verschluckt. Rundum waren die unterschiedlichsten Geräusche zu hören. Vor allen Vögel, Insekten und natürlich die allgegenwärtigen Affen. Er war bestimmt schon zwanzig Minuten gelaufen, hatte aber dabei es leider unterlassen. Ab und an auf den Weg zu achten. So kam es, dass er plötzlich einen stechenden Schmerz in seiner rechten Wade fühlte. Er schaute herunter und sah eine Schlange, die sich dort verbissen hatte.

Schnell zog er seine Machete und tötete die Schlange, die ihn gebissen hatte. Er lief noch ein paar Meter Richtung Dorf, doch bevor er es erreichte, brach er zusammen.

Hoch schlugen die Flammen, die ihn umgaben, es wurde immer heißer und heißer. Gestalten, die aus den tiefsten Abgründen der Hölle entsprungen zu sein schienen, drangen auf ihn ein. Er schrie laut auf und wälzte sich umher. Eben kam eine große grüne Schlange mit dem Gesicht von Maria Callista auf ihm zu.

Unterstützt wurde sie von Martins Vater, der mit gespaltenem Schädel aus dem das Blut lief und einem ebensolchen Baseballschläger auf ihn eindrang.

Martin schrie wieder, er wurde kurz wach, wurde dann aber sofort wieder ohnmächtig.

Als er wieder zu sich kam, war ihm kalt wie der Tod.

Er zitterte am ganzen Körper, konnte aber in seinen Fieberwahn doch feststellen, dass er in einer Art Hütte auf einer Strohmatte lag.

Eben betrat eine junge Frau die Behausung. Sie beugte sich zu ihm hinab und gab ihn zu trinken.

Martin sah sie mit fieberigem Blick an, dann fiel er wieder in Ohnmacht, wo schon die Geister seiner Vergangenheit auf ihn warteten.

Als er das nächste Mal wieder zu sich kam, erkannte er alles schon viel besser.

„Wo bin ich?", fragte er, doch das junge Mädchen legte ihm nur die Hand auf die Lippen.

„Wie lange bin ich schon hier?" Er versuchte aufzustehen. Doch das Mädchen drückte ihn sanft wieder zurück.

Eben betrat ein Mann die Behausung, der sich als der Häuptling des Dorfes vorstellte.

„Schön, dass es ihnen langsam wieder besser geht. Das war um Haaresbreite sie Glückspilz. Der Dschungel ist halt kein Streichelzoo.

Wer hier länger überleben will, muss schon wissen was er tut.

„Aber sie haben wirklich echtes Glück gehabt.

Glück, dass sie sehr schnell gefunden wurden.

Glück, dass sie die Schlange getötet hatten, und wir wussten, um welches Gift es sich handelte.

Glück, dass die Schlange nur eine kleine Menge Gift injiziert hatte, denn sonst hätten wir nichts mehr für sie tun können."

„Mala hier kennt sich übrigens sehr gut aus mit Kräutern und Giften sie hat ein Pflaster gemacht, das dieses spezielle Gift aus der Wunde gezogen hat, ich würde sagen sie verdanken ihnen ihr Leben."

„Danke", sagte Martin und wendete sich Mala zu.

Diese schenkte ihm ein scheues Lächeln, das aber sofort wieder verschwand, als der Häuptling sie daraufhin streng ansah.

„Aber mal etwas anderes", sagte nun dieser.

„Ich weiß nicht, was ein Mann wie sie mitten im Dschungel von Myanmar macht. Das ist nicht gut, denn das bedeutet auch Ärger für uns, weil dann nämlich früher oder später Militär auftauchen wird, um Fragen zu stellen.

„Ich will ihnen keinen Ärger machen", sagte Martin, der sich nun doch hingesetzt hatte, denn ich will weiter Richtung China."

Der Mann überlegte kurz, dann sagte er, „Fühlen sie sich wieder fit um weiter zu reisen?"

„Wie lange liege ich hier den schon rum?", fragte Martin.

„Morgen werden es zwei Wochen", sagte der Mann der Häuptling des Dorfes, „so lange haben sie mit dem Tod gerungen."

Er wechselte einige Worte mit Mala, die dann die Hütte verließ.

Der Häuptling sagte: „Ich habe Mala gefragt, ob sie sie bis an die chinesische Grenze führen würde. Sie wäre einverstanden, wenn es auch ihre Eltern sind. In diesen Moment betrat Mala mit ihren Eltern die Hütte.

Der Häuptling redete kurz mit beiden, dann sagte er: „Sie wollen eine angemessene Bezahlung dafür und dann solltet ihr bedenken, rührt ihr das Mädchen an, müsst ihr sie entweder heiraten oder ihr seid tot."

Martin sagte daraufhin: „Ihr sollt eure angemessene Bezahlung erhalten, auch versichere ich euch, dass ich Mala nicht anrühren werde und auch verhindern werde, wenn das irgendjemand anderes versucht."

Der Häuptling übersetzte und Malas Eltern schienen zufrieden.

Nur Mala nicht die sich vielleicht etwas mehr vorgestellt hatte mit dem gutgebauten Europäer, dem sie das Leben gerettet hatte.

Nachdem der Preis ausgehandelt war, sagte der Häuptling „Ruhe dich noch etwas aus und sammele Kräfte, denn es ist eine weite Reise, die euch beiden da bevorsteht. Ich werde in der Zwischenzeit veranlassen, dass alles für eure Reise vorbereitet wird.

Es dauerte noch zwei Tage bis es losging. Sie schlossen sich zunächst Händlern an, die, vorerst in die gleiche Richtung gingen. Wie es sich herausstellte, mussten sie schon das nächste Dorf weiträumig umgehen, weil dort schon Militär angekommen war und sich nach einem fremden Mann erkundigt hatte.

Einer der Händler fragte Martin: „Ich habe gehört, dass du von einer Schlange gebissen wurdest."

„Du erscheinst mir auch noch recht schwach." „Geht schon, sagte Martin, ich habe mich schon ganz gut erholt."

„Du willst nach China, da musst du noch einige kleinere und größere Flüsse überqueren. Das wird für dich also alles andere als ein Spaziergang von der Entfernung bis dahin mal ganz abgesehen."

Jedoch sollte sich der Händler irren Martin ging es von Tag zu Tag besser, was auch Mala freute.

Insgeheim hoffte sie doch noch auf ein kleines Abenteuer mit ihm. Denn wie sie festgestellt hatte, als sie ihn im Fieberwahn wusch war er auch wesentlich besser bestückt als die Einheimischen hier. Sollten sie doch alle denken was sie wollten, sie war doch sowieso schon lange keine Jungfrau mehr.

Also kurz und gut sie wollte ihn.

Und so ließ sie auch keine Minute verstreichen, wo sie ihn das zu verstehen gab. Mal war es ein Blick, mal eine Berührung die wie zufällig erschien oder sie legte einfach ihrer beider Hände zusammen.

Martin war ja nicht blöd und so verstand er sehr schnell, was sie von ihm wollte.

Irgendwie dachte er bei sich, bin ich ja auch nicht abgeneigt und ich habe ja auch schon einige Monate keine Frau gehabt, aber hier mit den ganzen Händlern sind mir zu viele Zeugen. Und so gab er sich weiterhin abweisend.

Aber es kam der Tag an dem die Händler sich verabschiedeten und in eine andere Richtung weitergingen. Nach zwei weiteren Wandertagen bereitete Mala abends ihr Nachtquartier. Als es dunkel wurde, schlüpfte sie schnell unter seine Decke und presste ihren nackten Oberkörper gegen den seinen. „Im Dschungel muss man eng zusammenrücken", sagte sie und lächelte dabei. Martin wehrte sich nicht als sie zwischen seine Beine griff und mit einer sanften Massage begann. Martin stöhnte wohlig auf. Dann verschwand auch ihr Kopf unter der Decke und

Martin fühlte sich bald wie im siebten Himmel. Doch dann erschien sie wieder über der Decke und entledigte sich nun komplett ihrer Kleidung, Martin drehte sie nun auf den Rücken und liebkoste ihre beiden wohlgeformten Brüste mit heißen Küssen.

Mala stöhnte auf, denn derlei hatte sie noch nie erlebt.

Alle Männer, mit denen sie vorher zusammen war, hatten alle nur an sich gedacht.

Aber dieser Mann war ein anderes Kaliber, dachte sie, als sie immer mehr in den Genuss seiner Zärtlichkeiten kam. Und als sie dachte, dass sie es nicht mehr aushalten konnte, drang er endlich in sie ein. Mala fühlte sich einer Ohnmacht nahe, immer neue Wellen des Glücks überfluteten sie, und als er endlich tief in ihr explodierte, konnte sie auch nicht anders als ihre pure Lust in den nächtlichen Dschungel hinauszuschreien.

KAPITEL XVI

Am nächsten Tage, als beide erwachten, hätten ihre Gefühle nicht unterschiedlicher sein können. Mala hatte sich dicht an ihn geschmiegt und genoss seine körperliche Nähe. Für sie war es eine Nacht gewesen, die niemals hätte enden können.

Martin war sehr ruhig, er lag auf dem Rücken und dachte darüber nach, dass er nicht nur ein Versprechen gebrochen hatte, sondern auch noch Estelle betrogen hatte, was für ihn weitaus schlimmer war.

Als dann die nächste Nacht folgte und Mala wieder unter seine Decke schlüpfen wollte, um ihn erneut zu verführen, wehrte er sie ab. „Einmal sein Wort brechen und seine geliebte Frau betrügen, ok dachte er bei sich. Das war nicht schön von mir aber, es ist nun mal passiert. Es musste aber unbedingt eine Ausnahme bleiben."

Und so schlief in dieser Nacht Mala schmollend und frustriert ein.

Nach einer schier endlos erscheinenden Zeit in der beide auch nicht sehr viel miteinander redeten erreichten sie schließlich die Grenze zu China. Mala fiel ihm zum Abschied um den Hals und überschüttete ihn mit Küssen. „Komm zurück, sagte sie, bleib bei mir, ich brauche dich", sagte sie zu ihm.

„Das ist leider nicht möglich, wenn ich überhaupt zurückkomme, werde ich nicht alleine sein und diese Person muss ich zurück nach Europa bringen."

Noch einmal küsste sie ihn, dann wünschte sie ihm nochmals viel Glück, doch da hatte er sich auch schon umgedreht und schlich leise zur Grenze hin, wo der Dschungel auch schon langsam lichter wurde. Er trat schließlich heraus auf eine mit großen und kleinen Felsen übersäte karge Landschaft. Nach ein paar Kilometer Fußmarsch, wobei er sich immer zwischen den Felsen hielt, stieß er auch schon auf eine staubige Piste.

Martin orientierte sich an der schwach befahrenen Straße schlug sich aber immer wieder in das schlecht einsehbare Gelände, wenn ein Wagen sich näherte.

So erreichte er schließlich die Stadt Kunming, wo er sich schnell unter die Menschenmenge mischte und somit als Europäer weniger auffiel.

Auf dem Markt wurde er auch sehr schnell an seinem roten Tuch erkannt und von einem kleinen Chinesen weggezogen. Bald hatten sie dessen Behausung erreicht und der Chinese sprach in perfektem Deutsch zu Martin: „Ich dachte schon sie kommen gar nicht mehr, sie sind spät dran."

Woher können sie denn so gut Deutsch?", fragte Martin.

„Ich habe in Heidelberg studiert. Dort habe ich auch die westliche Lebensweise und vor allem die Demokratie schätzen gelernt.

Wie gesagt ich habe früher mit ihnen gerechnet, denn nun wird die Zeit knapp." „Knapp wieso" fragte Martin. Weil der Termin für die Hinrichtung von Ling Lao schon für nächste Woche angesetzt ist."

„Gut", sagte Martin dann müssen wir uns eben beeilen.

Am nächsten Tag aßen beide eine Suppe zum Frühstück und tranken eine Tasse Tee.

„Wir werden mit meinem Wagen zunächst nach Norden fahren", sagte der Kontaktmann.

„Sollten wir kontrolliert und sie entdeckt werden dann werde ich sie mit den fürchterlichsten chinesischen Flüchen überschütten und leugnen das ich sie kenne und nicht weiß was sie auf meinem Auto machen.

Ich kann dann nichts mehr für sie tun.

Sollte aber alles gut gehen, so werden wir den Yangze Jiang erreichen. Ein Bekannter von mir hat eine Dschunke, auf der fährst du mit bis Chongqing. Von dort führt eine Hauptstraße nach Chengdu."

Ohne irgendwelche Zwischenfälle erreichten sie den Fluss.

Der Chinese stellte Martin seinem Bekannten vor und sprach dann: „Ich warte hier eine Woche auf dich, in der Zeit täusche ich vor Handelsgüter einzukaufen." Martin bestieg die Dschunke, die noch im selben Moment ablegte. Der Schiffseigner ließ die Segel setzen und der Wind trug sie den Fluss abwärts bis nach Chongqing.

Als sie die Stadt erreichten verabredete Martin mit dem Schiffseigner gegen eine hohe Zahlung die Rückfahrt für sich und einen Passagier. Selbstverständlich ohne dabei viel Fragen zu stellen.

Die Straße in die richtige Richtung war gleich gefunden, nur fehlte es ihm an einem Fahrzeug.

Auch wollte er sich nicht so lange aufhalten, denn in seiner Aufmachung fiel er schon auf. Auch war er viel zu groß für einen Chinesen.

Auf der gegenüberliegenden Straßenseite sah er ein Bürogebäude, vor dem eben ein Kleinwagen parkte.

Ein Mann stieg aus und schloss den Wagen ab, bevor er in ein Bürogebäude verschwand.

„Kleinigkeit", dachte Martin, ging über die Straße und näherte sich unauffällig dem Auto. In Sekunden hatte er es geöffnet ohne aufzufallen und schloss den Wagen jetzt kurz.

Schnell fädelte er sich in den Verkehr ein und machte sich auf das letzte Stück seiner Anreise.

Stunden später hatte er die Stadt erreicht. Er versteckte zunächst das Auto dann schaute er sich schon mal das Gefängnis an. Das war was anderes als der schäbige Knast im Libanon, wo er damals Tipodoe herausgeholt hatte.

Das war ein Hochsicherheitstrakt.

So wie Martin das sah, waren rundum Wachtürme und davor Stacheldraht mit Alarmdrähten vorhanden.

„Das wird schwer", dachte Martin.

Doch bald wurde ihm klar, wie er vorzugehen hatte.

Er hatte herausgefunden, dass das Essen für die Wachleute in einem Restaurant hergestellt und dann mit einer dreirädrigen Piaggio ins Gefängnis gebracht wurde.

Martin hatte die Strecke ausgekundschaftet und so kannte er auch die Gruppe von Leuten, die immer mit einem Lappen und einer Sprühflasche bewaffnet dort standen.

Sie sprangen vor die Autos, wuschen die Scheiben und hielten dann die Hand auf.

Martin gab jedem von ihnen einen großzügigen Schein.

Als das Fahrzeug kam, sprangen fünf Jungs auf das Fahrzeug und fingen an die Scheiben zu reinigen.

Der Fahrer schimpfte und sprang aus dem Wagen.

Martin nutzte seine Chance, öffnete die hintere Tür, die nicht abgeschlossen war, und mischte eine Flüssigkeit unter den Reis und in die Suppe. Dann schloss er die Tür wieder.

Nach wenigen Minuten gab der Fahrer wieder Gas und erreichte bald darauf das Gefängnis.

Arglos nahmen nun die Angestellten und das Wachpersonal ihre Mahlzeit zu sich.

Martin wartete ab, bis alle gegessen hatten, dann arbeitete er sich durch den Stacheldraht. Die Scheinwerfer strahlten starr in eine Richtung, da anscheinend die Wachposten schon schliefen.

Martin zog seine Glock hervor, schraubte den Schalldämpfer auf und schoss nach und nach alle Scheinwerfer aus.

Schnell hatte er das Gefängnisgelände erreicht. Nun benutzte er dort lagernde Fässer und Kisten sowie chinesische LKWs und Jeeps als Deckung.

Dabei hielt er immer wieder an um kleinere Stücke Plastiksprengstoff an den geparkten Autos anzubringen und mit einem Fernzünder zu versehen. Bis auf eines bei dem der Schlüssel steckte.

Da die Eingangstür verschlossen war, sprengte er auch diese mit einem kaugummigroßen Stück Semtex, das er am Türschloss festgeknetet hatte. Nun konnte er die Tür problemlos öffnen. Als er hineinspähte sah er ein Büro, wo 3 Offiziere fest schliefen.

Martin ging langsam vor, doch er konnte nirgends die Person finden, die er suchte.

Nach ein paar Schritten fand er einen Wachmann, der noch nicht ganz schlief.

„Wo ist Ling Lao?", fragte er.

Der Mann schaute ihn nur an.

Martin hielt ihm die Glock an den Kopf.

„Sie ist ihm Keller", antwortete er noch, bevor auch ihn der Schlaf übermannte. Martin fesselte und knebelte ihn noch, dann rannte er den Keller hinunter.

Alle Zellentüren standen offen, nur eine der Zellen war besetzt. Darin musste Ling Lao sein. Die Wächter schliefen fest und die Tür war abgeschlossen. Martin schoss die Tür auf.

Was Martin dann sah, schockierte ihn.

An der Wand befand sich eine Person angekettet, die wohl stundenlang gefoltert worden war. Man hatte an ihren Brustwarzen Elektroden angeschlossen.

Der nächste Schock war, dass Ling Lao eine Frau war. Auf dem Tisch lag eine Art Vibrator, allerdings so manipuliert, dass man damit auch die inneren Genitalien unter Strom setzen konnte. Martin entfernte die Elektroden von der Brust der Frau. Dann brachte er die Elektroden zwischen den Beinen der beiden Folterknechte an.

Als er den Regler hochdrehte wachten beide auf und fingen an zu schreien. Da Martin dringend weg musste erschoss er die beiden.

Martin schnappte sich die noch halb ohnmächtige Frau bedeckte ihre Blöße notdürftig mit einer Decke und zog sie die Treppe hinauf. Gerade noch rechtzeitig, denn die ersten Wachleute kamen langsam wieder zu sich. Als er aus dem Gefängnis und in den Hof vorgedrungen war, wurden im Inneren bereits die Alarmsirenen ausgelöst.

Martin setzte die nun langsam zu sich kommende Frau auf den Beifahrersitz des chinesischen Jeeps.

Er setzte sich hinters Steuer und startete den Wagen und zwar keine Sekunde zu spät. Hinter ihm rannten einige Wachleute her und eröffneten das Feuer.

Martin gab Gas und durchfuhr das geschlossene Tor.

Nach hundert Meter sprengte er die Fahrzeuge so, dass keine Verfolgung mehr möglich war.

Langsam kam Ling Lao zu sich.

„Wo bin ich?", fragte sie.

„Vorläufig in Sicherheit?", sagte Martin.

„Man hat mich beauftragt sie hier rauszuholen."

Ling Lao blickte kurz zu ihm auf, dann schlief sie wieder ein.

Martin wechselte das Auto. Ling Lao schleppte er dazu in den gestohlenen Kleinwagen.

Martin fuhr mit dem Wagen wieder nach Chongqing zurück. Nachdem sie die Strecke zu dreiviertel zurückgelegt hatten wurden sie von einer Streife angehalten. Anscheinend war der Wagen schon als gestohlen gemeldet worden. Als einer der Beamten näher kam, zögerte Martin nicht lange und schoss ihn ins Bein dann gab er Gas. Der andere Polizist zielte noch auf ihn, konnte jedoch nicht mehr schießen, da Martin schon zu weit weg war. Als sie die Stadt erreichten stellten sie den Wagen in einer Seitenstraße ab.

Sie brauchten etwas länger bis zum Fluss, da es Ling Lao wieder schlechter ging. Doch dann erreichten sie endlich die Dschunke. Ling Lao musste sich sofort ablegen, denn sie war total erschöpft.

Ling Lao schlief tief und fest während die Dschunke flussaufwärts segelte.

Nach 3 Tagen legten sie an.

Martins Kontaktmann erwartete sie schon.

„Ich hätte nicht gedacht, dass sie wieder zurückkommen, schon gar nicht, dass sie ihren Auftrag erfüllen.

Also ich denke, es wird am einfachsten sein, wenn ich euch direkt bis an die Grenze von Myanmar fahre, da sie wohl eh nicht kilometerweit laufen kann."

Ling Lao saß mittlerweile aufrecht im Auto.

Sie war zwar noch schwach, doch so nach und nach verstand, sie was rings um sie passierte. Und so fragte sie, in wessen Auftrag man sie befreien wolle.

Martin sagte er arbeitete im Auftrag mehrerer europäischer Staaten.

Ling Lao nickte nur kurz, dann schlief sie wieder ein. Nach einer stundenlangen Fahrt stoppte der LKW endlich.

„Weiter kann ich euch nicht bringen, aber die Grenze zu Myanmar liegt gleich in dieser Richtung.

Ich wünsch euch viel Glück."

Ling Lao stieg vom LKW und stand dort mit noch etwas wackligen Beinen.

Martin schaute sie zum ersten Mal richtig an.

Das Gesicht wies zahlreiche Verletzungen durch die Folterknechte auf, war aber sonst eigentlich als schön zu bezeichnen.

Martin stützte sie noch ein wenig, als sie die Grenze wieder übertraten und der Dschungel sie wiederum verschluckte.

Mala hatte lange gewartet und jetzt war er endlich wieder da. Sie fiel ihn um den Hals und begrüßte ihn stürmisch.

Dann erst sah sie die andere Frau an Martins Seite.

Misstrauisch fragte sie wer das sei.

„Mala", sagte Martin, „das ist Ling Lao, wegen ihr bin ich bis aus Deutschland hergekommen und mit ihr gehe ich auch wieder zurück.

Mala wusste, dass sie nun Martin endgültig verloren hatte, und so machten sie sich auf zur beschwerlichen Reise in Malas Dorf, was sie dann auch nach mehr als zwei Wochen erreichten.

Martin erkundigte sich sofort nach den Schmugglern und der Häuptling sagte, dass der neue Monat in einer Woche beginne und sie dann da sein müssten.

Ling Lao erholte sich von Tag zu Tag mehr und schon bald konnte sie auch längere Gespräche mit Martin führen. Dieses passte Mala aber nun überhaupt nicht.

Jeder, der genau hinsah, konnte die Eifersucht in ihren Blicken spüren.

Dieses bemerkten natürlich auch die Eltern von Mala. Sie fingen nun damit an das junge Mädchen so unter Druck zu setzten, bis diese mit der Wahrheit herausplatzte.

„Ja", sprach sie, wir haben miteinander geschlafen und ja ich habe es genossen.

Trotzdem hasse ich ihn, weil er wieder zu Frau und Kind nach Europa zurückgeht."

Klatsch da hatte sie auch schon die Hand ihres Vaters im Gesicht.

„Dummes Ding", sagte dieser, wer soll dich denn nun noch zur Frau nehmen. Da du nicht mehr unberührt bist?"

„Ich will gar keinen anderen Mann mehr und überhaupt ich war sowieso schon lange keine Jungfrau mehr."

Klatsch da hatte sie die nächste Ohrfeige bekommen.

„Wir werden jetzt zu ihm gehen und ihn zwingen dich zur Frau zu nehmen."

Malas Wange schmerzte noch von der Ohrfeige. Dennoch lächelte sie, sollte sie ihn tatsächlich doch noch zum Manne bekommen?

Als dem Häuptling das zu Ohren kam, rannte er in die Hütte von Martin.

„Ihr müsst sofort von hier weg, ich hatte euch ja gewarnt. Ich weiß nicht was zwischen dir und Mala vorgefallen ist, aber ihre Eltern sind sehr erzürnt und wollen dich zur Heirat zwingen.

Und so brachte sie der Häuptling höchst selbst bis an den Grenzfluss.

Sie gingen ein Stück flussabwärts und hielten sich vor Malas Eltern versteckt. Diese suchten alles ab, konnten ihn aber nirgendwo finden.

Als nun endlich der neue Monat begann waren die Schmuggler wieder da, man begrüßte sich überschwänglich erzählte ein wenig und einige Zeit später setzten sie mit dem Floss über nach Bangladesch. Sie hatten das Ufer kaum erreicht, da erschien auf der anderen Seite die Familie von Mala und beschimpfte ihn aufs Übelste. Martin wusste aber, dass er in Sicherheit war und so kümmerte ihn das wenig.

Doch da nahmen sie ihre alten Gewehre und versuchten Martin damit zu treffen. Doch dieser war schnell in Deckung gesprungen und hatte Ling Lao nach sich gezogen.

Als nun die Schmuggler ein paar Warnschüsse über die Köpfe der Familie abgaben, verzogen diese sich dann doch mit lauthalsen Flüchen.

Die nächsten zwei Stunden liefen wieder so ab, dass Martin beim Tragen half.

Die nun schon etwas erholte Ling Lao lief nebenher.

Bald schon hatten sie die Straße erreicht, wo der LKW stand.

Martin half noch das Schmuggelgut mit aufzuladen, dann stieg er selbst unter die Plane und half Ling Lao galant beim Aufsteigen.

„Ich habe mich noch gar nicht richtig bei dir für meine Rettung bedankt."

„Wenn du nicht gewesen wärest wäre ich schon tot."

„Deine Hinrichtung war schon angesetzt", sagte Martin. Du sahst aber sowieso schon mehr tot als lebendig aus.

„Diese Schweine, du glaubst nicht, was sie mir alles angetan haben, ich denke es könnte sogar gut sein, dass ich keine Kinder mehr bekommen kann."

„Das wird ein Arzt feststellen", sagte Martin.

KAPITEL XVII

Bald schon erreichten sie die Grenze nach Indien und der Grenzer erhielt wieder einen Schein. Als er aber Ling Lao sah fragte er dann doch wer denn das wäre.

„Das ist meine Cousine", sagte Martin dreist.

„Cousine", wiederholte der Grenzer nun misstrauisch.

Dieser Mann, dachte sich der Grenzer, hat sich vermutlich illegal eine Frau aus China geholt. Und vermutlich auch gegen ihren Willen da sie zahlreiche Verletzungen im Gesicht aufwies.

Martin drückte dem Grenzer ebenfalls einen großen Schein in die Hand, sodass der gute Mann so viel Geld hatte wie normal für ein halbes Jahr Arbeit.

„Erhöhter Personenbeförderungstarif", sagte Martin und zwinkerte dem Mann zu.

Mir sollen doch die Weibergeschichten anderer Leute egal sein dachte der Grenzer und freute sich schon auf die Reaktion seiner Frau, wenn er mit so viel Geld nachhause kam.

Einen Teil werde ich aber für mich behalten, dachte er, dann kann ich mich auch mal mit anderen Weibern vergnügen und winkte damit den LKW über die Grenze nach Indien.

Nach einer stundenlangen Fahrt erreichten sie endlich Kalkutta.

Sie stiegen vom Lkw, die deutsche Botschaft lag etwa 100 Meter entfernt.

Sie waren noch keine 10 Meter gelaufen, als zwei Wagen ihnen den Weg abschnitten.

Martin schob Ling Lao hinter seinen Rücken und zog seine Glock.

Aus dem Auto stiegen 2 Chinesen.

„Das ist eine verurteilte Volksverbrecherin geben sie sie raus."

„Holt sie euch doch", sagte Martin und zielte dabei auf einen der beiden Chinesen.

„Machen sie keinen Unsinn wollen sie es auf eine Schießerei ankommen lassen", sagte einer der Chinesen und machte einen Schritt auf Ling Lao zu.

Martin erhob sofort die Glock in dessen Richtung.

Aber darauf schien der andere nur gewartet zu haben, mit einem gezielten Tritt gegen Martins Hand entwaffnete er diesen. Der andere zog nun die laut schreiende und sich wehrende Ling Lao zum Auto.

Martin sprang auf und hielt einen Wagen an, der eben die Botschaft verließ. „Ich arbeite im Auftrag der Botschaft, folgen sie dem Wagen da vorne.

Wir müssen die Frau befreien, die dort grade entführt wird."

Die Chinesen fuhren Richtung Flugplatz, wo sie ausstiegen und Ling Lao in eine Maschine der Air China schleppten.

Martin wies den Fahrer an den Start der Maschine zu verhindern. Er selbst sprang aus dem Auto und rannte zu der nun beschleunigenden Maschine. Als der Fahrer des Botschaftswagens sich nun vor den startenden Flieger setzte, erstarben dessen Düsen und der Flieger kam abrupt zum Stehen.

Martin nutzte diesen kurzen Moment, um über das Fahrwerk nach innen zu gelangen.

Die Chinesen holten Ling Lao ins Cockpit und hielten ihr eine Waffe an den Kopf. Daraufhin räumte der Fahrer die Startbahn und das Flugzeug hob nun endgültig ab.

Im Frachtraum schaute sich Martin unter den vielen Dingen um, die da verstaut waren. Wie er bald feststellte, befanden sich darunter auch Sachen, die wohl für ein Krankenhaus bestimmt waren.

Er entdeckte ein gasförmiges Mittel zur Sedierung.

Schnell hatte er es an die Sauerstoffversorgung des Fliegers angeschlossen. Nun musste er nur noch solange warten, bis er sicher sein konnte, dass die Piloten auf Autopilot geschaltet hätten.

Nach einer Viertelstunde drehte er das Gas auf.

Er wartete einen Moment, dann ging er hoch in den Passagierraum. Alle Insassen waren betäubt.

Martin durchsuchte die beiden Chinesen und nahm ihnen ihre Waffen sowie den Schlüssel für Ling Laos Handschellen ab. Dann fesselte er die beiden und setzte ihre Gefangene weit weg auf einen freien Platz.

Nun versuchte er ins Cockpit vorzudringen, doch die Tür war fest verschlossen.

Da erinnerte er sich das er doch noch eine kleine Menge Semtex in der Tasche haben müsste.

Eine Fingerspitze voll langte und die Tür war offen. Die Piloten kamen eben wieder zu sich und sahen überrascht einen Mann mit Waffe in ihrem Flugzeug.

„Los", sagte Martin, sofort Kontakt mit dem Tower in Kalkutta aufnehmen das sie wegen einer entführten Person umdrehen.

Nach einer kurzen Kontaktaufnahme drehte der Flieger bei und flog zurück.

Martin ging nun wieder in den Passagierraum zurück, wo alle wieder bei Bewusstsein waren und ihn nun erwartungsvoll ansahen.

Die beiden chinesischen Geheimagenten bedachten Martin mit einigen Ausdrücken, die man lieber nicht übersetzt.

Martin nahm das Bordtelefon und sprach: „Sehr geehrte Gäste wir möchten uns auch im Namen der Airline für die Unannehmlichkeiten entschuldigen. Leider mussten wir den Flugplan dahingehend ändern das wir noch einmal zurück nach Kalkutta fliegen müssen, für die dadurch entstandene Verspätung werden wir sie ausreichend entschädigen.

Ich möchte sie weiterhin bitten, wen sie wieder gestartet sind lassen sie die beiden Männer noch so lange gefesselt, bis das Licht zum Anschnallen erloschen ist. Ich danke für ihre Aufmerksamkeit."

Als der Flieger gelandet war, ließ er von Ling Lao jedem 100 Dollar als Vergütung geben.

Als sie Ausstiegen wimmelte es schon vor lauter Polizei und sämtliche Presseagenturen waren natürlich auch schon da.

Martins Fahrer hatte natürlich auch die Botschaft verständigt, die nun auch mit einigen Leuten vor Ort waren.

Und so drängten die Leute von der Botschaft die Polizisten ab, als diese Martin und Ling Lao verhaften wollten.

„Das ist ein Mitarbeiter der deutschen Botschaft, er besitzt politische Immunität", sagte einer.

„Und die Chinesin?", fragte ein indischer Polizist.

„Hat bei uns um Asyl gebeten."

„Unser Mitarbeiter war ihr dabei behilflich."

Damit stiegen beide in ein Auto der deutschen Botschaft und fuhren davon.

Die Presse aber musste mit wenigen Informationen davonziehen, während die Polizei völlig unverrichteter Dinge abziehen musste.

Nun endlich erreichten sie die Botschaft in Kalkutta.

Ling Lao wurde erst einmal genau ärztlich durchgecheckt, aber zum Glück ließ die erlittene Folter keine längerfristigen Folgen erwarten.

Danach gingen beide auf ihr Zimmer und gönnten sich nach den wochenlangen Strapazen erst einmal eine heiße Dusche. Diese wurde von beiden als sehr angenehm empfunden. Danach traf man sich in der Botschaft zu einem kurzen Snack.

Nach dem Essen fiel man dann auch müde in die ersten sauberen Betten seit Monaten.

Nach einer Woche Aufenthalt in der Botschaft war die Erschöpfung von Martin schon wieder komplett gewichen.

Ling Lao hatte sich auch soweit wieder erholt, dass sie meinte den langen Flug auf sich nehmen zu können.

Und so fuhren beide mit einem Wagen der Botschaft zum Flughafen.

Selbstverständlich besaß nun auch Ling Lao Immunität.

Nach einem sehr langen Flug, den beide fast ganz verschliefen, landeten sie schließlich in Berlin Schönefeld.

Auch hier wurden sie von einem Wagen der deutschen Botschaft abgeholt.

KAPITEL XVIII

In der Botschaft standen alle in Reih und Glied, um Martin zu empfangen, angefangen vom kleinsten Mitarbeiter, über die höheren Dienstgrade, und den Botschafter bis hin zum Innenminister.

Alle hatten ein Glas mit Rheingauer Sekt in der Hand und prosteten ihm zu.

„Hervorragend Wolf, hervorragend", sagte der Innenminister, „ich wusste gleich, wenn einer das schafft, dann sie."

Am meisten freute Martin sich allerdings auf seine Frau und auf seinen Sohn Moritz.

Kurz spielte er mit dem Gedanken Estelle von Mala zu erzählen. Er entschied sich jedoch die Geschichte in der Versenkung zu lassen und keine schlafenden Hunde zu wecken.

Ling Lao bekam eine Wohnung zugewiesen und eine neue Identität.

Martin nutzte die Gelegenheit wie es denn bei ihm damit aussehe.

Man versicherte ihn, dass die kompletten Einträge in den Karteien von Europa schon gelöscht wären.

Und so stand also wieder mit einer weißen Weste da.

„Und wie sieht es bei Estelle aus?"

„Das ist schon problematischer, weil ihre Frau keiner Organisation wie sie angehört.

Sie könnte also nur noch auf eine Amnestie rechnen. Dieses müssten sie dann direkt an den französischen

Präsidenten richten. Vielleicht können unsere Diploma-
ten noch eine positive Beurteilung abgeben."

„Ok", sagte Martin, „darüber können wir zu gegebe-
ner Zeit ja noch mal reden."

Nach 2 Tagen verabschiedete Martin sich von Ling Lao.

Sie wünschten beide sich viel Glück für ihr weiteres
Leben. Dann trennten sich ihre Wege für immer.

Martin bestieg das Flugzeug und nach einem kurzen
Flug erreichte er Hamburg.

Nun entspannte Martin sich in seinem Zuhause in
Blankenese oder er unternahm lange Spaziergänge oder
er joggte. Auch besuchte er mit seinem Sohn gern den
berühmten Tierpark Hagenbeck. Irgendwann kam dann
auch die Frage, auf die er schon lange gewartet hatte.

„Papa", fragte Moritz, „die anderen Kinder lachen
mich aus, weil ich nicht weiß was du arbeitest. Der Vater von Peter meint beispielsweise du würdest gar nicht
arbeiten und wir würden von Sozialhilfe leben.

„Sag deinem Peter, dass das Amt mit Sicherheit nicht
eine Wohnung in Blankenese finanzieren würde."

„Und wenn er noch mal fragt, dann sagst du ihm, dein
ist Vater ein freier Mitarbeiter der Regierung."

„Deswegen habe ich so viel Freizeit oder bin auch mal
wieder wochenlang weg.

„Ach übrigens, du hast doch bald Geburtstag, willst
du da nicht ein kleines Fest für deine Freunde geben?"

„Oh ja Papa darf ich", sagte Moritz und strahlte Martin an.

Am Moritz seinem Geburtstag war alles wunderbar organisiert Martin und Estelle hatten Girlanden und bunt

bemalte Lampions aufgehängt und sich dabei immer wieder verliebt angesehen.

Bis Moritz sagte Papa, Mama ihr seid echt blöde heute."

Sie waren sich bei der Organisation wieder näher gekommen.

Eben wurde noch Kuchen und Torte gebracht und in einer Stunde sollte dann der engagierte Clown eintreffen.

Da klingelte es an der Tür.

Der Clown war es noch nicht dafür einer der Männer, die Martin schon kannte.

„Darf ich reinkommen, ich muss mit ihnen reden sagte dieser.

„Bitte", sagte Martin, „kommen sie rein."

Hinter Martin stand sein Sohn, der diesen Mann auch schon kannte.

„Vati", sagte Moritz, „du gehst doch nicht an meinem Geburtstag weg."

„Nein junger Mann", sagte der Agent, „dein Vater bleibt heute hier."

Dann griff er noch in die Tasche und holte ein kleines Päckchen raus.

Er reichte es dem Jungen und sagte dazu "Alles Gute zum Geburtstag".

„Aber nun zum Thema", fragte Martin und lotste seinen Gast in den Wohnbereich.

Am besten, sagte der Agent, „wenn sie ihre Frau auch mit dazu holen denn es betrifft hauptsächlich sie."

„Schatz kommst du mal, rief Martin Estelle, die eben in der Küche eine Tart Tatin stürzte, den Lieblingskuchen ihres Sohnes.

Sie setzte sich neben Martin, der den Arm um sie legte.

„Also", sprach der Agent zu Estelle, „es geht um folgendes: die französischen Behörden legen sich quer, sie wollen ihre Strafakte nicht löschen.

Selbst Tipodoe hat sich für sie verwand und mit Engelszungen geredet. Leider umsonst.

Allerdings gebe es noch eine Möglichkeit sagte der Agent.

„Und die wäre?", fragte Martin.

„Nun ihr müsstet für einen allerletzten Auftrag für Frankreich als Kollegen mit uns zusammenarbeiten.

Wir haben das schon mit den dortigen Leuten abgesprochen, denn die haben von uns ein zweites Team angefordert.

Wie ihr sicherlich wisst, ist bald Nationalfeiertag in Frankreich. Dazu werden dutzende von Leuten gebraucht, um allein den Präsidenten vor Anschlägen aller Art zu schützen.

Ihr werdet eine Einweisung dort bekommen und geht alles gut, wird der Präsident eine Amnestie erlassen und auch die Strafakte ihrer Frau nicht nur löschen, sondern ganz verschwinden lassen. Sie hätte dann auch wieder eine komplett blütenreine Weste, zuzüglich gebe es natürlich eine kleine Provision und eine neue Identität."

Zwei Tage später saßen beide im ICE nach Frankfurt.

Moritz hatten sie bei seiner Oma und ihrem neuen Mann gelassen.

Ab da soll e dann mit TGV weiter nach Paris gehen.

In Frankfurt angekommen mussten sie noch zwanzig Minuten auf den Zug nach Paris warten. Martin und Estelle flanierten auf dem Bahnsteig entlang als ihnen

plötzlich ein Mann mit asiatischem Aussehen entgegen-
kam. Bei Martin gingen alle Alarmglocken an.

Schnell schob er die verdutzte Estelle hinter sich, während der Asiat blitzschnell mit einer Spritze auf Martin
einstechen wollte.

Mit einem schnellen Griff drehte er die Spritze so,
dass der Mann sich selbst in den Arm stach.

Angst stand in seinem Gesicht geschrieben. Scheinbar wusste der Mann, dass er nun sterben würde. Martin
setzte ihn auf eine Bank. Als Reisende auf die Handlung
aufmerksam wurden, sagte Martin, dass es sich anscheinend um einen Junkie handelte.

Doch da lief der TGV ein. Martin und Estelle hatten
sich langsam entfernt und stiegen nun in den Zug ein.

Mittlerweile hatte sich eine größere Menschenmenge um den nun schon verschiedenen Chinesen eingefun-
den und es näherte sich nun auch schon die Bahnpolizei.

Einer der Reisenden, mit dem Martin vorhin gesprochen hatte, redete jetzt mit einem der Polizisten und ges-
tikulierte wild mit seinen Händen während er auf den
nun schon ausfahrenden Zug deutete.

Im nächsten größeren Bahnhof, wo der Zug hielt, forderte Martin Estelle auf schnellstens den Zug zu verlassen. Auf dem gegenüberliegenden Gleis stand ein Regio-
nalexpress, der in die gleiche Richtung ging.

Schnell wechselten sie den Zug.

Martin schielte aus dem Zug und sah dass einige Beamten und die Zeugin in den TGV stiegen.

Martin sprach zu Estelle" Bis zur nächsten Stadt, wo
auch TGV oder ICE halten, fahren wir eine halbe Stunde.

Die ICE und TGV fahren alle Stunde von Frankfurt
aus.

Das heißt, wenn wir pünktlich sind und uns sputen, könnten wir dann den ICE nach Paris erwischen.

Genau so war es, mit ein wenig Rennerei erreichten sie den ICE der dann ohne Probleme Paris erreichte.

Sie wurden vom Bahnhof abgeholt und zu einer leer stehenden Kaserne außerhalb von Paris gefahren.

In der Kaserne waren alle Leute untergebracht, die zum Schutze des Präsidenten abgestellt waren.

Es gab Seminar- und Übungsräume sowie eine großzügig angelegte Außenübungsanlage.

Am nächsten Tag wurden alle Anwesenden im größten vorhandenen Raum versammelt.

Zwei Leute die sich als Offiziere von Armee und Fremdenlegion herausstellten, aber ihre Namen nicht nannten, bauten sich vor versammelter Mannschaft auf. Mit hinter dem Rücken verschränkten Armen begannen sie Ihren Vortrag.

„Herhören", sagte einer der beiden.

Da jeder von euch einen unterschiedlichen Ausbildungsstand hat werden wir zuerst in einem allgemeinen Test feststellen, was ihr draufhabt.

Dann werdet ihr in Gruppen eingeteilt.

Es wird welche geben die gar keine Ahnung haben und andere, die uns bei der Ausbildung helfen können.

Manche brauchen eine Ausbildung zum Schützen andere in Nahkampf.

Manche in beiden."

Martin wurde als Ausbilder für den Nahkampf angenommen.

Die restlichen wurden in fünf unterschiedlichen Kategorien eingeteilt. Estelle landete im Mittelfeld.

Nach ein paar Tagen wurde wieder eine Versammlung angesetzt.

Die Ausbilder teilten mit, dass sie nun alles gelernt hätten, was in so kurzer Zeit möglich wäre, und nun würden sie alle je nach Fähigkeit einteilen.

Am französischen Nationalfeiertag war der ganze Camp de Elysee ein einziges Blumen- und Fahnenmeer.

Bei der dort stattfindenden Militärparade waren sämtliche Waffengattungen angetreten.

Die Veteranen der Armee und der Fremdenlegion liefen stolz mit.

In einem offenen Wagen stand der Präsident und winkte dem Volk zu.

So ein Wahnsinn dacht Martin wie auf dem Präsentierteller, hinter jeder Scheibe hinter jedem Fenster könnte ein potenzieller Schütze sein.

Das erinnert mich alles an das Kennedy Attentat dachte Martin für sich.

Rund um den Wagen des Präsidenten waren die meisten und besten Sicherheitsleute.

Die weniger gut ausgebildeten Kräfte waren in der Organisation tätig.

Martin hielt rundum Ausschau, er konnte aber nichts erkennen. Hoffentlich ging alles gut und der Präsident kam heil an. War da nicht ein Blitzen von einem Zielfernrohr. Martin war nervös.

Nein das war nur ein kleines Mädchen mit seinem Fotoapparat.

Martin wäre es am liebsten, wenn sich der Präsident endlich setzen würde.

Gott sei Dank dachte Martin, endlich setzt er sich mal.

Leider blieb der Präsident nicht sitzen und schon bald stand er wieder und winkte der Bevölkerung von Paris zu.

Es war schon gegen Ende der Parade und fast war alles vorbei, als sich plötzlich ein Mann aus der Menschenmenge löste, Allah u Akbar rief und eine Schusswaffe auf den Präsidenten richtete.

Martin zögerte keinen Moment und warf sich in die Schusslinie.

Der Mann konnte dreimal abdrücken bevor ihn Sicherheitskräfte niederwarfen.

Der Präsident wurde nun auch von Sicherheitskräften ihm Wageninneren niedergedrückt und der Wagen raste nun mit Höchstgeschwindigkeit davon

Martin war noch einen Moment bei Bewusstsein.

Aus der Ferne hörte er die Sirene eines Krankenwagens, der schnell näher kam, dann wurde alles schwarz.

Wie in einem Film liefen auf einmal die wichtigsten Stationen in Martins Leben ab und so langsam entfernte er sich von seinem Körper.

Er schaute von oben auf seinen Körper herab, um den sich jetzt mehrere Ärzte kümmerten, aber das interessierte ihn nicht mehr.

Immer höher stieg er und immer mehr entfernte er sich von seinem Körper.

Nun erschien ein Tunnel, an dessen Ende ein Licht zu brennen schien.

Schnell riefen die Ärzte, wir verlieren ihn und versuchten mit einem Defibrillator seinen nun aussetzenden Herzschlag wieder schlagen zu lassen.

„Er verliert zu viel Blut, wo bleibt die gottverdammte Gefäßzange", rief einer.

Ein anderer spritzte ihm Adrenalin.

Martin wollte sich schon endgültigabwenden und in das verheißungsvolle helle Licht eintauchen, als ihm plötzlich Zweifel kamen, hatte er nicht noch eine Aufgabe, hatte er nicht noch einen Sohn und eine Frau, die ihn brauchten, und eine Mutter, die ihn vermissen würde.

KAPITEL XIX

„Da", rief einer der Ärzte, der Herzschlag normalisiert sich er kommt zurück."

Martin spürte, wie er sich seinem Körper wieder näherte, dann wurde wieder alles dunkel.

Estelle hatte die ganze Zeit auf dem Flur des Hospitals gewartet. Nun kam ihr ein Arzt entgegen.

„Herr Doktor", rief sie, „wie ist es gelaufen, wird er wieder gesund."

„Also", sagte der Arzt, „es war eine sehr schwere Operation und beinah hätten wir ihren Mann verloren. Er wurde von drei Kugeln getroffen. Eine traf die schusssichere Weste und verursachte nur eine starke Prellung. Die nächste ging in den Hals, wo sie nur knapp die Halsschlagader verfehlte, und die letzte drang unter der Achsel ein, verletzte einige Gefäße, bevor sie knapp am Herzen vorbeischrammte. Er hat die Operation den Umständen entsprechend gut überstanden, sodass wir ihn auf die Intensivstation verlegen konnten. Sie können jetzt zu ihm aber er braucht noch sehr viel Ruhe.

Aber anscheinend hatte er einen Schutzengel."

Nach drei Tagen erwachte Martin das erste Mal seine Brust und sein Hals waren mit dicken Verbänden bedeckt.

An seinem Bett saß Estelle mit dunklen Ringen unter den Augen.

Martin sah sie an. „Hast du die ganze Zeit hier gesessen und gewartet?" „Nicht alleine, sagte Estelle, als deine Mutter davon erfuhr, kam sie sofort und wir hielten zu zweit Krankenwache.

Aber sprich wie geht es dir mein Schatz."

„So als wäre ich von einem LKW überfahren worden das wahr wohl haarscharf."

„Ach übrigens der Präsident blieb unverletzt.

Er bedankt sich bei dir und wünscht dir eine gute Besserung."

Jetzt ging es Martin schon von Tag zu Tag besser.

Er konnte nun schon die ersten Schritte tun. Nach ein paar Tagen fragte Estelle ganz beiläufig: „Sag mal Martin, wer ist eigentlich diese Mala.

Martin hätte sich fast verschluckt, aber er antwortete zunächst mit einer Gegenfrage. „Woher kennst du denn Mala?"

„Erinnerst du dich. Dass ich Tag und Nacht Wache bei dir am Bett gehalten habe?"

„Ja", sagte Martin verhalten.

„Du redest im Schlaf, also wer ist diese Mala?"

„Mala ist eine Frau aus einem Dorf in Myanmar, sie hat mir durch den Dschungel geholfen."

„Aber irgendwas war doch zwischen euch oder?"

Martin druckste herum. „Wir sind uns während dieser Zeit näher gekommen", sagte er vielsagend.

Jedenfalls ist im Dschungel Vertrauen ganz wichtig, ohne das geht das nicht.

„Na ja", sagte Estelle, „da ist das letzte Wort noch nicht gesprochen.

Übrigens sagte sie. Du wurdest vorgeschlagen für den Titel Ritter der Ehrenlegion, weil du den Präsidenten gerettet hast."

„Was?", sagte Martin, aber da braucht man doch eine blütenweise Weste."

„Na und", sagte Estelle, erinnerst du dich nicht mehr daran, dass deine Strafakte im Gegensatz zu meiner komplett gelöscht wurde. Da ist nicht mal mehr ein Strafzettel vermerkt."

„Ich denke, vermerkte nun Martin, dass ich nach meiner Tat es wagen kann den Präsidenten um eine Amnestie für dich zu bitten."

„Ok, sagte Estelle, aber was war mit Mala?"

„Na was denkst du", sagte er und trat die Flucht nach vorne an, „wenn zwei Personen wochenlang allein im Dschungel sind."

Estelle machte auf dem Absatz kehrt und ließ ihn auf dem Krankenhausflur stehen.

Nach einer weiteren Woche wurde er aus dem Hospital entlassen und erkundigte sich nach Estelle.

Diese, so konnte er in Erfahrung bringen, war schon nach Hamburg abgereist.

Als Martin schließlich in Hamburg ankam fand er die Wohnung verschlossen vor.

Estelle hatte wohl die Schlösser austauschen lassen.

Martin ging ums Haus und fand die Putzfrau beim sauber machen, sie hatte dabei die Tür zum Pool geöffnet und Martin trat ein.

„Oh, sagte die Putzfrau, ich weiß nicht, ob ich sie einlassen soll. Die Chefin ist sehr sauer auf sie."

Martin sagte: „Ist schon gut Klara, ich nehme es auf meine Kappe."

Klara gab sich damit zufrieden und arbeitete weiter.

Martin ging nun weiter ins Haus und traf dabei auf Moritz. „Papa, Papa!", rief er freudig.

Moritz lief voraus. „Mama, Mama", rief Moritz, „Papa ist da!" Martin ging seinem Sohn hinterher und traf auf seine Frau im Wohnbereich.

Estelle starrte ihn an und meinte, „Moritz auf dein Zimmer, sofort."

Schmollend folgte Moritz ihrer Anweisung und verließ die beiden.

Martin nahm sich einen Drink und setzte sich gegenüber von Estelle auf die Sitzgruppe.

„Ok", sagte Martin, „ich weiß das war nicht richtig, aber Mala hat nicht eher Ruhe gegeben bis sie von mir bekam was sie wollte."

„Und das soll ich jetzt einfach so entschuldigend hinnehmen", zischte Estelle

„Nein", sagte Martin, „das verlange ich ja gar nicht von dir, ich denke du wirst zunächst Zeit brauchen, um dir über einiges klar zu werden.

„Wie gesagt, ich weiß, dass das ein riesengroßer Fehler war und ich bereue meinen Fehltritt auch aufrichtig. Glaube mir, das wird nie mehr wieder vorkommen, denn ich liebe doch nur dich."

„Ja", sagte Estelle, „ich weiß noch nicht wie ich mich entscheiden werde, ich muss mir erst über einiges klar werden, ich denke es ist besser wenn wir uns die nächste Zeit nicht sehen."

„Gut", sagte Martin „ich lass dir alle Zeit der Welt, ich hoffe nur du kannst mir irgendwann verzeihen."

„Ja", sagte Estelle, „besser wenn du jetzt gehst, vorerst bleiben wir zwar auf Distanz, aber in Kontakt."

Martin verließ Estelle mit hängendem Kopf. Wie hatte er den Sex mit Mala damals mitten im Dschungel genossen und wie bitter bereute er diesen jetzt. Ich muss es schaffen, dass Estelle mir verzeiht, dachte er für sich.

Estelle saß lange noch im Wohnzimmer auf dem Sofa der gemeinsamen Villa.

Sie dachte nach „Irgendwie liebe ich ihn ja immer noch, aber er kann mich doch einfach nicht so hintergehen und wer weiß vielleicht geht er bei entsprechender Gelegenheit wieder fremd, obwohl er ja versprochen hat es nie wieder zu tun. Aber das ist natürlich leicht so dahingesagt. Sie war sich nicht sicher, ob sie ihn diesen Vertrauensbruch vergeben sollte.

KAPITEL XX

Seitdem war eine Woche vergangen. Estelle wusste noch nicht, wie sie sich entscheiden sollte. Sie hatte Moritz in die Schule gebracht und wollte für sich heute einen Wellness-Tag einlegen. Zuerst ein paar Runden im Pool dann in die Sauna und anschließend sollte dann der Masseur vorbeikommen.

Also legte Estelle ihr Badehandtuch auf die große Liege. Dann stieg sie ins warme Wasser.

Sie schwamm ein paar Runden, dann ließ sie ein Geräusch aufblicken.

Im Poolraum waren drei maskierte Männer. Estelle schwamm zum Beckenrand, doch einer der Männer verwehrte ihr den Ausgang aus dem Becken. Estelle schwamm sofort in eine andere Richtung, doch auch dort wurde ihr der Ausstieg verwehrt. Sie schwamm solange von einem Beckenrand zum anderen, bis ihre Kräfte langsam nachließen. Sie wusste, dass sie unbedingt aus dem Pool musste, egal was die drei dann mit ihr anstellen würden. Also schwamm sie wieder zum Beckenrand, doch als sie dort ankam drückte der Mann sie mit seinem Fuß unter Wasser. Als er nachließ, tauchte sie hustend und prustend auf. Nun bekam sie Panik. Sie versuchte nun das Geländer des Ausstiegs zu erwischen, um sich dort festzuhalten und hinauszuziehen. Doch als sie das Geländer erreichte, schlug ihr einer der Männer auf die Finger. Immer wieder versuchte sie das Geländer zu greifen, doch der Mann schlug immer weiter zu. Als sie schließlich schwächer und schwächer wurde, drückte er sie anschließend mit beiden Händen unter Wasser. Ihre Lungen schienen zu bersten bis sie schließlich nachgab und das Wasser bis tief in ihre Lungen einsog.

Nach einer Woche konnte Martin es nicht mehr aushalten, er musste mit Estelle reden, er musste sagen, wie sehr er sie liebte.

Martin machte sich umgehend auf den Weg, er ging wieder durch den Garten um über den Poolraum ins Haus zu kommen.

Als er sich dem Raum näherte, sah er schon von Weitem die drei maskierten Männer. Nun rannte er in panischer Angst um seine Frau los. Beim Näherkommen sah er, dass einer von denen eben Estelles Kopf unter Wasser drückte.

Martin handelte sofort und mit einem gewaltigen Hechtsprung war er im Poolraum und riss den Mann von Estelle weg.

Nun trieb er ihm seine Faust so in die Magengrube, dass der Mann zusammenklappte wie ein Rasiermesser.

Dann stürzte er sich auf den nächsten Mann, den er mit einem gekonnten Schwung auf den Boden schleuderte. Der dritte Maskierte stieß ihn ins Wasser und wollte auch Martin unter Wasser drücken. Beide kämpften nun im Pool auf Leben und Tod. Doch nach kurzer Zeit hatte es Martin geschafft und sein Gegner ließ nach. Nun schwamm er schnell zu Estelle und zog sie aus dem Wasser.

Er legte sie auf den Rücken und begann umgehend mit den Wiederbelebungsmaßnahmen.

Er presste seine Lippen auf die Ihren und beatmete sie, dann drückte er auf ihre Brust, damit das Wasser aus den Lungen kam.

„Los komm schon!", rief er, aber sie rührte sich nicht.

Er wiederholte die Maßnahme mehrere Male doch sie wollte sich noch immer nicht rühren.

„Estelle!", rief er erneut, wie soll ich denn ohne dich leben, komm zu mir zurück, ich liebe dich doch.

Und erneut drückte er seine Lippen auf die ihren.

Nun fing sie an zu husten und ein großer Schwall Wasser kam aus ihren Mund. Sie atmete ganz tief ein und mit einem großen Atemzug füllten sich ihre Lungen endlich wieder mit Luft.

„Martin", sagte sie und schaute ihn an.

Ihre Augen wirkten dabei immer noch glasig.

„Martin rief sie erneut.

„Ja Liebes, ich bin es, ich bin gleich wieder für dich da warte nur einen Moment."

Damit wandte er sich kurz ab, trat einen der drei Männer, der eben wieder zu sich kam, in den Magen und fessele alle.

Danach wählte er eine Nummer des Geheimdienstes, der ein Team vorbeischickte.

Estelle wurde in ein Militärkrankenhaus gebracht, wo ihre Wunden versorgt wurden und sie ein paar Tage zur Beobachtung blieb. Die drei Männer wurden in ein Gefängnis gebracht, wo sie einer diskreten Befragung unterzogen wurden. Das Ergebnis war, dass der Anschlag auf Estelle eine Racheaktion für den vereitelten Anschlag auf den französischen Präsidenten war.

Danach kümmerte sich Martin jeden Tag liebevoll um Estelle. Bis sie entlassen wurde, hatte er Tag und Nacht an ihrem Bett gewacht. Als sie soweit wieder in Ordnung war, dass sie wieder nach Hause konnte, kam er und holte sie ab. Dann fuhren sie zu ihrer Villa nach Blankenese. Dort hatte er alles schon vorbereitet, er hatte dafür gesorgt, dass immer ihre Lieblingsblumen da waren, und wenn sie ein Kissen brauchte, holte er ihr eins. Abends deckte er sie zu und machte das Licht aus.

Er jedoch schlief die ganze Zeit auf der Couch.

Nach einer Woche; er hatte sich gerade hingelegt, stand auf einmal Estelle in der Wohnzimmertür. „Sag mal, meinte sie, wie lang soll das eigentlich noch so weitergehen?"

„Wie lang soll was gehen?"

„Na wie lang willst du noch auf der Couch schlafen, komm endlich ins Bett."

Estelle hatte ihn also endlich vergeben.

In dieser Nacht liebten sich beide leidenschaftlich und Martin war so glücklich wie schon seit langer Zeit nicht mehr.

Alles war wieder wie früher und besser sogar.

Da er Estelles Leben gerettet hatte, standen sie sich nun näher als je zuvor.

Einige Tage später bekam Martin eine Einladung nach Paris in den Elysee-Palast. Es war die Ernennung zum Ritter der Ehrenlegion.

Estelle begleitete ihn in die französische Hauptstadt, wo er die Auszeichnung direkt aus den Händen des Präsidenten entgegennahm, der sich nochmals bei Martin für seinen tapferen Einsatz und die Rettung seines Lebens bedankte.

Nach Ende des offiziellen Teils wollte der Präsident dann gehen.

Doch Martin sprach ihn noch einmal an.

„Entschuldigung Monsieur Le President auf ein Wort bitte noch."

„Kann ich noch etwas für sie tun?", fragte der Präsident.

„Oh ja das können sie in der Tat, ich möcht sie bitten eine Amnestie auszusprechen."

„Und wen soll diese Amnestie betreffen?"

„Meine Frau, ich möchte sie um Gnade für ihre begangenen Taten bitten. Sie hat diese immer nur aus Treue zu mir begangen und damit ist jetzt sowieso Schluss." Der Präsident hörte aufmerksam zu und sicherte dann eine wohlwollende Neubewertung der Sachlage zu. Damit fuhren Martin und Estelle zurück nach Hamburg.

Noch einmal einen Monat später bekam Estelle Post aus dem Ellysee-Palast. Es war die Nachricht, dass auf Anweisung des französischen Präsidenten alle Anschuldigungen gegen sie fallen gelassen worden waren und ihre Strafakte ebenfalls gelöscht war. Nun hatten alle beide eine blütenweiße Weste und waren wieder unbescholtene Bürger.

„So, sagte Martin, der gerade eben gemütlich auf einem Stuhl in seinem großen Blumengarten saß. Das war es nun mit meiner Karriere als Profikiller. Ich habe es satt und ich will auch nicht mehr. Ich habe genug auf dem Kerbholz. Ich will auch nicht mehr der Wolf sein, sondern einfach nur noch der Privatmann Martin Lubatchek."

„Weißt du Estelle", sagte Martin weiter, „jetzt wo uns keiner mehr verfolgt und wo wir endlich unsere Ruhe haben und überall hingehen können wo wir wollen sollten wir erst mal einen schönen extra langen Badeurlaub machen. Wir könnten zum Beispiel in die Karibik fliegen, denn da gibt es lauter kleine unbewohnte und sehr einsame Inseln mit schneeweißen Stränden. Na wie wäre es nur ich und du."

„Das ist eine wundervolle Idee", sagte Estelle, mit schönen großen und bequemen Sonnenliegen an diesen weißen Palmenstränden. „Und dann", fuhr Martin fort, buchen wir uns noch einem Diener, der nur für uns im schwarzen Frack und weißen Handschuhen den ganzen Tag Cocktails und leckere Häppchen serviert."

„Vergiss aber nicht die Eiswürfel und die schönen bunten Schirmchen in den Getränken", sagte lächelnd Estelle.

„Und genauso machen wir das", sagte Martin, „ich kann ja schon mal im Internet nach einem geeigneten Ziel Ausschau halten dann könnten wir bald schon in der warmen Sonne liegen" entgegnete er lachend zurück.

„Du bist ein verrückter Kerl", sagte Estelle, aber genau deshalb liebe ich dich auch so sehr mein Schatz."

KAPITEL XXI

Martin und Estelle fanden ihre Trauminsel und auch der Diener dazu war schnell gefunden.

Die Cocktails waren wie erwartet erfrischend und bunt und die Häppchen lecker.

So vergingen die Jahre und nach und nach ließ sich bei Martin und Estelle auch das Alter nicht vermeiden.

Martins Körper war zwar immer noch durch tägliche Übungen zäh und durchtrainiert aber an den Schläfen zeigte sich schon das erst unvermeidliche grau.

Estelle ging es da nicht anders, sie versuchte die ersten Spuren des Alterns zu verhindern, aber ganz gelang ihr das nicht. Trotzdem konnte man immer noch die Eleganz der Pariserin erkennen.

Zehn Jahre waren nun vergangen, seit die beiden auf ihre Insel gekommen waren.

Damit es ihnen in dieser Zeit nicht zu langweilig wurde, besuchten sie oft unerkannt die größere Nachbarinsel oder fuhren zum Fischen. Manchmal kamen auch die wenigen Freunde, die sie hier hatten vorbei und sie aßen Lobster oder Hummer al americaine wobei ein Glas Champagner nicht schadete.

Man könnte alles in allem meinen dass die Geschichte hier zu Ende ist, was aber nicht ganz der Fall ist.

Etwa zur gleichen Zeit kam ein Mädchen in Kalkutta der geschäftigen Stadt in Indien an.

Die junge Frau fiel in dem bunten Treiben kaum auf einzig und allein die etwas hellere Hautfarbe, die unter der dicken Staubschicht hervorschien, sorgte für den einen oder anderen neugierigen Blick.

Heimlich zählte sie die paar Münzen, die sie dabei hatte und betrat dann ein einfaches Hotel. Der Concierge schaute sie missbilligend an, denn allein reisende Frauen kamen in seinem Weltbild nicht gut weg.

„Bitte", sagte nun die junge Frau „haben sie nicht ein billiges Zimmer für mich, wo ich mich säubern und zwei drei Stunden ruhen kann. Nicht länger. Ich bitte sie."

Der Mann schaute sie an und sagte: „Ok 20 Rupien für den halben Tag."

Die junge Frau erschrak, denn das war mehr als die Hälfte was sie hatte.

Trotzdem war sie damit einverstanden und legte die Münzen auf den Tisch.

Der Concierge ließ diese schnell mit seinen fettigen Fingern in der rechten Hosentasche verschwinden.

Dann wies er der Frau ein Zimmer zu.

Sie rümpfte die Nase als sie den Raum betrat.

Das Zimmer bestand aus einen rostigen Gitterrohrbett mit verschmutzter Bettwäsche nebst einem wackligen Beistelltisch.

Im Bad war es auch nicht besser. An der Wand hing ein uralter blinder Spiegel und die Toilette war total versaut.

Erstaunlicherweise war das Wasser recht klar, das aus den vergammelten Armaturen lief. „Na ja", dachte sie, „zum Waschen ist es ok, trinken muss ich es ja nicht."

Als sie anfing sich zu entkleiden bemerkte sie einen Lichtstrahl auf der Wand gegenüber.

Bei genauem Hinsehen konnte sie ein kleines Guckloch erkennen.

„Na warte", dachte sie, „du Schmierlappen willst mich also beim Waschen beobachten. Na du sollst dein Spaß haben."

Sie ließ zunächst etwas Wasser in das kleine Becken ein und begann sich die Hände zu waschen.

Als genügend Seife ins Wasser übergegangen war, nahm sie mit der hohlen Hand etwas heraus und schleuderte es in das Guckloch.

Auf der anderen Seite war ein lautes Aufheulen und wildes Fluchen zu vernehmen. Das Guckloch wurde geschlossen und danach konnte sie sich ungestört waschen.

Nach zweieinhalb Stunden Ruhe zog sie sich um und verließ das Hotel, nicht ohne dem Concierge einen spöttischen Blick zuzuwerfen. „Na was haben sie denn gemacht?", bemerkte sie und legte den Zimmerschlüssel auf den Tresen.

Der hielt sich noch immer sein gerötetes rechtes Auge und fluchte vor sich hin.

Sung Xi, so hieß die junge Frau, machte sich auf den Weg und hatte nach einer viertel Stunde ihr Ziel die Deutsche Botschaft erreicht.

Sie sprach den Posten am Eingang an und dieser erklärte ihr, in welches Büro sie musste und wie sie dieses finden konnte. Sie betrat die Botschaft und fand auch gleich das Büro, das sie suchte. Nach einer halben Stunde Wartezeit wurde sie hereingebeten. „Nun was kann ich für sie tun", fragte der Beamte erst auf Deutsch und als er merkte, dass sie ihn nicht verstand, wiederholte er seine Frage auf Englisch.

Darauf antwortete sie: „Ich bin Sung Xi, Tochter der Mala aus Myanmar, und suche meinen deutschen Vater, von dem ich aber so gut wie gar nichts weiß."

„Nun" so sagte der Beamte, in der Hoffnung den Fall schnell wieder abgeben zu können. So, wie ich das sehe, ist das doch eher ein Fall für meine Kollegen in Myanmar. „Leider nein", sagte die junge Frau, „lassen sie sich erklären, denn er war im Auftrag ihrer Regierung dort.

Meine Mutter diente ihm als Führerin, sie führte ihn bis zur chinesischen Grenze. Dort befreite er eine Dissidentin namens Ling Lao aus einem Foltergefängnis. Soweit ich weiß, wurde sie zuerst hier in die Botschaft gebracht. Danach hat man sie nach Deutschland ausgeflogen."

Der Beamte runzelte die Stirn. „So wie sie das erzählen müsste es sich ja um eine verdeckte Geheimdienstsache gehandelt haben, falls es stimmt was sie erzählen.

Aber schauen wir mal nach was wir herausfinden können", meinte er freundlich, denn die junge Frau tat ihm mittlerweile leid.

Nach wenigen Minuten lagen dann auch schon erste Ergebnisse vor.

„So", sagte der Beamte, „eine Dissidentin dieses Namens gab es tatsächlich, und sie ist vor einigen Jahren auch aus einem chinesischen Gefängnis entflohen, doch dann scheint sich ihre Spur zu verlieren. Wenn ich jetzt allerdings noch tiefer bohre, stoße ich auf einen vertraulichen Ordner, zu dem ich leider keine Zugangsberechtigung habe.

Da sie allerdings einige Sachen wissen, die so nicht in den offiziellen Unterlagen stehen, gehe ich davon aus, dass sie hier die Wahrheit sagen. Ich werde ihnen sagen was ich jetzt mache. Ich werde beim BND eine Anfrage starten, ob die nicht den Kontakt zwischen ihnen und ihrem Vater herstellen können.

Das kann aber einige Zeit dauern, haben sie die Möglichkeit irgendwo zu übernachten."

„Nein", sagte Sung Xi, denn in das schmierige Hotel wollte sie nicht zurück. Außerdem fehlte ihr das Geld für eine weitere Nacht.

„Ich denke auch da kann ich erst mal behilflich sein. Wir verfügen über ein Gästehaus, ich werde sofort veranlassen, dass man sie dort unterbringt."

Überglücklich bedankte sie sich und bezog das Zimmer im europäischen Stil. Sie legte sich sofort zu Bett und fiel in einen langen tiefen Schlaf.

In den nächsten Tagen genoss sie einen Luxus, den sie so nicht kannte. Vor allem die Speisen, die jeden Tag im Überfluss gereicht wurden, überraschten sie jedes Mal auf ein Neues.

Alle Arten von Früchten und inländische Speisen von denen sie wenn überhaupt höchstens mal an hohen Festtagen zu essen bekommen hatte. Aber auch deutsche und andere europäische Gerichte, die sie überhaupt noch nicht kannte, wurden ihr serviert.

Nach drei Tagen wurde sie zurück ins Büro gerufen, wo der gleiche Beamte sie schon freundlich lächelnd empfing.

„Also", sagte er, „nach meiner Recherche ist das Ganze selbst heute noch eine geheimdienstliche Verschlusssache.

Allerdings hat ein BKA Angestellter mit entsprechender Genehmigung die Akte geöffnet.

Daraus konnte man dann feststellen, wer Ling Lao über die Grenze gebracht hatte, und das müsste dann ihr Vater sein.

Da sie dieses aber alles schon wussten, wurde ich beauftragt die Richtigkeit dieser Informationen zu bestätigen, weitere Auskünfte darf ich aber nicht geben."

„Aber wer ist denn nun mein Vater?" Fragte Song Xi.

„Das darf ich ihnen allein schon aus Datenschutzgründen nicht mitteilen vom geheimdienstlichen Standpunkt ganz zu Schweigen.

Moment mal, sagte der Beamte, hier ist noch ein Memo zu dem ganzen Vorgang."

Nachdem er die Information kurz durchgelesen hatte, wandte er sich lächelnd an die junge Frau.

„Also das BKA teilt weiterhin mit, dass ihrem Vater eine Mitteilung zugesandt wird, dass er gesucht wird. Wenn er also gefunden werden will und wenn die Vertraulichkeit der entsprechenden Akte gewahrt bleibt, steht einem Treffen eigentlich nichts mehr im Wege."

„Ich danke ihnen vielmals", sagte Song Xi.

„Nichts zu danken", sagte der Beamte, „bleiben sie ruhig noch in unserem Gästehaus bis weitere Nachrichten aus Deutschland kommen."

Song Xi bedankte sich noch mal und begab sich dann wieder auf ihr Zimmer zurück.

In Pullach dem Sitz des Geheimdienstes bei München hatte die Anfrage aus Kalkutta für reichlich Aufregung gesorgt. Und so hatte man eine Dringlichkeitssitzung mit den wichtigsten operativen Mitarbeitern einberufen.

Aus Gründen der Geheimhaltung sei es angebracht bei der folgenden Sitzung keine Namen zu nennen.

„Also", sprach Agent 1, „was haben wir?"

„Eine alte Akte, deren Inhalt teilweise der Öffentlichkeit bekannt wurde", sagte einer der anwesenden Assistenten.

„Gut", sagte Agent 2, „wie sollen wir darauf reagieren?"

„Soweit wir wissen", bemerkte der gleiche Agent handelt es sich um ein 17- jähriges Mädchen aus einem Dschungeldorf in Myanmar."

„Ihr Vater ist wohl damals unser Mann gewesen, deswegen hat sie auch all diese Informationen." „Und nun ist sie auf der Suche nach ihm", meldete sich wieder der Assistent.

„Wie wir weiterhin feststellen konnte" bemerkte jetzt Agent 5" verbrachte unser Mann tatsächlich eine Weile im besagten Dschungeldorf, wo er sich von einem Schlangenbiss erholte. Die Frau die ihn damals pflegte und später auch bis an die Grenze Chinas führte, ist tatsächlich die Mutter von dieser Song Xi. Nach unseren Informationen ist diese aber schon verstorben, sodass uns von dieser Seite keinerlei Gefahr mehr droht, dass noch mehr an die Öffentlichkeit dringen könnte."

„Soweit scheint das ja alles so zu stimmen", bemerkte Nr. 1, „also ist doch die große Frage wie wir mit der Anfrage dieser jungen Frau umgehen ich bitte also um ihre Vorschläge meine Herren."

„Zunächst wäre es doch von großem Interesse erst einmal festzustellen, wer ihr Vater also unser Agent damals da unten war", bemerkte jetzt Agent 5.

„Also laut meinen Unterlagen handelt es sich dabei um einen ehemaligen Killer, der sich damals – Der Wolf – nannte", sagte Agent Nummer 2.

„Was Wolf?", rief Nummer 1 aufgeregt.

Alle anderen drangen nun auf ihn ein und wollten wissen, ob er ihn kannte und was er über ihn wusste.

„Allerdings kenne ich ihn", sagte Nummer 1, „wir haben ihn damals lange gejagt und als wir ihn hatten, stellten wir ihn vor die Wahl entweder Gefängnis oder für uns zu arbeiten."

„Und wo ist er jetzt?", fragte nun Agent Nummer 3.

„Lasst mich einmal nachsehen", bemerkte Agent Nummer 2.

„Also hier steht, dass er sich zur Ruhe gesetzt hat und mit seiner Frau und seinem Sohn auf einer kleinen Insel anonym in der Karibik in der Nähe von Martinique wohnt."

„Ja so schön möchte ich es auch mal haben, bemerkte Agent Nummer 4 dazu, „aber unsere Bezüge fallen mit Sicherheit einmal niedriger aus wenn wir in Ruhestand gehen. Karibik ist da wohl kaum drin."

„Wohl kaum", bemerkte Nummer 1 noch hinzu bevor sie nun zum Abschluss kamen.

„Also wie verfahren wir nun weiter ohne noch weitere Details aus dieser Akte preiszugeben", fragte nun Agent Nummer 2.

„Ich denke wir können Wolf ruhig mitteilen dass er eine Tochter hat das verletzt ja nicht die Vertraulichkeit der Akte", bemerkte Agent Nummer 1.

„Und wenn er nun seine Tochter sehen will?"

„Auch darin sehe ich eigentlich kein Problem", stellte Agent Nummer 1 fest.

„Also fragen sie ihn, ob er seine Tochter sehen möchte, wenn ja geben sie eine entsprechende Meldung nach Kalkutta durch."

Auf der kleinen Karibikinsel klingelte Martins Handy. Überrascht schaute der Wolf auf die Kommode, wo dieses lag.

Nur eine Handvoll Menschen kannten diese Nummer überhaupt und so musste Martin davon ausgehen, dass es sich höchstwahrscheinlich nicht um einen gewöhnlichen Anruf handelte.

Das ungewöhnlichste war aber, dass dieses Handy schon monatelang geschwiegen hatte und das es nur dazu diente in Verbindung mit dem BND zu treten.

Wolf nahm das Handy und nahm das Gespräch an.

„Hört mal Leute", sagte er sofort, „ihr wisst doch, dass ich im Ruhestand bin."

„Nur mit der Ruhe", hörte er die Stimme am anderen Ende der Leitung.

„Erinnern sie sich noch an den Auftrag in China?"

„Ja selbstverständlich", sagte Wolf vorsichtig, denn er wusste noch nicht worauf das Gespräch hinauslaufen würde.

„Dann können sie sich bestimmt noch an eine Eingeborene namens Mala erinnern."

Bei Wolf fingen irgendwo in seinem Inneren die Alarmglocken zu läuten, was wollten die nur von ihm.

„Hatten sie damals eine sexuelle Beziehung zu ihr?", sagte der BND Agent.

Jetzt spürte Wolf wie ihm die Hitze zu Kopf stieg.

„Jaaa", sagte Wolf, „hat sich halt so ergeben."

„Gut", sagte Agent Nummer 1, „ist ja auch eigentlich kein Problem, du bist ja schließlich auch nur ein Mann. Also diese Mala ist leider verstorben."

„Oh das tut mir sehr leid, unsere Affäre war kurz, hatte aber verständlicherweise keine Zukunft."

„Allerdings hat diese kleine Affäre Folgen gehabt und in Kalkutta hat sich eine junge Frau gemeldet die ihren deutschen Vater sucht und allen Anschein nach deine Tochter ist", sagte jetzt der Agent.

„Was", sagte Wolf überrascht, „seid ihr sicher?"

„Ziemlich, sie wusste so viele Details, dass eigentlich kein anderer Schluss möglich ist."

„Nach Absprache mit den anderen Agenten könnten sie sich mit ihr treffen die weitere Unversehrtheit der Akte bleibt also gewahrt."

„Also das kommt jetzt alles sehr überraschend, man wird ja nicht jeden Tag von heute auf morgen noch einmal Vater."

„Außerdem was wird Estelle dazu sagen, das wird bestimmt alte Wunden wieder aufreißen."

Ich möchte mich gerne noch mit meiner Frau beraten bevor ich zustimme. Ich melde mich dann wieder unter dieser Nummer und werde ihnen meine Entscheidung mitteilen."

Nun musste er sich erst mal setzen, denn er war sichtlich geschockt über diese unerwartete Neuheit.

Als Estelle kurze Zeit später den Raum betrat, wusste sie sofort, dass irgendetwas nicht stimmte.

„Was ist los", fragte sie, du siehst aus, als hättest du einen Geist gesehen."

„Mich hat soeben meine Vergangenheit wieder eingeholt und ich weiß nicht, wie ich es dir sagen soll, denn ich will dir nicht wehtun."

„Also gut gerade heraus was ist los?"

„Die alte Geschichte in Myanmar."

Estelle runzelte die Stirn.

„Das ist lange her, will diese Mala etwa was von dir.

„Nein Mala ist schon verstorben."

„Und um was ging es bei diesem Anruf, wenn Mala schon tot ist?"

„Also gut, sei jetzt stark, ich sage es dir gerade heraus. Estelle ich habe eine Tochter."

„Du hast bitte was" erregte sich Estelle.

„Ja ich habe es ja auch eben erst am Telefon erfahren."

„Sie hat nach mir gesucht und will sich jetzt mit mir treffen."

„Was meinst du sollte ich?"

„Wolf du hast mich damals sehr verletzt und ich habe mir lange überlegt, ob ich dir überhaupt verzeihen soll aber wenn du nun Verantwortung gegenüber deiner Tochter übernehmen willst, meinen Segen hast du."

„Du", sagte nun Martin, „ich glaube ich werde erst mal eine Nacht drüber schlafen."

„Verständlich", meinte Estelle.

Zwei Tage später war er sich sicher, dass er sein Kind sehen wollte.

Er griff zum Telefon und rief das BKA in Deutschland an. Diese riefen in Kalkutta an und sagten einen alten Freund in Frankreich Bescheid.

Und so kam es, dass Sung Xi ein paar Tage später von Kalkutta nach Paris geflogen wurde, wo Gideon Tipodoe sie am Flughafen erwartete.

Er hatte sich zwar auch schon zur Ruhe gesetzt, aber diesen einen Auftrag wollte er noch übernehmen.

KAPITEL XXII

Gideon Tipodoe war immer noch der gleiche schlaksige Typ wie früher, jedoch waren auch an ihm die Zeichen der Zeit nicht vorübergegangen. Und so ist es nicht verwunderlich, dass er nicht mehr so gut zu Fuß war. Als dann die Durchsage kam, dass der Flug Nummer 85421 aus Kalkutta auch noch Verspätung hatte, zog er es vor im Flughafenbistro zu warten bis der Flieger gelandet war. Nach 2-3 Pastis sah die Welt schon ganz anders aus und Tipodoe fühlte sich sichtlich wohler. Leider hatte er da schon verpasst, dass der Flieger schon gelandet war.

Und so stand Sung Xi ganz allein und verloren in der großen Empfangshalle.

Nach 5 Minuten ließ sie eine Durchsage machen, worauf Tipodoe schnellstens seinen 4. Pernot austrank, und zu ihr eilte.

Er erkannte die junge Frau auf den ersten Blick an ihrer etwas dunkleren Hautfarbe als auch an ihrer Kleidung.

„Sie sind Sung Xi?"

„Ja richtig."

„Gestatten das ich mich vorstelle, ich bin Gideon Tipodoe und soll mich um sie kümmern. Entschuldigen sie, dass ich sie habe warten lassen. Ich hoffe nur, dass durch ihre Durchsage niemand auf uns aufmerksam geworden ist. Wissen sie, ihr Vater hat auch heute noch einige Leute am Hals, die ihn lieber heute als morgen in ihre Hände bekommen würden. Deswegen wohnt er mit seiner Familie auch sehr zurückgezogen am Ende der Welt."

„Ja okay, sagte Sung Xi, aber was ich nicht verstehe ist, warum ich jetzt in Frankreich bin, mein Vater ist doch Deutscher."

„Das ist sicherlich richtig, aber er wohnt jetzt auf einer zu Frankreich gehörenden Überseeinsel. Ihre Reise ist also noch nicht vorbei, aber wir dachten, dass es das Beste sei, wenn sie sich hier erst mal zwei drei Tage ausruhen, danach hat man mich beauftragt, dass ich sie zu ihrem Vater bringe."

Am nächsten Morgen nach dem Frühstück überflutete Sung Xi Gideon Tipodoe mit Fragen.

„Wo haben sie meinen Vater kennengelernt.

„Wie lange kennen sie sich schon.

„Sind sie Freunde?"

„Wann kann ich meinen Vater endlich sehen.

„Langsam, langsam", meinte Tipodoe, ich weiß ja gar nicht mehr wo mir der Kopf steht vor der ganzen Fragerei."

„Also am besten fangen wir am Anfang an, früher war dein Vater ein schlimmer Finger, der einiges auf dem Kerbholz hatte und auch europaweit gesucht wurde.

Auch ich war damals einer der Männer, die ihn jagten.

Dann arbeitete er für eine Organisation, deren Name du kennst, ich darf dir den Namen aber trotzdem nicht nennen.

„BKA", flüsterte sie ganz leise vor sich hin und meinte ein leichtes Nicken bei ihm bemerkt zu haben.

„Nun", fuhr er fort, „während seiner Tätigkeit dort lernte er auch bei einer geheimen Operation deine Mutter kennen."

„Auch sollte ich bemerken, dass er mir einmal das Leben gerettet hat, weswegen ich ihn heute noch dankbar bin, als Freund würde ich ihn trotzdem nicht bezeichnen."

Auch der französische Präsident verdankt ihm sein Leben, weshalb auch sein komplettes Strafregister gelöscht wurde inklusive das seiner Frau.

Ja er ist verheiratet und einen Sohn hat er auch noch, du hast also einen Halbbruder."

Der jungen Frau stockte der Atem, sie musste erst mal alles sacken lassen und zog sich deswegen bis zum Mittag auf ihr Zimmer zurück. Gideon Tipodoe kaufte ihr einige europäische Kleidungsstücke, sie sollte so in der multikulturellen Stadt weniger auffallen.

Am Nachmittag zeigte ihr Tipodoe die Stadt und lenkte sie auf diese Weise etwas ab.

Sie hatte bisher nicht so auf ihre Umgebung geachtet, deshalb traf sie jetzt der Kulturschock mit voller Wucht.

Eifelturm, Sacre Coer, Moulin Rouge Notre Dame und all die anderen Sehenswürdigkeiten waren Sachen, die sie sich in ihrem Dschungeldorf nicht im Traum hätte vorstellen können.

Zwei Tage später kam Tipodoe und wedelte mit zwei Flugtickets in der Hand.

„Morgen Abend um 8 geht ein Flug nach Martinique und dann müssen wir noch etwa zwei Stunden mit dem Schnellboot fahren."

Am nächsten Abend nahmen beide Platz in einer Air France Maschine.

Leider entgingen ihnen die vier Herren, die mit ihnen eingestiegen waren und nun gelegentlich verstohlen herübersahen.

2 sahen aus, als kämen sie dem Anschein nach aus dem Mittleren Osten. Bei genauerem Hinschauen konnte man feststellen, dass es sich um Goldmann und Levi vom israelischen Geheimdienst Mossad handelte.

Anscheinend hatten sie Wolf seine „vorzeitige Kündigung" noch nicht verziehen und waren nun auf der Suche nach ihm.

Bei den anderen beiden handelte es sich um zwei Personen, die beide die gleichen Anzüge und Krawatten trugen. Sie trugen beide dunkel getönte Sonnenbrillen, die sie niemals ablegten. Deswegen konnte man von ihren Gesichtern auch nichts erkennen. Aufgrund ihrer geringen Größe konnte man allerdings darauf schließen, dass es sich bei den beiden um Asiaten handelte.

Da es sich aber um einen Ferienflieger handelte und die meisten Leute Freizeitkleidung trugen, fielen sie damit allerdings schon auf.

Und so war es auch nicht verwunderlich, dass ein Junge gegenüber zu seinem Papa sagte „Jetzt habe ich keine Angst mehr, dass die bösen Ufos uns abschießen, schau mal, die Men in Black fliegen mit uns".

Der Vater des Kindes wollte grade zu Lachen anfangen, als einer der Männer seine Sonnenbrille abnahm und ihnen einen eiskalten Blick zuwarf, sodass das Kind zu wimmern anfing und es dem Vater eiskalt den Rücken runterlief.

Doch allzu bald nahm der Flieger seine Startposition ein beschleunigte und hob ab.

Die nächsten Stunden verliefen sehr entspannt. Es wurden Filme gezeigt und die Stewardessen servierte exotische Fruchtcocktails.

Sung Xi kannte die meisten Zutaten aus dem Dschungel, aber in dieser Form hatte sie sie noch nie zu sich vernommen.

Als die Stewardessen feststellten, dass der jungen Frau die Drinks schmeckten, sorgten sie für dauerhaften Nachschub. Doch nach dem 5. Drink wurde sie müde und fiel in einen traumlosen Schlaf.

Sie erwachte als Tipodoe sie sanft an der Schulter anstieß.

„Wir befinden uns schon im Landeanflug auf Martinique und werden in Kürze landen."

Nach 15 Minuten war das Flugzeug gelandet und weitere 15 später hatten sie ihr Gepäck abgeholt. Nun standen sie auf dem Vorplatz des Flughafens.

„Taxi", rief Tipodoe und sofort fuhr ein Wagen vor. „Zum Jachthafen", sagte er zum Fahrer und dieser gab Gas.

Hinter ihnen stürzten nun die Men in Black aus dem Airport, die ebenfalls nach einem Taxi riefen, dicht gefolgt von Levi und Goldmann, die aufgrund ihres Alters nach Atem rangen.

Nach kurzer Zeit bemerkte der Fahrer von Tipodoe das Taxi hinter sich. „Ihre Freunde?", meinte er und unterstützte seine Frage mit einer rückwärtigen Kopfbewegung.

„Mit Sicherheit nicht", meinte nun Tipodoe, der nun auch die Verfolger entdeckt hatte.

Geben sie Gas, wenn sie die Schmeißfliegen abhängen, leg ich noch einen Schein drauf."

Der Fahrer trat das Gaspedal durch und tat wie ihm geheißen.

Tipodoe griff nun zum Handy. „Charly wir sind gleich bei dir, haben ungebetene Gäste am Hals, wirf schon mal die Motoren an."

Nach ein paar Schlenker hatten sie den Jachthafen erreicht. Tipodoe bezahlte den Fahrer, dann rannten beide auf ein Boot zu, das mit laufendem Motor wartete.

„Los rein da", sagte Tipodoe.

Sie sprangen ins Boot und der Skipper gab sofort Vollgas.

In diesem Moment erreichten die anderen beiden Wagen den Hafen.

Die Chinesen zögerten nicht lange, und kaperten ein zufällig am Hafen liegendes Boot mit gezückten Pistolen und zwangen den Besitzer die Verfolgung aufzunehmen.

Da es sonst keine Schnellboote gab, boten Levi und Goldmann einem anderen Skipper viel Geld an, um mit seinem kleinen Boot den anderen zu folgen.

Tipodoes Freund Charly war ein älterer Herr Mitte 50 mit Hawaiihemd. Boxershorts und Basecap.

„Na", meinte er nun zu Tipodoe, „immer noch so viel los bei euch?"

„Eigentlich war ich schon im Ruhestand, wurde nur für diese eine Geschichte reaktiviert. Sollte eine ganz harmlose Sache sein."

„Das soll es doch immer sein und dann ist trotzdem wieder die Kacke am Dampfen", sagte Charly.

„Aber noch haben uns unsere Verfolger noch nicht."

„Was denkst du Tipodoe, sind die hinter der Kleinen her?"

„Ne die ist doch nur Mittel zum Zweck, durch sie wollen sie Wolf finden."

„Ja schauen sie mal, nun halten sie sich merklich zurück, scheinbar um uns besser verfolgen zu können."

„Sollten sie näher kommen, wir sind bestens ausgerüstet", sagte Charly und öffnete dabei eine Truhe mit einem umfangreichen Waffenarsenal.

„Wir müssten etwas tun, um sie zu stoppen, den in einer dreiviertel Stunde erreichen wir schon Wolfs Insel."

„Ich glaube, ich habe da was", sagte Charly und griff in die Truhe und holte eine Waffe heraus, die aussah wie eine kleine Panzerfaust. Sofort zielte er damit und schoss.

Das Geschoss erreichte binnen kürzester Zeit das Boot der Asiaten, wo es nach Berühren der Bootshülle explodierte.

Die Ladung war so gering bemessen, dass zwar das Boot sank, die Passagiere jedoch nicht in Mitleidenschaft gezogen wurden.

Alle hatten noch Zeit Schwimmwesten anzulegen.

Da die beiden Chinesen immer noch ihre Anzüge und ihre Sonnenbrillen trugen, boten sie deshalb auch ein etwas merkwürdiges Bild.

Nun schwammen sie eine geraume Zeit im Wasser bis die Israelis sie erreichten und mit gezogenen Waffen in ihr Boot beförderten.

„Nun die Herren vom Chinesischen Geheimdienst wie ich annehme haben wohl das gleiche Ziel", sagte Levi spöttisch.

„Die haben sie aber ganz schön nassgemacht", ulkte Goldmann und fing zu lachen an.

Auch Levi, der sofort die Doppeldeutigkeit der Bemerkung erkannte, fiel nun ins Gelächter ein.

„Ok wenn wir hier schon am Witze reißen sind", bemerkte einer der Chinesen, „wir sitzen hier wohl auch alle im gleichen Boot."

„Stimmt", sagte nun Levi immer noch lachend, woraus sich die Frage ergibt, wie wir Wolfs Insel hier nun finden können."

„Da müssen wir unter Umständen halt alle näheren Inseln abklappern, damit wir den Bastard finden", sagte einer der Chinesen.

„Aber das können ja hunderte sein", bemerkte nun Goldmann wieder.

„Verdammt das wird ein hartes Stück Arbeit", sagte nun der andere Chinese.

„Gut, bemerkten nun alle beide, „ihr habt den euren Auftrag und wir den unseren wir sollten also erst mal unsere Prioritäten abgleichen."

„Bedaure", sagte Levi, „wir haben strikte Anweisung unseren genauen Auftrag geheim zu halten insbesondere natürlich einem fremden Geheimdienst gegenüber."

„Also bleibt uns nichts anderes übrig als das jeder für sich kämpft."

„Ja das sieht wohl so aus", bemerkte nun wieder Goldmann, „aber wenn ich ihnen einen guten Rat geben darf, ziehen sie endlich die nassen Klamotten aus. Es ist schon gegen Abend und mittlerweile weht ein kühler Wind. Wer doch schade wen sie ihren Vorgesetzten mitteilen müssten das sie wegen einer Erkältung aufgeben mussten. In der Kajüte sind trockene Sachen, die können sie nehmen."

Als die beiden Chinesen unter Deck verschwunden waren, raunte Levi Goldmann zu: „Kann ich dich mal kurz sprechen, jetzt, wo die zwei Schlitzaugen außer Reichweite sind."

Unter Deck entdeckten die beiden Asiaten sofort das Funkgerät womit sie versuchten mit ihrem Verbindungs- offizier Kontakt aufzunehmen, was ihnen nach kurzer Zeit auch gelang.

Während einer sprach, hielt der andere die Tür einen Spalt offen und belauschte das Gespräch der Israelis.

Diese hatten eine Karte ausgebreitet „Schau mal", sagte Levi, „wenn wir davon ausgehen, wie viel Sprit Tipodoe schon verfahren hat, dann kann er maximal noch eine dieser vier Inseln erreichen. Ich schlage vor wir entfer- nen die Zündkabel nehmen das Beiboot und lassen uns abtreiben danach können wir dann den Motor starten und die vier Inseln überprüfen. „

„Ich fürchte daraus wird nichts", sagte nun einer der Chinesen, der überraschenderweise wie aus dem Nichts aufgetaucht war, „aber wir haben Anweisung sie nicht mehr aus den Augen zu lassen."

„Gottverdammt", sagte Levi, wir hätten ihnen die Waf- fen abnehmen und sie unter Deck einschließen sollen."

Und genau das machten nun die beiden Chinesen mit ihnen.

Als die Kabinentür nun hinter ihnen verschlossen wurde, sagte Goldmann „Und wie geht es jetzt weiter, wie sollen wir jetzt jemals unseren Auftrag erfüllen?"

„Warte mal ab bis die Nacht kommt, ich habe da so eine Idee", sinnierte Levi.

„Und was hast du dir einfallen lassen?"

„Schau mal, die haben zwar die Kabinentür verschlossen, aber haben sie das auch mit Klappe getan, die aufs Oberdeck führt."

„Mensch du hast Recht, da brauchen wir nur die Nacht abzuwarten rausgehen und die beiden überwältigen."

„Genau das Überraschungsmoment ist jedenfalls auf unserer Seite."

„Und dann setzen wir sie im Beiboot aus, aber ohne funktionierenden Außenborder. Die Ruder lassen wir ihnen aber."

„Ja und dann können wir in Ruhe mit diesem Boot die vier Inseln absuchen."

In der Zwischenzeit hatte Tipodoe Wolfs Insel erreicht und stand nun diesem gegenüber.

„Und alles glatt gegangen", wandte er sich zunächst an Tipodoe.

„Nicht ganz, hatten ein paar Ratten am Heck, haben sie aber abgeschüttelt und hoffen nun, dass sie nicht wiederkommen."

„Nun denn", sagte Wolf und schaute nun auf das Mädchen, das nun schüchtern zu Boden blickte.

„Du bist also mein Papa." Tränen rannen ihr über ihre Wangen.

Da konnte auch Martin nicht anders und schloss sie fest in seine Arme.

„Mein Kind, meine Tochter" und nun liefen auch bei ihm die Tränen.

„Komm mit ins Haus, ich möchte euch den Rest der Familie vorstellen."

Sie betraten nun den Bungalow, der im tropischen Stil erbaut war.

„Ihr müsst hungrig und durstig sein, nehmt Platz, ich habe da mal etwas vorbereiten lassen."

Nun kam eine Frau herein, die etwa im gleichen Alter war wie Martin und ein Junge, der wohl im gleichen Alter war wie Sung Xi.

„Also", sprach Martin, „das ist meine Frau Estelle und mein Sohn Moritz.

Etwas unterkühlt aber nicht unfreundlich gab Estelle der jungen Frau die Hand. Moritz war da schon viel lockerer, ja er schien sich richtiggehend zu freuen nun noch eine Schwester bekommen zu haben.

Und so waren die Gespräche beim Essen zwischen den Geschwistern sehr intensiv.

Später am Abend verlegte man sich noch darauf ein paar Cocktails am Strand zu nehmen. Nun wurde auch Estelle versöhnlicher und es wurde noch ein sehr schöner Abend.

Langsam wie eine Schlange kroch Levi über das Oberdeck.

Die beiden Chinesen standen glücklicherweise am Bug, wo sie Zigaretten rauchten und sich unterhielten.

Bald hatte er das Heck erreicht, wo das Beiboot im Wasser dümpelte. Schnell bestieg er es und machte den Außenborder unbrauchbar, indem er das Zündkabel abriss.

Dann ging er wieder an Bord und wartete nun auf Goldmann.

Dieser war nun auch auf dem Oberdeck und schnellte nun wie eine Feder auf den ersten Chinesen zu, der kaum hatte er sich versehen, auch schon im Wasser war.

„Was zur Hölle", brachte der zweite noch hervor, dann war er auch schon im Wasser gelandet.

Schnellstmöglich holte nun Goldmann alle Leitern und Brücken ein, sodass ein weiteres an Bord kommen unmöglich war.

Nun löste Levi das Beiboot, das sofort abtrieb.

Fluchend schwammen die Chinesen nun dem Beiboot hinterher.

„So", sagte nun Goldmann zu Levi, „die sind wir fürs Erste erst mal los und unsere Karten stehen besser als bisher. Es ist nun nur noch eine Frage der Zeit, bis wir Wolfs Insel gefunden haben."

Als es Morgen war, hatten die Israelis die erste Insel auf ihrer Karte erreicht. „Schade, dass wir kein Beiboot mehr haben, na ja gut, ich habe schon verstanden." Er zog sein T-Shirt aus und sprang ins warme Wasser und schwamm die letzten 100 Meter zum Strand.

Nach einer Stunde war er wieder zurück.

„Ich habe zwar eine Feuerstelle gefunden, aber das die gebrannt hat, ist Wochen her, ansonsten ist die Insel vollkommen unbewohnt."

„Ach übrigens", sagte Goldmann trocken, „hier gibt es Haie. Aber soweit ich weiß fressen die keine Juden."

„Idiot das hättest du mir auch früher sagen können."

„Wie denn so schnell wie du ins Wasser gesprungen bist."

„Gut", meinte er dann sofort, „auf zur nächsten Insel."

Auch die nächste Insel war nicht bewohnt, jedoch traf Levi auf ein paar einheimische Fischer. Im Gespräch konnte ihm einer von ihnen wertvolle Informationen geben.

Dieser war auch noch so freundlich und fuhr Levi mit seinem Fischerboot zurück.

„Gib' dem Mann einen großen Schein, denn jetzt wissen wir, wo wir hin müssen. Er hat mir erzählt, dass auf der übernächsten Insel ein Europäer mit seiner Familie lebt. Die ganze Insel soll übrigens Sperrgebiet sein und Eigentum des französischen Staates.

Der Mann freute sich sehr über die Großzügigkeit der beiden Männer, denn für so viel Geld musste er sonst mehr als eine Woche arbeiten.

KAPITEL XXIII

Am nächsten Tag brannte die Sonne schon früh auf den weißen Sandstrand und so hielt sich die ganze Gesellschaft im Schatten der Veranda auf. Plötzlich war das Tuckern eines schnell näherkommenden Bootes zu vernehmen.

Martin runzelte die Stirn. „Haben sich wohl doch nicht abhängen lassen."

„Estelle, Moritz, Sung Xi alle ins Haus wir wollen erst mal sehen, wer uns da besuchen kommt, könnte sein das wir Ärger bekommen."

Wolf und verschwand derweil in eines der Nebengebäude.

Als er zurückkam hielt er seine alte Glock in den Händen.

„Nur zur Sicherheit", meinte er, setzte sich in seinen Sessel und zog die Sonnenbrille ins Gesicht. Die Glock verbarg er dabei unter einer Zeitung auf seinem Schoss.

In der Zwischenzeit hatte das Boot die Anlegestelle erreicht und einer der Männer sprang von Bord, um es zu vertäuen. Als auch der zweite von Bord war, gingen sie auf die 3 vollkommen entspannt sitzenden Männer zu.

„Levi und Goldmann", übernahm Wolf sofort das Wort, „wie lang ist das jetzt her, ich freue mich, dass sie mich Besuchen kommen."

„Das ist kein Besuch", erhob nun Levi seine Stimme, „wir haben den Auftrag sie umgehend nach Israel zu bringen."

„Immer langsam seid meine Gäste, kommt, wir essen und trinken erst mal was und dann plaudern wir ein bisschen über alte Zeiten."

„Nein", sagte Goldmann und wollte zur Waffe greifen, doch Wolf war schneller, er riss seinen rechten Arm hoch, sodass die Zeitung herunterfiel und die Glock zum Vorschein kam.

„Ihr habt doch nicht im Ernst daran geglaubt, dass ich mich von euch zwei Trotteln so mir nichts dir nichts von meiner Insel holen lasse."

Tipodoe und sein alter Freund Charly hatten nun ihrerseits Waffen gezogen und hielten die Israelis ebenfalls in Schach.

„Und nun?", wollte Tipodoe wissen, „ein ausländischer Geheimdienst, der auf der französischen Überseeregion Martinique eine Entführung vornehmen wollte?"

Charly, du bist zwar im Ruhestand, aber wie sagt man so schön einmal Geheimdienst immer Geheimdienst."

„Ja das sagt man so", bemerkte Charly dazu.

„Ich schlage also vor, dass der ehemalige Geheimagent Charly eine Entführung verhindert hat, unterstützt wurde er dabei vom ehemaligen Interpolagenten Gideon Tipodoe, der zufälligerweise hier Urlaub machte."

Und so wurde es auch durchgeführt, den beiden israelischen Agenten legte man Handschellen an und überführten sie nach Frankreich.

Dort wurde Ihnen ein schneller Prozess gemacht und beide zu langjährigen Gefängnisstrafen verurteilt.

Aufgrund von diplomatischen Verhandlungen zwischen beiden Ländern wurden sie allerdings schon nach einem Jahr gegen französische Agenten ausgetauscht und konnten endlich ihre Heimat wiedersehen.

Auf der kleinen Karibikinsel kehrte langsam wieder Ruhe ein und die Familie von Martin genoss nun wieder die Entspannung, die man nur dort finden konnte.

Die Chinesen hatten auch Glück, sie wurden von den gleichen Fischern aufgegriffen, mit denen schon die Israelis gesprochen hatten.

Als sie sich nach Wolf erkundigten, ob er auf einer der Insel mit seiner Familie wohnte, sagte einer der Fischer, „Komisch sie sind schon die zweiten, die sich nach denen erkundigten, vorgestern habe ich den anderen den Weg erklärt."

Die Chinesen wurden hellhörig und wollten sofort gegen entsprechende Bezahlung hingefahren werden. Aber der Fischer meinte „Gerne aber heute nicht mehr den es ist für diesen langen Weg schon zu spät. Ich kann sie daher nur bis aufs Festland mitnehmen, aber morgen fahre ich sie gerne hin."

Die Chinesen wechselten einige Worte und nickten dann zustimmend.

Am nächsten Morgen fanden sich die beiden Asiaten wieder bei den Fischerbooten ein.

Der Mann, der sie gestern aus dem Wasser gezogen hatte, saß nun in einem stärker motorisierten Boot.

„Es ist ein Stück zu fahren, deshalb sollten wir das schnellere Boot nehmen. Kostet aber etwas mehr.

Und bitte Vorkasse man weiß ja nie was passiert."

Mürrisch bezahlten die beiden Chinesen den geforderten Betrag.

Als die beiden an Bord gingen, fiel dem Fischer auf, dass die beiden bewaffnet waren und auch die Kiste, die sie an Bord brachten, trugen auch nicht zur Beruhigung des Fischers bei.

„Hey", sagte er, „so haben wir nicht gewettet. Ich weiß zwar nicht welche Rechnung sie noch mit dem Mann offenhaben, aber lassen sie mich da raus. Ich werde sie also lediglich bis zur Anlegestelle fahren, aber nicht an Land gehen.

Wenn sie wieder abgeholt werden wollen hier ist meine Handynummer aber dann bitte dann ohne Waffen."

Die Chinesen waren damit einverstanden und so legte das Boot ab.

Als die Chinesen die Insel erreichten, lag alles noch friedlich im Schlaf. Da die Bewohner des kleinen Eilandes noch in ihren Betten lagen, konnten die beiden ungebetenen Gäste in aller Ruhe mit ihrer Kiste anlanden.

Der Fischer legte wie abgemacht sofort ab und entfernte sich schnell.

Entweder hatte er im Schlaf das Boot doch gehört oder er witterte aus langjährige Erfahrung die Gefahr jedenfalls erwacht Martin und ging vorsichtig zur Tür um nach dem Rechten zu sehen.

Als er diese geöffnet hatte, sah er die beiden Chinesen auch schon mit Maschinenpistolen näherkommen.

Schnell schloss er wieder die Tür und rannte durchs Haus.

„Alarm wir werden angegriffen volle Deckung."

Da brach auch schon das Inferno los.

Die Chinesen eröffneten das Feuer auf das Haus.

Martin hatte sich nun ebenfalls bewaffnet und schoss nun aus einem der Fenster zurück.

Dann schob er die beiden Kinder in den unter einer Luke versteckten Raum. Dieser wurde auch als Lagerraum benutzt für alles, was keine Sonne vertrug. Nun holte sich auch Estelle eine Waffe und beteiligte sich ebenfalls am Schusswechsel.

Ihr Mann hatte mittlerweile schon einen der Angreifer ausgeschaltet und lieferte sich nun mit dem verbliebenen Asiaten eine wilde Schießerei.

Dieser hatte ihm auch schon eine stark blutende Wunde an der Hüfte beigebracht.

Nun mischte sie sich auch in den Schusswechsel ein und entlastete somit ihren Mann.

Schnell hatte sie auch den zweiten Chinesen zur Strecke gebracht.

Nun wendete sie sich ihren Mann zu.

„Nur eine Fleischwunde das wird wieder."

Ein Geräusch ließ sie sich auf einmal umdrehen und was sie sah, ließ ihr das Blut in den Adern gefrieren.

Einer der beiden Asiaten hatte sich noch mal aufgerappelt und lief nun blutüberströmt auf sie zu, die Waffe auf sie gerichtet. Nun brach er aber doch zusammen schoss aber Estelle doch noch an dann schloss auch er für immer die Augen.

„Verdammt", dachte Estelle, „hat der Sauhund mich nun doch noch erwischt" und griff dabei an eine Wunde am Hals.

Als es wieder ruhig geworden war trauten sich nun auch wieder die beiden Geschwister raus.

Was sie nun sahen, versetzte ihnen einen Riesenschock.

Das Haus war durch den Beschuss vollkommen durchlöchert und vor dem Haus lagen zwei tote Männer asiatischen Typs.

Martin war schwer verletzt und auch Estelle hatte es schlimm am Hals erwischt.

„Um Gottes Willen", sagte nun Moritz ziemlich hilflos, „was sollen wir denn nun tun?"

„Was du tust, weiß ich nicht, ich habe jedenfalls keine Lust meinen Vater wieder zu verlieren, kaum dass ich ihn gefunden habe.

„Also habt ihr einen Verbandskasten oder so."

„Ja im Bad", meinte Moritz.

Sung Xi wusste zwar nicht was ein Druckverband ist, aber instinktiv brachte sie etwas Ähnliches zustande.

„Nimm mein Handy", sagte Martin, als er verbunden wurde, „da ist nur eine Nummer abgespeichert, schildere die Situation und sage das wir medizinische Hilfe benötigen und ein Cleanerteam soll auch kommen.

Während Sung Xi noch überlegte, was ein Cleanerteam ist, verband sie zunächst Estelle und rief dann an.

Am anderen Ende der Leitung stellte der Agent ein paar Fragen und sagte dann „OK warten sie unsere Leute sind unterwegs."

Noch bevor das angerufene Team eintraf, legte ein Boot der Küstenwache, das gerade auf Streife war, am Bootssteg an.

„Um Gottes willen, sagte einer der Beamten, hier sieht es ja aus wie auf einem Schlachtfeld, da muss ich gleich meine Kollegen vom Festland informieren."

Noch während er sprach landete ein Helikopter und die Ärzte, die ausstiegen, kümmerten sich sofort um

Martin und Estelle. „Hey", sagte nun der Beamte, wer sind sie denn und lassen sie gefälligst die beiden Personen, da das sind Tatverdächtige."

Die beiden Ärzte ließen sich nicht beeindrucken und luden Martin und Estelle in den Hubschrauber. „Sie", sagt nun der Beamte, fliegen nirgendwohin soweit ich nicht weiß was hier los war."

„Das ist nicht notwendig, dass sie das wissen was hier los war", hörte der Beamte nun jemanden aus dem Hintergrund sagen.

Als er sich umdrehte, bemerkte er, dass mittlerweile noch ein Boot angelegt hatte.

„Und wer sind sie nun", blaffte er den Fremden an.

„Das tut nichts zur Sache am besten, sie sprechen mal mit dem zuständigen Mann", sagte der Agent und reichte dem Beamten sein Handy.

„Ja", sagte er vorsichtig. Dann passierten zwei Dinge gleichzeitig.

Erstens verlor er alle Farbe im Gesicht, zweitens fing er sofort an strammzustehen.

„Jawohl Herr Minister nicht unsere Kompetenz."

„Alle Leute zurückziehen."

„Nationale Sicherheit."

„Höchste Geheimhaltungsstufe."

Als das Gespräch beendet war meinte der Agent zu ihm. „So ich glaube damit ist alles gesagt und ich denke sie können jetzt gehen." Ach so eins noch, was sie hier gesehen haben, ist nie passiert, sollten irgendwelche Informationen ihrerseits an die Öffentlichkeit treten können sie mir glauben, dass sie sich wünschen würden nie geboren zu sein. So und nun gehen sie."

Reichlich eingeschüchtert rief der Beamte seine Leute zurück und nachdem sie ihr Boot bestiegen hatten, entfernten sie sich sehr schnell.

Die Warnung des Agenten tat seine Wirkung und die Vorkommnisse auf Wolfs Insel kamen weder in der Öffentlichkeit noch in irgendeiner Akte vor.

Die Geschwister nahmen das Schnellboot, das noch am Strand lag und fuhren damit auf die Hauptinsel.

Im dortigen Krankenhaus war eine ganze Abteilung gesperrt und es war bei Strafe verboten diese zu betreten.

Nur einige Militärärzte und Krankenschwestern hatten die notwendigen Genehmigungen.

Als die Geschwister ihre Eltern besuchen wollten, wurden sie erst einmal gründlich überprüft.

Zu ihren Eltern ließ man sie aber nicht. Stattdessen kam der Stationsarzt, der ihnen bereitwillig Auskunft gab.

„Also", meinte der, „Die Verletzung ihres Vaters schienen zunächst nicht so schwer zu sein, jedoch mussten wir feststellen, dass er eine Menge Blut verloren hatte.

Er war schwer verletzt und wir mussten unser Bestes geben, um ihn zu stabilisieren, denn er hatte viel Blut verloren. Fast hätten wir ihn verloren, aber dann konnten wir die Kugel, die ihn getroffen hatte, doch letztendlich entfernen.

Ich denke noch ein, zwei Tage auf der Intensivstation und wir können ihn in ein schöneres Zimmer verlegen.

Ihre Mutter hat es nicht ganz so schwer getroffen, es war nur ein Streifschuss, von dem allerdings eine große Narbe übrig bleiben wird. Wenn ich ihnen einen Rat geben darf, nehmen sie sich ein Hotel, hier können sie sowieso nichts für ihre Eltern tun."

„Kann ich denn nicht wenigstens meine Mutter gelegentlich besuchen?"

„Leider nein, wie gesagt die Verletzung war zwar nicht
so schlimm, aber sie wird eben noch zu den Geschehnis-
sen befragt."

„Also gut dann wird es wohl am besten sein, wenn
wir morgen wieder kommen."

„Das können sie gerne tun."

„Gut dann sehen wir uns morgen wir werden erst mal
etwas essen gehen und dann zu Bett.

Es war ein harter Tag und etwas Ruhe tut uns gut."

„Ich werde sehen, ob wir sie nicht in einem Gebäude der Regierung unterbringen können, das kostet sie
nämlich nichts und das Essen ist auch besser. Vielleicht
kann ich mich auch dafür einsetzen das sie ihre Eltern
baldmöglichst sehen können.

Brauchen sie noch etwas Geld, kein Problem etwas
Taschengeld können sie auch noch haben."

„Vielen Dank", sagten die beiden Geschwister und
verabschieden sich von dem freundlichen Militärarzt.

In den nächsten Tagen wurde es ihnen dank des Arztes
dann endlich ermöglicht ihre Eltern zu besuchten.

Estelle saß bei Martin am Bett, sie hatte zwar immer
noch einen dicken Verband am Kopf, aber ansonsten ging
es ihr schon besser.

Martin war noch nicht ganz so fit wie Estelle, hörte
aber interessiert den Gesprächen zu.

„Ich muss mich ausdrücklich bei dir bedanken", wendete sich Estelle nun an Sung Xi.

„Wie du sofort uns Verbände angelegt hast, wenn du
nicht gewesen wärst, hätten wir vielleicht nicht überlebt."

KAPITEL XXIV

Es dauerte nun nicht mehr lange und Martin hatte sich schon fast vollkommen erholt.

Eines Tages betrat ein Mann das Krankenzimmer und bat die beiden Geschwister draußen zu warten, da er mit Martin etwas wichtiges zu besprechen hätte.

Moritz schaute seinen Vater an, dieser nickte kurz und sie verließen das Zimmer.

„Nun Wolf, ich hoffe sie haben sich gut erholt, es tut mir leid, dass ihre Familie in Mitleidenschaft gezogen wurde. Außerdem habe ich noch eine schlechte Nachricht, sie werden nicht mehr auf ihre Insel zurückkommen, das ist sozusagen verbrannte Erde.

Unser Cleanerteam war auf der Insel und hat ganze Arbeit geleistet, die Reste des Bungalows wurden entfernt und an deren Stelle 20 Meter hohe Palmen gepflanzt im Sand würde keiner mehr auch nur eine Kippe oder einen Papierfetzen finden geschweige denn eine Patronenhülse. Selbstverständlich wurde auch die Anlegestelle abgebaut. Die Insel liegt nun so im Meer als hätte sie nie ein Mensch betreten. Glauben sie mir, unser Cleanerteam war da sehr kreativ.

„Und wo soll ich und meine Familie nun hin?"

„Genau das ist das Problem, aber das haben wir schon gelöst und eine andere Insel für sie hergerichtet. Sie ist identisch mit ihrer alten Insel sie werden sich also wohlfühlen. Außerdem lassen wir von als harmlose Fischer getarnt Agenten regelmäßige Patrouillen abfahren."

Sie werden verstehen das wir nicht noch einmal so eine wüste Schießerei in unserem Einflussbereich erleben möchten.

Wir konnten nur mit Mühe und Not verhindern das die internationale Presse darauf aufmerksam wurde."

Martin nickte und sagte „Ok ich akzeptiere den goldenen Käfig aber was ist mit meinen Kindern können die sich frei bewegen."

„Für die gilt das gleiche wie für den Rest der Familie, es besteht jedoch für jeden von euch die Möglichkeit die Insel auch mal zu verlassen.

Ein Anruf genügt und wir schicken ein Schnellboot.

Allerdings dürfen die Passagiere die Kabine, die über schwarz getönte Scheiben verfügt, nicht verlassen, da sie nicht wissen sollen, wo die Insel liegt. Wenn sie wieder auf die Insel zurück möchten, wird das dann in umgekehrter Weise durchgeführt.

Sie alle werden übrigens wenn es ihnen ihr Gesundheitszustand erlaubt auf die gleiche Art und Weise dort hin befördert.

Aus diesem Grund weiß keiner, wo die Insel liegt, und kann deshalb auch nicht deren Standort preisgeben.

„Und wenn man ihnen folgt?", fragte nun Martin.

„Es werden immer zwei bewaffnete Boote dabei sein, um sich um Störenfriede zu kümmern."

„Dann leben wir also im Paradies und wissen noch nicht mal wo das liegt", meinte der Wolf leicht spöttisch.

„Ich wusste gar nicht", sagte nun der Agent lachend, „das sie eine philosophische Ader haben."

Kurze Zeit später wurde Martin aus der Klinik entlassen und von zwei Vans abgeholt, die dort schon auf ihn warteten. Mehrere dunkel gekleidete Männer sicherten die Umgebung ab, im Ohr ein Headset und der Ausbeulung im Jackett zu schließen waren sie auch bewaffnet.

Als Martin den ersten Van bestieg, stellte er zu seiner Freude fest, dass Estelle schon im Wagen saß.

„Und was ist mit den Kindern?", fragte er sie, nachdem er sie liebevoll begrüßt hatte.

„Sind im zweiten Wagen", bemerkte Estelle dazu.

Und so fuhren die beiden Vans zum Hafen begleitet von zwei dicken Mercedes Limousinen.

Und so stiegen sie in die Schnellboote und begaben sich unter Deck. Sie merkten noch wie das Boot ablegte, doch dann war nur noch der starke Bootsmotor zu hören, der durch die Wellen pflügte.

Da in der Kajüte auch keine Uhr war, hatten sie auch bald jegliches Zeitgefühl verloren.

Deswegen schlug Martin vor, dass es wohl das Sinnvollste wäre zu schlafen. Da alle zustimmten war bald nur noch das stumme Atmen der Passagiere zu vernehmen.

Nach zwei Stunden betrat einer der Männer die Kabine „Ich denke, dass sie jetzt an Deck können, da es jetzt dunkel ist und sie sowieso nichts erkennen können."

Und so betraten alle nacheinander das Deck, es wehte ein angenehm frischer Nachtwind, der allgemein als sehr angenehm empfunden wurde.

„Wir werden noch 2 Stunden unterwegs sein bis zu ihrer neuen Behausung."

Als sie die Insel erreicht hatten, ging die Sonne gerade auf. Im frühen Morgenlicht sahen sie schon von Weitem den Bungalow, der ihrem alten zum Verwechseln ähnlich sah. Eine Viertelstunde später waren sie an Land und die Mannschaft, die sie herbegleitet hatte, verließ sie nun wieder.

Als erstes setzten sie sich an den kleinen runden Tisch auf ihre Veranda und erfrischten sich mit eisgekühlten Bier und Limo. Estelle zog ein Glas Champagner vor.

„Und wie soll das jetzt alles weitergehen", fragte Martin. Also im Prinzip könntet ihr natürlich hierbleiben, aber ich denke, ob es nicht besser wäre, wenn ihr euch einen ganz normalen Job suchen würdet. „

„Da dein Leben alles andere als normal war, wird es für uns wohl keinen normalen Beruf geben. Überlege doch mal was soll ich denn bei einer Bewerbung sagen auf die Frage, wo ich wohne und wer meine Eltern sind."

„Man müsste sich alternativ einen Job suchen, wo nicht so genau nach Papieren gefragt wird."

„Junge, ich möchte nicht, dass du für irgendeinen Schwerkriminellen den Fußabtreter spielst."

Ok, meinte er weiter, bleibt erst mal hier. Geld habe ich ja mehr als genug."

„Aber Paps, du wirst doch verstehen, dass ich in diesem Alter noch keine Lust habe jeden Tag am Strand zu liegen und Cocktails zu schlürfen."

„Auch ich habe keine Lust ausschließlich hier im goldenen Käfig zu leben", sagte nun Sung Xi.

„Wir sind beide noch jung und möchten noch was erleben", übernahm nun Moritz das Wort.

„Und ich habe ja auch kaum mehr als mein Dschungeldorf gesehen", bemerkte nun Sung Xi.

„Gut", sagte nun Martin, „ihr seid also beide auf Abenteuer aus, aber lasst euch gesagt sein, wenn man erst einmal in einem sogenannten Abenteuer steckt, sieht das alles meist nicht mehr so schön aus."

„Erst später, wenn man es überlebt hat und in Sicherheit davon erzählen kann, trägt es zur eigenen Geschichte bei. Aber viele Abenteurer haben ihren Traum vom Ruhm mit dem Leben bezahlt.

Gut ihr könnt ja noch in aller Ruhe überlegen, was ihr tun wollt. Wenn ihr in der Zwischenzeit Geld braucht, ich habe für jeden von euch bei der BNP ein Konto einrichten lassen und eine Million Euro jeweils eingezahlt. Hier sind eure Kontonummern und die passenden Kreditkarten dazu. Martin überreichte ihnen die Karten sowie jeden von ihnen eine Platin Master Card.

Gut das wäre das und nun kommt mi,t ich will euch etwas zeigen, was es auf der alten Insel nicht gab. Damit stand er auf und die beiden Geschwister folgten ihm.

Nach wenigen Metern erreichten sie eine Anlage, die so in einen natürlichen Hang integriert war, dass man sie kaum bemerkte.

„War ein spezieller Wunsch von mir", bemerkte nun Martin.

Dabei öffnete er eine Tür und sie betraten einen langen angenehm kühlen Raum, der sich bei näherem Betrachten als Schießstand herausstellte.

„Damit ich in Übung bleibe." Dann fuhr er die Schießscheibe auf die weiteste Entfernung, nahm seine alte Glock, lud sie und schoss dreimal.

Die Kugeln stanzten auf engstem Raum drei Löcher in den Karton.

Moritz war sich nicht sicher, was er von der Vorführung halten sollte, auf der einen Seite dachte er sich, dass es durchaus nützlich sein könnte ebenso schießen zu können wie sein Vater, andererseits wusste er auch, wie viel Unheil Waffen anrichten konnten, und so stand er ihnen aus diesem Grund kritisch gegenüber.

Sung Xi dagegen sah man die Begeisterung für das Schuss Ergebnis ihres Vaters mehr als an.

Als dieser dann seine Waffe wieder weglegen wollte, sagte sie „Oh bitte Vater darf ich es auch einmal versuchen."

Ihr Vater schaute sie überrascht an. „Hast du denn jemals eine Waffe in den Händen gehalten?"

„Nein Vater."

„Gut", sagte er, „dann werde ich zunächst dir die Waffe erklären."

Eine Viertelstunde später hatte sie die recht einfachen Mechanismen der Glock verstanden.

Ihr Vater lud nun die Waffe, gab sie ihr in die Hand und gab ihr Anweisungen, wie man am besten damit umging.

Nun schoss sie ebenfalls dreimal und als ihr Vater die Scheibe zurückfahren ließ, stellte er zu seiner Überraschung fest, dass auch ihre Treffer eng beieinander lagen.

„Na wenn da nicht der Apfel nicht weit vom Stamm fällt", lachte er.

„Kommt", sagte er, „gehen wir wieder zum Haus zurück, aber wenn du möchtest, kann ich dir gerne noch mehr beibringen."

Damit betraten die drei die Veranda, wo schon Estelle sie mit einem Glas Champagner in der Hand erwartete.

„Na", sagte sie lächelnd, „hat er euch seinen neuen Spielplatz gezeigt."

„Übungsplatz", lächelte er zurück.

Und du wirst es nicht glauben, unsere Dschungelkönigin scheint eine Meisterschützin zu sein.

„Du hast sie schießen lassen?", fragte erstaunt Estelle.

„Ja habe ich und ich denke, dass sie einiges an Potenzial hat."

„Potenzial für was?"

„Ich weiß noch nicht, lassen wir mal alles auf uns zukommen und sehen dann weiter."

In den kommenden Wochen brachte Martin Sung Xi alles be,i was er selbst vor Jahren gelernt hatte.

Irgendwann kam dann der Moment, wo er sie anschaute und fragte: „So ich habe dir nun fast alles beigebracht, was ich selber weiß, ich möchte jetzt nur noch eins wissen. Mal angenommen du fühlst dich bedroht, meinst du, du währest in der Lage auch auf einen Menschen zu schießen oder würdest du eher wie das Kaninchen vor der Schlange vor Angst erstarren."

„Doch das könnte ich", sagte Sung Xi.

„Wie kannst du dir da so sicher sein", hakte Martin nach.

„Weil ich schon einmal in so einer Lage war und einen Mann getötet habe."

„Was?", rief Martin erstaunt aus.

„Ja, als meine Mutter mit mir schwanger war, wurde sie an den Rand des Dorfes verband. Sie wurde jahrelang von der Dorfgemeinschaft gemieden und musste sich den doch so ehrenvollen Dorfältesten erwehren, der nachts in ihre Hütte wollte. Als ich dann 16 Jahre alt war, überraschte ich den Häupling wie er meine Mutter mit Schlägen gefügig machen wollte. Dabei stürzte sie mit ihrem Kopf auf ein schweres Tongefäß. Daraufhin wollte der Häuptling einfach so den Ort des Geschehens verlassen.

Da stellte ich mich ihn in den Weg.

„Mädchen geh zur Seite, raunzte er mich an, doch ich wich nicht von der Stelle.

Da zog er ein Messer aus der Tasche und bedrohte mich.

Am Eingang zur Hütte stand wie immer ein Speer den meine Mutter normalerweise zum Jagen benutzte, den griff ich nun und hielt ihn vor mir.

Doch der Häuptling lachte nur, da bekam ich Zorn und stieß zu.

Er fiel sofort zu Boden und starb vor meinen Augen.

Sofort schaute ich zu meiner Mutter, sie lag im Sterben wie ich feststellen musste, sie gab mir noch ein paar Informationen über dich und riet mir sofort aus dem Dorf zu verschwinden und nach dir zu suchen."

„Ah", sagte Martin, „jetzt gibt das alles einen Sinn."

Nach ein paar Wochen kam Martin auf seine Tochter zu. „Hör mal du sagtest doch, dass du hier nicht versauern willst. Ich hätte da vielleicht was für dich. Natürlich nur wenn du willst, ich möchte nicht, dass du dich verpflichtet fühlst, nur weil ich dein Vater bin."

„Sprich frei heraus ich kann ja nicht mehr als nein sagen."

„Eine mir unbekannte Person hat mit mir über das Darknet Kontakt aufgenommen und möchte, dass ich einen Job übernehme. Ich dachte du könntest mich vielleicht unterstützen."

„Und warum ausgerechnet du, ich dachte du hast dich zur Ruhe gesetzt?"

„Weil dieser Auftraggeber lange gesucht hat, bis er mich fand."

„Ja und ich verstehe immer noch nicht ganz."

„Ich habe vor Jahren einen südamerikanischen Oppositionellen getötet und damit einem Diktator zur Macht verholfen. Damals dachte ich noch Job ist Job und habe nicht weiter darüber nachgedacht."

„Und heute denkst du anders darüber?"

„Ja weißt du man wird älter. Gut aber zurück zum Auftrag der Mann der mich so lange gesucht hat, ist der Bruder des Mannes, den ich damals erschossen habe. Er verlangt jetzt von mir sozusagen als Wiedergutmachung das ich den Diktator eliminiere, und zwar kostenlos.

Er meinte dann wäre sein Bruder nicht umsonst gestorben er müsste an mir keine Rache nehmen und ich könnte weiterleben.

Und so hätten wir eine klassische Win-win-Situation.

Da ich sowieso schon seit einiger Zeit der Meinung bin, dass dieser Auftrag damals ein Fehler war und ich Diktatoren nicht mag, bin ich geneigt diesen Auftrag anzunehmen."

Und so kam es, dass ein paar Tage später der Wolf und seine Tochter sich mit dem Schnellboot abholen ließen.

Natürlich wurden sie befragt, was dann Sinn und Ziel ihrer Reise wäre.

„Urlaub ich möchte meiner Tochter doch so nach und nach noch etwas von der Welt zeigen."

Der Agent tat erstaunt. „Sie wissen aber schon, dass in dem Moment sie die Insel verlassen wir sie nicht mehr schützen können."

„Ich denke", sagte Martin, „dass wir auch kurzfristig für uns selbst die Verantwortung übernehmen können."

„OK", sagte der Beamte und schaute misstrauisch auf das umfangreiche Gepäck, „und was ist das alles?"

„Ach wissen sie", lächelt nun Martin, „mir ist ja nur dieser kleine Koffer. Aber sie wissen ja wenn Frauen reisen."

Jetzt lächelte auch der Agent und ließ sie an Bord.

Als das Boot abgelegt hatte sich beide aber noch unter Deck befanden fragte Sung Xi:

„Mann Paps, das war aber eine knallharte Lüge, es ist doch genau umgedreht, du hast doch das meiste Gepäck dabei."

„Hätte ich ihm unsere ganzen Waffen zeigen sollen", grinste Martin.

„Paps,, du bist der beste", lachte darauf Sung Xi.

Aber eine Frage habe ich dennoch, wie kommst du mit den Waffen durch die Kontrollen am Flughafen?"

„Gar nicht, weil wir nämlich nicht fliegen."

„Was", rief Sung Xi überrascht aus, „und wie kommen wir sonst nach Südamerika rüber?"

„Ist ja von hier, also der Karibik, gar nicht mehr soweit, außerdem kenn ich zufälligerweise einen Kapitän eines hiesigen Frachters."

„Und der wird nicht kontrolliert?"

„Normalerweise schon, aber eine kleine zusätzliche Gebühr für schnellere Abwicklung beim Zoll wirkt in diesen Teilen der Welt Wunder."

Als das Schnellboot angelegt hatte, bestiegen sie ein Taxi, das sie schon von unterwegs aus bestellt hatten.

„Zum Frachthafen", sagte Martin, „und geben sie Gas. Nicht das unser Nachrichtenmann es sich noch anders überlegt und unser Gepäck durchsucht.

Bald hatten sie den Hafen erreicht, wo viele Schiffe vor Anker lagen.

„Und wie sollen wir das richtige jetzt finden?", wendete sich Sung Xi nun an Ihren Vater.

„Schau dich um mein Kind, ich bin überzeugt, dass du das richtige finden wirst." Fahrer fahren sie langsam die Schiffe ab bitte.

„Was ich, ich wüsste ja gar nicht wonach was ich suchen sollte."

Doch es sollte nicht lange dauern bis Sung Xi rief: „Das muss es sein-" „Und wieso meinst du das ausgerechnet, dass das Schiff ist?", fragte Martin amüsiert.

„Na sieh mal auf den Namen -Hamburg-.

Wer sonst als ein Deutscher würde ein Schiff hier so nennen und da du sagtest es wäre ein alter Bekannter von dir."

„Bingo, gut bemerkt, das ist in der Tat unser Schiff."

„Ok", sagte er zum Fahrer, halten sie bitte hier.

Der Fahrer half noch beim Ausladen der vielen Gepäckstücke und verschwand nach der Bezahlung verdächtig schnell.

„Ich könnte schwören, dass es keine Stunde dauert, bis Deutscher und Französischer Nachrichtendienst wissen auf welchem Schiff wir sind und wo wir von Bord gehen."

Als sie jetzt das Schiff betraten stand oben auf der Reling ein älterer Herr mit Seemannbart und HSV T-Shirt.

„Hallo Wolf", sagte der nur trocken.

„Hallo Kapitän Stellermann", erwiderte Wolf.

Schnell war Sung Xi aufgeklärt, woher sich die beiden kannten und das der Kapitän in Deutschland mit einer

Vorstrafe keine Arbeit mehr bekam von seinem mittlerweile fortgeschrittenen Alter ganz zu schweigen. Hier jedoch kümmerte das niemand und so schipperte er für einen hier ansässigen Reeder mit einem Frachter in der ganzen Karibik herum, nicht ohne geduldeter Weise das eine oder andere Zusatzgeschäft abzuschließen dessen Gewinn dann zu 100 % in seinen Taschen landete.

Genauso verhielt es sich auch für den Preis der Überfahrt von Wolf und seiner Tochter.

Nachdem sie an Bord gegangen waren und all ihr Gepäck für die Überfahrt aufs Festland verstaut war, lud Kapitän Stellermann sie in die Offiziersmesse ein.

Dort nahmen sie zunächst ein leichtes Essen ein, dann besprachen die Männer das weitere Vorgehen.

„Also", sagte Stellermann, „ich denke du willst bei deinem Landgang kein Aufsehen erregen richtig?"

„Das stimmt", bestätigte nun Martin.

„Gut, ich habe da eine Idee, kostet allerdings extra."

„Ok wie viel und was hast du dir ausgedacht?"

„Ich habe da jemand an der Hand, wenn ich den anrufe, kommt er mit seinem Pick-up-Truck bis ans Ufer von Venezuela gefahren. Es gibt da einen Feldweg, der bis ans Meer führt. Normalerweise übernimmt er dort Ladung von mir."

„Also immer noch derselbe alte Schmuggler", lachte Martin.

„Von irgendwas muss der Mensch ja leben", grinste Stellermann.

„Also wie viel?"

„500 Dollar 250 für den Fahrer des Trucks und 250 für mich."

Martin schaute ihn an.

„400.“

Martin schaute ihn immer noch an.

„Ok 300, aber nicht weniger, ist jetzt aber absolute Freundschaftspreis, weniger geht wirklich nicht.“

„Gut einverstanden, wenn wir dann noch bis zur nächsten Stadt gefahren werden.“

„Wo immer ihr hinwollt“, sagte der Kapitän.

Nach ein paar Stunden Fahrt sagte Kapitän Stellermann zu Wolf. „So ich werde jetzt ein Schlauchboot aussetzen, das ihr während der Fahrt besteigen müsst. Ich werde dabei meine Geschwindigkeit und meinen Kurs halten. Es wird so niemanden auffallen, weil das Schlauchboot nicht geortet werden kann und mein Schiff auf Kurs nach Caracas bleibt. Ihr geht dann parallel an Land und der Fahrer des Trucks bringt euch dann ebenfalls nach Caracas. Vielleicht sehen wir uns dort noch mal ansonsten viel Glück.“

Die See war wie so oft in der Karibik ziemlich unruhig und so hatten Wolf und seine Tochter sichtliche Probleme das in der tosenden See bedenklich schwankende Boot zu besteigen.

Doch als das endlich geschafft war und der Außenborder lief, war es ein leichtes das Ufer des Festlandes zu erreichen.

Dort gingen sie an Land, verabschiedeten sich von dem Matrosen, der sie hergebracht hatte, und gingen nun auf den unweit warteten Truck zu.

Der Matrose hatte mittlerweile wieder Kurs auf Stellermanns Schiff genommen, das in der Ferne nur noch undeutlich zu sehen war.

Als sie den Truck bestiegen hatten, drückte der Fahrer aufs Gas und fuhr sofort los.

Es war schon später Nachmittag als sie die Hauptstadt von Venezuela erreichten und dort in einem kleinen unauffälligen Hotel einzogen.

„So", sagte Martin, hier bleiben wir erst mal für zwei Tage dabei werde ich dir meinen Plan erklären alles im Prinzip ganz leicht. Und auch dein Part will gekonnt gespielt sein also hör gut zu."

Sung Xi sah ihn mit offenen Mund an, als er geendet hatte.

„Auch wenn mir mein Teil nicht unbedingt gefällt, aber gut ich mach's."

„Alles klar, übermorgen schleichen wir uns rüber nach Kolumbien, dort gibt es einen Führer, der uns unentdeckt durch den Dschungel des Darien Gap nach Panama führt. Von dort aus müssen wir über den Panamakanal weiter bis zu unserem eigentlichen Zielland wir haben also einen weiten Weg vor uns."

Und so kam es, dass beide sich zwei Tage später nachts auf die weite Reise nach Mittelamerika begaben. Dazu schlichen sie, nachdem sie die Grenze von Venezuela erreicht hatten, nachts nach Kolumbien. Als sie dann bis zum äußersten Ende der Zivilisation gekommen waren, trafen sie sich mit einem Führer, der sie durch den morastigen Dschungel des Darien Gap führte. Dieser unterbrach die Panamericana, die vom fernen Alaska bis nach Feuerland führte.

Nun war die einzige Schwierigkeit nur noch den Panamakanal zu überqueren ohne bemerkt zu werden.

Zu ihrem Glück war der Brückenwächter in seinem Häuschen vor seinem Fernsehapparat eingeschlafen. Und so schlichen sie heimlich über den Kanal in die andere Hälfte des Landes.

Nochmals zwei Tage später hatten sie den Herrschaftsbereich des Diktators erreicht.

„Morgen ist Sonntag da wird „El Grande", wie sich dieser Idiot selbst nennt, eine seiner gefürchteten Reden halten, da schlagen wir zu.

Doch zunächst mieten wir uns einen Leihwagen.

Denn wie sagte einst mein Mentor Maurice: „Immer zuerst den Rückzug planen"

Noch am gleichen Tag mieteten sich beide unter falschen Namen einen grünen SUV.

Diesen fuhren sie nun außerhalb der Stadt in ein Waldstück, wo er im Grün der Bäume kaum zu sehen war.

„So", sagte der Wolf, das war Teil eins, morgen bist du dran, ich habe noch eine kleine technische Spielerei zu bauen."

Die beiden Sicherheitsleute in ihrem schwarzen Van staunten nicht schlecht, als auf der gegenüberliegenden Straßenseite eine Frau flanierte, die offenbar dem horizontalen Gewerbe angehörte.

„Mann ist die scharf, sagte der eine und noch so jung."

„Stimmt", sagte der andere, die würde ich auch nicht von der Bettkante stoßen."

„Ja warum denn eigentlich nicht, lass uns doch etwas Spaß haben, erst du dann ich."

„Mensch Manuel du weißt doch, dass wir unseren Posten nicht verlassen dürfen."

„Fällt doch gar nicht auf wenn wir einer nach dem anderen gehen."

„Also gut, ich zuerst dann du", sprachs und sprang dabei schon aus dem Wagen.

Als er sich näherte, blieb Sung Xi, denn um diese handelte es sich, stehen und wartete, bis der Mann sie erreichte.

Nachdem sie sich auf einen Preis verständigt hatten, bogen sie in eine dunkle Gasse ein.

Der Wachmann kam nicht mehr dazu seine Hose runterzulassen, da hatte sie ihn auch schon mit einem Elektroschocker außer Gefecht gesetzt. Dann zog sie ihm die Hose ganz runter und wartete noch ein paar Minuten.

Als der zweite Wachmann sich schon wunderte, wo sein Kollege blieb, kam Sung Xi mit wild gestikulierenden Armen aus der Gasse gelaufen.

„Schnell", rief sie, „ich glaube dein Freund hat einen Herzinfarkt bekommen."

„Verdammt, ich wusste, dass das schiefgeht", sagte er, sprang aus dem Auto und folgte ihr in die dunkle Gasse.

Als er sich über seinen Kollegen bückte, setzte Sung Xi auch diesen Mann KO. Nachdem sie beide gefesselt und geknebelt hatte und eine Plane darüber gelegt hatte, lief sie zum Van.

Sie war kaum eingestiegen, da stellte sie am Funkgerät eine vorher abgemachte Frequenz ein. „Tiger ruft Löwe, Tiger ruft Löwe."

„Hier Löwe, ich höre dich laut und klar.

„Der Fisch ist in der Dose."

„Verstanden Tiger fahr zur abgemachten Stelle."

Sung Xi parkte den schwarzen Van an der vorher vereinbarten Stelle. Nach wenigen Minuten kam ihr Vater und stieg zu. „El Grande" war schon mitten in seiner wöchentlichen Rede, in der es hauptsächlich um die Begriffe Vaterlandsliebe und der Hass auf alles was ausländisch war, ging. Als ihr Vater im Auto war, nahm er seine Glock und schraubte den Schalldämpfer auf.

„Warum muss das auf so blutige Weise passieren, hättest du das nicht mit einem präzisen Schuss aus der Ferne erledigen können?"

„Hätte ich schon, aber dann hätte ich keine Zeit mehr zur Flucht gehabt."

„Und jetzt?"

„Jetzt geht es gleich los."

„Aber hätten die nicht dein kleines Ablenkungsmanöver entdecken müssen."

„Überleg doch mal Schatz nach was haben die den alles gesucht, Sprengstoff, Waffen oder direkt nach dem Attentäter. Aber was habe ich denn gemacht. Nun ich bin aufs Dach des Gebäudes gegangen neben der Tür, die hinausführt, ist eine Wandlampe. Diese habe ich geöffnet und unauffällig noch ein Stroboskoplicht eingebaut. Im Schalter nebendran war noch Platz für einen Lautsprecher, den ich mittels Bluetooth ansteuern kann. Danach hat natürlich niemand gesucht, doch warte ab, er ist gleich fertig mit seiner Rede also lassen wir die Show beginnen."

„Sobald ich den Knopf hier gedrückt habe, gibst du Gas und fährst sofort Richtung Bühne", gab er ihr noch letzte Anweisungen.

„Los jetzt", sagte er und drückte auf den Knopf.

Sung Xi trat aufs Gas, während draußen die Hölle losbrach.

Auf einem 800 Meter entfernten Gebäude blitzte Mündungsfeuer auf und es waren laut und deutlich Schüsse zu vernehmen.

Die anwesenden Zuschauer stieben weit über den Platz auseinander.

Zwei Bodyguards schnappten sich den nun ganz verdutzt schauenden „El Grande" und schoben ihn sofort in das sofort vorgefahrene Regierungsfahrzeug und schlossen die Tür, während ein Dutzend Beamte Richtung der vermeintlichen Schüsse lief. Der Van gab augenblicklich Gas und fuhr davon.

Erst jetzt bemerkten die Bodyguards und der Diktator das hier irgendwas nicht stimmte.

„Hey wer seid denn ihr?", konnte einer der beiden noch sagen, doch da hatte Martin auch schon seine Glock gehoben und schoss beiden Bodyguards eine Kugel in den Kopf. Dann wandte er sich den nun wimmernden „El Grande" zu.

„Deine Zeit ist um", sagte er noch bevor er ihm 3 Kugeln in die Brust schoss.

Der Van raste so schnell wie möglich aus der Stadt hinaus, bis sie den Parkplatz mit dem Waldweg erreicht hatten, wo der Mietwagen stand. Martin schüttete Benzin über die Leichen und verteilte den Rest im Innenraum des Vans, dann steckte er ihn in Brand.

Am nächsten Tag waren überall in den Nachrichten Berichte über die Ermordung des Diktators und zwei seiner Leibwächter.

Die kleine technische Spielerei mit dem blitzenden Stroboskoplicht und dem Lautsprecher war schnell entdeckt, doch da waren der Diktator und seine beiden Begleiter schon tot.

Die etwas unangenehm ausfallende Befragung von zwei Sicherheitsmännern, die man in einer Seitengasse fand, löste das Problem endgültig wie das Attentat sich abgespielt haben musste. Jedoch fehlte von den Tätern jede Spur, man wusste nur, dass eine Frau dabei gewesen sein musste. Allerdings konnten sich die beiden Insassen des Vans lediglich an die weiblichen Attribute nicht aber an das Gesicht erinnern.

Nach ein paar Tagen hatten sie wieder Venezuela erreicht, wo sie mit Kapitän Stellermann in Kontakt traten.

Schnell war abgemacht, dass sie wieder auf die gleiche Art und Weise und unter denselben Konditionen auf die Hamburg kämen.

Und so wartete am nächsten Tag der schon bekannte Fahrer mit seinem Pick-up vor ihrem Hotel.

So gingen sie an Bord der Hamburg, die sofort Kurs auf Martinique nahm.

KAPITEL XXV

Als sie wieder ihre Insel erreichten wurden sie schon erwartet.

„Na kleinen Ausflug nach Mittelamerika gemacht?", fragte Gideon Tipodoe.

„Warum?", fragte Martin scheinheilig.

„Na der Mord an dem Diktator dort, ist doch ganz ihr Stil."

„Ich weiß nicht wovon sie reden."

„Kommen sie, sie machen mir doch nichts vor, erst gehen sie an Bord dieses Seelenverkäufers dessen Kapitän sie noch aus alten Zeiten kennen, und kommen kurz nach dem Mord auf die gleiche Art wieder zurück, das stinkt doch hinten und vorne."

„Also ich habe nur mit meiner Tochter Urlaub gemacht, ist das vielleicht verboten und überhaupt welches Interesse hat den Frankreich daran, dass es sie extra hierherschickt."

„Oh das Ganze ist nur rein informativ.

Darüber hinaus soll ich sie warnen, sollte es herauskommen das sie damit etwas zu tun haben oder sollten sie sich mit dem Gedanken tragen wieder ins Geschäft einzusteigen, werde ich sie höchstpersönlich hopsnehmen."

„Machen sie sich keine Sorgen ich genieße meinen Ruhestand.

Ach kommen sie doch aus der Sonne heraus, wir setzen uns am besten auf die Veranda und nehmen einen Drink."

Nachdem Gideon Tipodoe seinen Besuch beendet hatte, kehrte wieder Ruhe auf dem kleinen Eiland ein.

Diese Ruhe wurde nur gelegentlich durch das gedämpfte Geräusch von Schüssen unterbrochen.

„Sehr gut", lobte eben gerade Martin seine Tochter, die erneut mit der Bennet ins Schwarze getroffen hatte.

„Du bist ein echtes Naturtalent, hast du wohl von mir geerbt."

Estelle beäugte diese Schießübungen mit zunehmender Abneigung. Zum einen störte sie das mittlerweile sehr enge Verhältnis zwischen Vater und Tochter dann mochte sie auch nicht das Sung Xi sich so intensiv für Schusswaffen interessierte.

Deswegen war sie auch froh als Martin eines Tages verkündigte das Sung Xi nun alles über Waffen wissen würde was auch er wüsste.

„Na Gott sei Dank," dachte sie, „hat der Spuk endlich ein Ende."

Doch sie wusste nicht wie sehr sie sich täuschen sollte.

Ein paar Tage später bat Sung Xi ihren Vater sie doch im Nahkampf und in Selbstverteidigung zu unterrichten.

Dies wurde von Estelle äußerst negativ aufgenommen.

„Wozu braucht sie all das hier auf unserer friedlichen Insel, willst du eine Kampfmaschine aus ihr machen?"

„Sie hat nun mal Interesse daran und wer weiß, für was es mal gut ist. Lieber etwas unnötig lernen als im Ernstfall nicht gewappnet zu sein."

Und dieser Ernstfall kam schneller als Martin dachte.

Schon seit einiger Zeit fiel es auf, dass immer, wenn das Schnellboot mit der Verpflegung kam, Sung Xi als erste am Bootssteg war, um die neuen Zeitungen in Empfang zu nehmen.

Sie setzte sich dann damit in eine ruhige Ecke und las sie alle durch.

Oft runzelte sie dabei die Stirn und murmelte etwas in sich hinein.

Eines Tages sprach ihr Vater sie darauf an. „Liebes ich sehe doch das dir etwas Kummer bereitet und dir schwer auf dem Herzen liegt, willst du mich nicht daran teilhaben lassen?"

„Also gut Paps, mir macht die momentane politische Situation in meiner Heimat Sorgen.

Das Militärregime regiert mit grausamer Hand und viele Leute sind schon einfach so verschwunden, nur weil sie anderer Meinung waren."

„Ja das ist leider sehr bedauerlich, aber da werden wir wohl kaum etwas daran ändern können."

„Warum eigentlich nicht", sagte sie und schaute dabei ihren Vater direkt ins Gesicht.

Dieser hätte sich fast an seinem Drink verschluckt.

„Und was gedenkst du dagegen zu tun?"

„Man könnte zum Beispiel den obersten General beseitigen."

„Und was würde das bringen, da rückt dann doch nur der nächste nach und der wird erst mal furchtbare Rache an deinem Volk nehmen."

„Ok wie wäre es damit wir warten die nächste Militärparade ab und jagen die ganze Tribüne mit allen Offizieren in die Luft. Danach wäre dann der Weg frei für die Demokratiebewegung."

„Wenn ich dir einen Rat geben darf Spatz, Politik ist ein schmutziges Geschäft und was heute noch im glänzenden Licht der Freiheitsbewegung dasteht ist morgen vielleicht schon die nächste Diktatur. Also pass auf, für wen du dich einspannen lässt."

„OK ich pass schon auf, aber wenn ich dich um einen Rat bitten dürfte, wie würdest du vorgehen."

„Nun die Idee gleich die ganze Tribüne mit allen Offizieren in die Luft zu jagen ist schon mal nicht schlecht, also welche Möglichkeiten haben wir.

Sprengstoff fällt weg, der würde gefunden.

Auch Gewehre fallen weg. Selbst wenn du auf die lange Distanz treffen würdest so wären doch alle anderen gewarnt sobald du den ersten triffst.

Bleibt eigentlich nur noch der Angriff mit einem Raketenwerfer aus größerer Entfernung. Er müsste über eine lasergesteuerte Zieloptik verfügen. Einmal angeklickt und das Geschoss läuft wie mit dem Lineal gezogen ins Ziel."

„Und wo bekommt man so etwas her?"

„Das ist nicht das eigentliche Problem. Über das Dark Net lässt sich da bestimmt was machen. Aber wenn ich hier online gehe und so etwas bestelle haben wir mit Sicherheit jede Menge Ärger am Hals, du hast ja Tipodoe gehört."

„Gut und wenn ich von unserer Insel auf die Hauptinsel fahre, mich verdächtigt ja keiner, ich müsste nur wissen, was ich bestelle und wohin ich das Ganze liefern lasse."

„Da habe ich durchaus noch einen Kontakt in Indien, einen Schmuggler, der würde gegen Geld bestimmt deine Lieferung in Empfang nehmen und auch ohne Fragen zu stellen in dein Heimatland bringen.

Ich werde dir eine Adresse in Kalkutta geben, da kannst du die Waffe hin liefern lassen, sprich aber alles vorher mit den Schmugglern ab."

Mit dem nächsten Schnellboot fuhr Sung Xi nach Martinique, angeblich um ins Kino zu gehen. Es folge ihr ein Agent, der sie überwachen sollte.

Es war ein amerikanischer Liebesfilm, der mit französischen Untertiteln gezeigt wurde.

Nach einer Viertelstunde war sich Sung Xi sicher, dass ihr Bewacher sich mehr auf den Film als auf sie konzentrierte.

Heimlich und in gebückter Haltung schlich sie sich aus dem Kino.

Nach 5 Minuten hatte sie das Internetcafé erreicht und verband sich mit dem Darknet.

Auf dem Bildschirm wurde ein Passwort abgefragt.

Sie gab das ihres Vaters ein.

„Hallo Mister Wolf sind sie das? Wir haben aber lange nichts mehr von ihnen gehört."

„Ich muss ihnen sagen, dass ich nicht Wolf, sondern dessen Tochter bin, er hat mir aber erlaubt sein Kennwort zu benutzen."

Am anderen Ende entstand eine leichte Verzögerung.

Dann kam die Meldung. „Dachten wir uns schon, da der Anschlag ein ganz anderer war. Gut wir werden erst mal einiges checken müssen."

Nach 10 Minuten meldete sich das Darknet wieder.

„Gut wir haben alles überprüft und sind einverstanden, wir werden dir ein eigenes Passwort geben."

„So aber was können wir für sie tun?"

„Ich brauche einen Raketenwerfer mit Laserzieloptik."

„Das ist aber nichts für kleine Mädchen und billig ist das auch nicht, das werden so je nach Modell Alter und Ausstattung zwischen 5000 und 25000 Euro sein und für die Zieloptik kommen noch mal 2500 dazu.

„Ok", sagte Sung Xi, „machen sie mir doch mal verschiedene Angebote."

„Gut ich nehme an sie wollen damit Ziele in der Luft bekämpfen?"

„Nein Bodenziele."

„Panzer, LKW."

„Nein Personenziele."

„Ui, da will aber einer die ganz große Show abziehen stimmt's?"

„Ist egal, also was habt ihr im Angebot, ich habe nicht viel Zeit."

„Gut, da hätten wir zuerst die gute alte Bazooka jedoch ohne Laserzieloptik, zu alt dafür. Aber ich könnte einen Sonderpreis machen.

Dann hätten wir noch die M 202 Flash."

„Leider zu schwer ich muss es allein tragen können."

Oh so schwer ist die gar nicht und sie haben vier Raketen zum Abfeuern."

„Klingt ja doch ganz gut, was soll das Teil den kosten?"

„15000 Euro und jede Rakete 1000 mit etwas Zubehör sagen wir 20000."

„Ich würde ihnen 15000 anbieten."

„Tut mir leid, aber soweit kann ich nicht runtergehen, unser letztes Angebot ist 18000."

„Machen wir 17500 und der Handel ist perfekt."

„Einverstanden wo sollen wir hin liefern?"

Sung Xi nannte eine Adresse in Kalkutta.

„Oh, wenn das so ist, kann ich diesen Preis aber nicht halten, dann wären wir doch wieder bei 20000. Frachtgelder Bestechung Kosten halt."

„Na gut", sagte Sung Xi, „dann machen wir das halt so, ich werde das Geld umgehend auf das mir bekannte

Konto ihrer Schweizer Bank überweisen." Damit beendete sie ihre Internetsitzung und verließ das Internet Café und stahl sich zurück ins Kino.

Dort hatte ihr Aufpasser sie schon vermisst und starrte sie nun grimmig an.

„Wo waren sie ich habe sie schon vermisst?"

„Ich war mal für kleine Mädchen", sagte sie.

„Das nächste Mal sagen sie Bescheid, denn das muss ich nun extra im Bericht vermerken."

Es dauerte noch 15 Minuten dann war der Film fertig und sie ließ sich wieder zur Insel ihres Vaters fahren.

Nach vier Wochen kam die Meldung, dass eine Kiste in Kalkutta angekommen wäre, und so ließ sie sich wieder auf die Hauptinsel bringen.

„Das geht aber jetzt auf eigenes Risiko", sagte der Agent, als sie sich zum Flughafen bringen ließ.

„Ist schon in Ordnung", sagte sie und checkte bei Air France ein.

Nach einem Aufenthalt von einem Tag flog sie mit Air India weiter nach Kalkutta.

Dort traf sie sich mit dem Anführer einer Schmugglerbande. Wie sich herausstellte, war ihr Anführer der Sohn jenes Schmugglers, der Martin damals nach Myanmar brachte.

„Mein Vater hat mir aufgetragen, dass ich mich ganz besonders kümmern soll, weil du die Tochter eines alten Gefährten wärest. Nun morgen geht es los, ruh dich noch einmal aus."

Anderntags brachen sie am frühen Morgen auf. Nach einer Fahrt mit dem LKW schulterten sich die Männer Kisten und Säcke sowie anderes das unverpackt war.

Auch die Kiste von Sung Xi war dabei, die ihren militärischen Charakter nicht verleugnen konnte.

„Warum machen sie ihre Touren eigentlich nicht per Boot, geht das nicht viel schneller?"

„Das schon", sagte der Schmuggler, „aber die Gefahr erwischt zu werden ist auch enorm hoch. Hier durch den Dschungel ist es für uns einfacher, auch wenn der Weg länger ist."

Als sie endlich die Grenze zu Myanmar überschritten hatten und sie sich verabschiedet hatte, wartete Sung Xi noch einen Moment, bis der Urwald die Schmuggler verschluckt hatte.

Nun öffnete sie die Box und begutachtete den darin liegenden Werfer.

Auch eine mehrsprachige Anleitung war dabei und so machte sie sich erst mal mit der Waffe vertraut.

„Auf nach Rangun", sagte sie, für sich verpackte alles in das mitgelieferte Tragegestell und machte sich auf den Weg.

Es dauerte mehrere Tage, bis sie endlich die Randbezirke der Stadt erreichte.

Schnell verbarg sie den Werfer in einem Abflussrohr und deckte in mit Geäst und allerlei anderem Unrat ab.

Nun stahl sie sich noch ein Moped, mit dem sie dann bis etwa 2 Kilometer vor die Rednertribüne fuhr, um diese sich anzusehen. Nach kurzer Zeit hatte sie den besten Platz für einen Angriff ausgemacht. Nun brauchte sie nur noch die Waffe zu holen und zu warten.

Bunt waren die Straßen geschmückt und viele 100 Menschen säumten die Straßen. Wer wohl nicht freiwillig zum Jubeln gekommen war, den hatte man kurzerhand gezwungen.

Als der General des Militärregimes etwa die Hälfte seiner Rede hinter sich hatte, hörte man erst ein lautes Zischen und dann eine ungeheure Explosion auf der Tribüne.

Als sich die Wolken der Explosion verzogen hatten, sah man die vollständige Zerstörung der Tribüne.

Körperteile lagen herum und überall war Blut.

Auch einige Zuschauer hatte es mehr oder minder schwer verletzt, die meisten durch herumfliegende Trümmerteile.

Sung Xi war längst schon weg, als die ersten Kranken und Polizeiwagen eintrafen. Auch einig Militärfahrzeuge standen nun auf der Straße. Sofort wurde alles abgesperrt, es sollte jedoch nie herauskommen, wer für den Anschlag verantwortlich war.

Sie hatte noch Flugblätter verteilen lassen und die Leute darin aufgefordert demokratische Wahlen abzuhalten, aber ihr Vater sollte Recht behalten und so kämpften bald wieder mehrere Parteien um die Macht.

Nachdem sich eine Partei, diesmal waren es die linken, durchgesetzt hatte, ging es fast unverändert weiter von Demokratie jedenfalls keine Spur.

Daraus zog Sung Xi 3 Lehren
1. Keine politischen Sachen mehr.
2. Nie mehr ohne Bezahlung arbeiten und
3. Hör auf deinen Vater.

Danach kehrte sie zu ihrem Vater zurück.

Diese sprachen übrigens beide nie mehr über diese Geschichte.

Sung Xi weil sie es wohl nicht mochte und ihr Vater, weil er deswegen nicht weiter in sie dringen wollte.

In den kommenden Wochen sah man Sung Xi immer wieder am Schießstand beim Üben. Auch nahm sie den Nahkampf einmal die Woche wieder mit ihrem Vater wahr.

Estelle hatte sich mittlerweile damit abgefunden und sagte gar nichts mehr dazu.

Heute hatte sich Moritz einmal zu ihnen gesellt und schaute ihnen zu.

Sehr zum Unwillen seiner Eltern hatte er sich zum Trickbetrüger entwickelt und war deswegen schon öfter mit der Polizei in Konflikt geraten.

Bisher hatte immer sein Vater mit seinen Verbindungen oder Gideon Tipodoe dafür gesorgt das er immer relativ ungeschoren davon kam.

Und genau dieser landete in diesem Moment auf der Insel an.

„Sagt mal wie oft Muss ich mich eigentlich noch wegen euch aus meinem bequemen Ruhestand in Paris hierher bemühen."

„Was ist denn der Grund deines Kommens", fragte Martin und dachte dabei gleich an di Sache in Myanmar.

„Dein Sohn hat mal wieder ein Ding gedreht. Er hat einem arglosen Käufer einen Claim am Yukon angedreht, der angeblich eine starke goldführende Schicht hat.

Wie sich später herausstellte, hatte er das Gold selber vergraben und ließ es den späteren Käufer dann selbst finden.

Als dieser den Betrug merkte, war dein Junior natürlich längst über alle Berge."

„Um was für eine Summe reden wir hier überhaupt?"

„Es geht um 3,5 Millionen Euro", sagte Tipodoe.

„Und nur mit dem Versprechen das er sein Geld zurückbekommt und das es um die nationale Sicherheit ginge, hat er überhaupt stillgehalten."

„Gut ich werde mit ihm reden.

Ah da kommt ja meine Tochter, Schatz tust du mir einen Gefallen und schickst deinen Bruder her."

„Gerne Paps."

„Einen Moment", noch sagte Tipodoe, „man sagte mir du hättest einen kleinen Urlaubstrip gemacht."

Martin hielt sichtbar den Atem an.

„Ja das stimmt, ich habe eine Rundreise durch Europa gemacht", sagte Sung Xi.

„Und du bist nicht zufälligerweise weiter in deine Heimat gereist."

„Nein wozu denn", log sie.

„Na das war doch in allen Zeitschriften der Anschlag auf das dortige Regime. Ich frage mich, ob du wohl dort warst und etwas damit zu tun hattest."

„Nein gewiss nicht was hätte ich den dort tun können", log sie weiter.

Aber das es aber dieses Schwein von General erwischt hat, bedauere ich nicht.

„Na gut", sagte Gideon Tipodoe, „ich sehe schon, das bringt hier nichts also lauf und hole deinen Bruder."

Martin hielt sich sein Glas an den Mund und atmete heimlich aus, ohne dass es Tipodoe bemerkte.

5 Minuten später war Moritz erschienen und man sah ihm an, dass er dieses nur widerwillig tat.

„Nun", fragte Tipodoe was ist das nun wieder für eine Geschichte am Yukon meinst du ich habe Lust ständig zwischen Paris und was weiß ich wo auf der Welt hin und her zu reisen nur um dich jedes Mal aus der Scheiße zu ziehen", wusch er ihn den Kopf.

„Aber damit ist jetzt endgültig Schluss.

Du wirst dem Mann sein Geld zurückgeben und dann wird dass das letzte Mal gewesen sein, dass ich oder dein Vater dir geholfen haben das nächste Mal geht es ab in den Bau".

Moritz sah seinen Vater hilfesuchend an, doch der meinte nur „ich fürchte Tipodoe hat recht, diesmal hast du es zu weit getrieben, es wird das Beste sein du tust was man von dir verlangt."

„Ich soll also wegen ein paar kleinen Betrügereien bestraft werden und du hast dein Leben lang gemordet und bist straffrei ausgegangen."

„Da gab es nur einen kleinen Unterschied."

„Und der wäre?"

Martin grinste Tipodoe und sprach: „Ich habe mich immer wieder selbst aus der Affäre gezogen und wusste dann auch genau wann es Zeit war um die Seiten zu wechseln."

„Ja", sagte nun Tipodoe, „ich muss zugeben, dass ich mehr vermute, als dass ich deinem Vater nachweisen konnte, er war und wie ich denke immer noch einer der besten seines Metiers trotz seines Alters."

„Na, na, so alt bin ich auch nun wieder nicht, also du hast gehört, was Gideon gesagt hat."

Zähneknirschend willigte er ein und schrieb Tipodoe einen Scheck über die gewünschte Summe aus.

„Das vergess' ich dir nicht", zischte er noch seinen Vater an, „da ist das letzte Wort noch nicht gesprochen."

„Und wie das gesprochen ist, ich habe mit Tipodoe ausgemacht, dass dich in nächster Zeit kein Boot mehr mitnehmen wird, du bleibst also hier."

Mit einem bösen Blick verschwand Moritz und hätte dabei beinahe seine Mutter über den Haufen gerannt, die eben grade erschien.

„Was war den los?", fragte Estelle.

„Ach Moritz macht wieder Probleme, er hat sich bei einem großen Betrug erwischen lassen. Tipodoe und ich haben ihn daher gezwungen die Schadenssumme zurückzuzahlen und wir haben ihm verboten bis auf weiteres die Insel zu verlassen."

„Das wird ihm sicher nicht geschmeckt haben."

„Mit Sicherheit nicht."

Im gleichen Moment kam Moritz zurück die alte Glock von seinem Vater im Anschlag. Diese richtete er nun auf seinen Vater und Tipodoe

„Ihr glaubt doch nicht, dass ich mich um die Früchte meiner Arbeit bringen lasse, und dann auch noch hier auf dieser Insel versauere."

Dabei wedelte er mit der Waffe vor Tipodoe und seinem Vater hin und her.

Martin schaute ihn an, seine beiden Augen waren nur noch zu zwei schmalen Schlitzen verengt.

„Los Tipodoe heraus aus ihrer Tasche mit dem Scheck und dann zerreißen sie ihn."

Tipodoe tat wie ihn geheißen.

„Und jetzt zum Boot", wandte er sich dem Franzosen zu.

Tipodoe drehte sich um und lief gemächlich zum Bootssteg.

Moritz folgte ihm.

Doch diesen Moment nutzte Martin aus und sprang auf ihn zu.

Moritz drehte sich instinktiv um und drückte noch in der Drehung auf den Auslöser der Waffe.

Klick es tat sich nichts.

Martin schlug ihn mit dem Handrücken voll ins Gesicht, so das Moritz taumelte und rücklings zu Boden fiel.

„So auf den eigenen Vater wolltest du schießen. Da hättest du aber lieber mal besser aufgepasst, als ich dir die Waffe erklärt habe. Sie war nämlich noch nicht entsichert."

„Steh auf und geh auf dein Zimmer für heute hast du genug angerichtet, aber vorher stellst du noch einen neuen Scheck aus."

Als Moritz nicht sofort reagierte schnappte ihn Martin am Kragen und zerrte in zu seinem Zimmer.

Nach ein paar nachdrücklichen Worten stellte dieser wieder einen neuen Scheck aus.

Dann ging er nicht, aber ohne die Tür abzuschließen.

„So und da bleibst du vorerst wir sprechen uns später noch mal", sagte er bevor er ging.

Als er auf die Veranda zurückkam gab er Tipodoe den Scheck, der darauf sofort wieder die Rückreise antrat. Dann ging er zu Sung Xi, die bei Estelle saß und diese tröstete.

„Tut mir leid", sagte jetzt auch Martin zu ihr, „aber der Junge hat mir leider keine andere Wahl gelassen."

„Ich weiß", sagte Estelle unter Tränen, „aber hoffentlich beruhigt er sich wieder und alles ist wieder wie früher."

„Ob das je wieder der Fall sein wird kann ich dir nicht versprechen", sagte er, wobei er sie ganz fest in seinen Armen hielt.

Kurze Zeit später kam Sung Xi und bat ihren Vater um ein Gespräch unter 4 Augen.

„Ich weiß der Zeitraum ist vielleicht nicht der beste, wenn man an die Ereignisse der vergangenen Stunden denkt.

Kurz und gut ich hätte da einen Auftrag und ich würde gerne einmal mit dir darüber reden."

„Gut", sagte Martin, „gehen wir doch einfach ein Stück und du erzählst mir davon."

Martin legte seinen Arm um die Schulter seiner Tochter und sie liefen los.

„Hast du den Auftrag schon angenommen?", fragte er.

„Nein ich wollte erst mit dir darüber reden."

„Gut doch hoffentlich nicht wieder was politisches?"

„Nein davon habe ich die Nase voll."

„Gut, aber eigentlich bin ich nicht so begeistert, dass du hier in meine Fußstapfen treten willst und soweit ich weiß ist es Estelle auch nicht."

„Ach Paps ich weiß ja, aber wie sagt man, der Apfel fällt nicht weit vom Stamm."

„Na gut erzähl mir erst mal von deinem Auftrag."

„Also im Wesentlichen geht es darum, dass eine vermögende Frau ihren Mann loswerden will. Dieser will wohl die Scheidung und da es keinen Ehevertrag gibt, würde das seine Gattin viel Geld kosten. Das Ganze sollte zudem wie ein Unfall aussehen oder zu mindestens mit nichts auf die Auftraggeberin zurückzuführen sein."

„Also ein schmutziger kleiner Mord ziemlich unmoralisch meinst du nicht auch?"

„Ja aber ist denn Mord nicht immer irgendwie unmoralisch?"

„Da hast du sicherlich Recht. Vermutlich will man aber auch jede Tat vor sich selbst verantworten und sagt sich dann das man moralisch richtig gehandelt hat."

„Und hast du immer moralisch richtig gehandelt?"

„Ich wünschte ich könnte das sagen."

Nach dem Gespräch mit ihrem Vater trat sie mit der Auftraggeberin in Verbindung.

Dies geschah auf die gleiche Weise wie schon einmal im gleichen Internetcafé.

Die Auftraggeberin und ihr Mann besaßen ein gut gehendes Steakhaus mitten in New York.

Sung Xi bat die Frau verschiedene Werkzeuge zu hinterlegen, wobei Handschuhe zu verwenden waren. Auch einen Nachschlüssel sollte sie ihr geben.

In New York angekommen besorgte sie sich in einem Elektromarkt einen starken Magneten.

Sung Xi wusste, dass der Mann jeden Freitagabend Wochenabrechnung machen würde.

In der Nacht von Donnerstag auf Freitag öffnete sie die Tür mit dem Nachschlüssel.

Sie trug dabei einen weißen Weckwerfoverall und passende Handschuhe dazu wie sie Handwerker gerne tragen, um möglichst keine Spuren zu hinterlassen.

Schnell hatte sie den großen Magneten im Büro in der Nähe des Schreibtisches versteckt.

Danach hieß es warten bis am Freitag alle gegangen waren.

Als der Mann schließlich über seinen Zahlen saß schaltete Sung Xi per Fernbedienung den Elektromagneten ein.

Schon nach kurzer Zeit griff der Mann sich an die Brust und brach daraufhin röchelnd über seinem Schreibtisch zusammen.

Sung Xi betrat nun wieder das Restaurant und versicherte sich, dass ihr Opfer wirklich tot war.

Dann schleppte sie die Mikrowelle ins Büro und öffnete diese, wobei sie darauf achtete keine Spuren zu hinterlassen.

Dann baute sie nur noch einen Kurzschluss ein und steckte den Stecker ins Netz. Sofort brannte die Sicherung durch und Sung Xi stand im Dunkeln. Doch damit hatte sie gerechnet sie drückte dem Toten noch einen Schraubenzieher in die Hand verteilte noch etwas Werkzeug dann nahm sie den Magneten wieder an sich und verschwand.

Am nächsten Tag fand die Ehefrau die Leiche und verständigte sofort die Polizei.

Die Gattin geriet nicht in Verdacht, obwohl einige Beamte glaubten, dass irgendwas faul wäre.

Da die Dame aber an diesem Abend an einer Wohltätigkeitsveranstaltung teilnahm und Dutzende von Leuten sie gesehen hatten, schloss man sie bald aus dem Kreis der Tatverdächtigen aus.

Als dann noch medizinische Untersuchungen ergaben, dass durch Basteleien an der Mikrowelle wohl Strahlen entstanden sind, die seinen Schrittmacher beschädigt hatten, wurde der Fall schnell zu den Akten gelegt.

Als Sung Xi wieder auf der Insel zurück war, feierte sie mit ihrem Vater ihren ersten gelungenen Auftrag.

Estelle hielt sich dabei lieber im Hintergrund. Moritz, der immer noch nicht gut auf seinen Vater zu sprechen war, nahm auch nicht an der kleinen Feier teil. Stattdessen schlenderte er nun über die Insel, auf der er sich nun frei bewegen durfte, und hing trübselig seinen Gedanken nach.

Eine Woche später überwies die Dame eine größere Spende für Waisenkinder in Südostasien.

Selbstverständlich steckte hinter dieser Stiftung Sung Xi, die sich auf diese Weise bezahlen ließ.

„Ich denke", meinte Sung Xi, „ich werde erst einmal für einige Zeit eine Auszeit nehmen, bis dahin ist dann auch Gras über die Sache gewachsen."

„Gute Idee", meinte Martin, und was willst du in der Zwischenzeit tun."

„Ich habe mir überlegt mich auf friedlicherweise den Protesten, die in meinem Heimatland existieren, anzuschließen."

„Das kann aber sehr schnell gefährlich werden", meinte Martin bedenklich und von hier aus kann ich dir nicht helfen."

„Ja mag sein, aber ich habe den Vorteil klar auf meiner Seite da sie nicht wissen mit wem sie es zu tun haben.

„Na gut", meinte Martin, „aber wenn was schief läuft, bist du auf dich alleingestellt. Ich werde dir dann nicht helfen können."

„Ich komm schon klar Paps", sagte sie lächelnd.

Und so dauerte es auch nicht lange und Sung Xi flog nach Myanmar, wo sie sich der Demokratiebewegung anschloss.

Schnell stieg sie da zu einer der Führungskräfte auf.

Dieses führte für sie zu einer merkwürdigen Situation.

Erstmals war nicht sie die Täterin, sondern man versuchte sie aus dem Weg zu schaffen.

Aber da sie sehr vorsichtig und umsichtig handelte, gelang es den politischen Gegnern nicht sie auszuschalten.

Aber vor Gericht wurde sie mehrfach gestellt und in Schauprozessen zu Gefängnisstrafen oder Hausarrest verurteilt. Aber auch das machte sie nicht mundtot, sondern weckte im Gegenteil das Interesse der westlichen Welt. Und als wochenlang Journalisten aus aller Welt die Tore belagerten, hinter denen sie festsaß, musste man sie notgedrungen freilassen.

Unter großem Jubel und Anteilnahme des Volkes zog sie so durch Rangun.

Kein Mensch hätte geglaubt, dass hinter der Kämpferin für Frieden und Freiheit eine eiskalte Auftragsmörderin steckte.

Jetzt genoss sie jedenfalls erst einmal die allgemeine Aufmerksamkeit und sah mit Befriedigung das selbst der eine oder andere Polizist ihr zuwinkte jedenfalls griff keiner ein und so blieb alles friedlich.

Nachdem sie so einen Rückhalt innerhalb des Volkes erfahren hatte, festigte das auch ihre Stellung innerhalb der Partei. So war es ihr nun ein leichtes gegen die Regierung der Roten vorzugehen.

Aber so leicht gaben diese nicht auf, einen Trumpf hatten sie noch und dieser hieß Gregor Orloff. Orloff war gebürtiger Russe und überzeugter Kommunist. Er war von Moskau abkommandiert worden, um die Genossen beim Kampf gegen das kapitalistische Ausland zu unterstützen.

Nun baten ihn seine Genossen Sung Xi zu diskreditieren.

Zuerst sondierte er ihr Umfeld und es dauerte auch nicht lange, bis er herausfand, dass ihr Vater irgendwo in der Karibik lebte.

„Verdammt warum versteckt der Kerl sich", dachte er noch.

Eine Anfrage in Moskau beim KGB ergab das es eine Akte gab, in der selbst ein tätlicher Angriff vermerkt war, sowie einige Geheimdiensttätigkeiten für Mossad, BND und Frankreich und was stand da noch vermutlich für mehrere Morde unter dem Decknamen Wolf verantwortlich.

Jetzt gingen bei Orloff sämtliche Alarmglocken an, Wolf diesen Namen kannte er und nun sollte er es mit deren Tochter zu tun haben, na wenn das kein Druckmittel ist.

Am nächsten Tag rief er bei Sung Xi in der Parteizentrale an und bat um ein Interview mit ihr für den nächsten Tag.

Sung Xi freute sich richtiggehend auf das Interview, dachte sie doch, dass sich hier eine passende Plattform für ihre politischen Ideen bieten konnte.

Doch alles kam ganz anders wie sie dachte.

Ihr Gegenüber erwies sich als recht unsympathischer Mensch.

Dieser ließ sie auch gar nicht erst zu Wort kommen, sondern fragte sie sofort grade heraus wie sie zu ihrem Vater stünde.

„Ich verstehe ihre Frage nicht ganz", sagte sie Böses ahnend.

„Nun ja wie sie sich denken können habe ich meine Hausaufgaben gemacht und eine Hintergrundrecherche um sie angestellt. Nun sie werden sich wundern, was ich da alles herausgefunden habe."

„Und das wäre?"

„Also ihr Vater ist Martin Lubatchek, geboren in Hamburg, wird mit einigen Morden unter dem Decknamen Wolf in Verbindung gebracht und soll auch für einige Geheimdienste tätig geworden sein. Stimmt das soweit?"

Sung Xi starrte ihn an.

„Also ihrem Schweigen nach denke ich, dass, ich wohl von der Richtigkeit dieser Angaben ausgehen kann. Ich denke, dass das ein ziemlicher Knüller wird, wenn das herauskommt."

„Muss es denn herauskommen?", fragte Sung Xi, „ich habe Geld wie viel verlangen sie?"

„Ich bin nicht käuflich, aber machen wir es kurz, sie werden sich aus allen Ämtern zurückziehen, das Land verlassen und nie wieder Zurückkehren."

Da blieb Sung Xi keine andere Wahl und sie musste zustimmen. Vorläufig dachte sie sich, vorläufig.

EPILOG

Sung Xi verließ ihre Heimat heimlich und ohne dass irgendjemand etwas mitbekam.

Nicht einmal einen Abschiedsbrief hinterließ sie.

Und so wurde bald vermutet, dass sie eines der vielen Opfer der neuen kommunistischen Regierung geworden war.

Ohne ihre Mitarbeit änderte sich jedenfalls nichts und es blieb alles beim Alten in Myanmar.

Sung Xi war wieder auf die kleine Insel von Martin und Estelle zurückgekehrt, wo sie über ihren kurzen Ausflug in die Politik berichtete.

„Ich sagte dir schon einmal, dass Politik ein schmutziges Geschäft ist."

„Ja das hast du Paps aber einen Versuch war es doch wert. Hätte die Gegenseite nicht mit unredlichen Mitteln gekämpft, wer weiß, oh ich hasse diesen Orloff.

Meinst du nicht wir sollten in einfach umlegen?"

„Das halte ich für äußerst unklug, überleg doch mal er hat erreicht, was er wollte und du bist weg.

Er wird also einen Teufel tun und seine Informationen zu veröffentlichen den dann und ich bin mir sicher, das weiß er genau, hätte er mich an der Backe. Ach und noch was erwarte nie Redlichkeit von deinem Gegner. Aber komm, lass uns reingehen, es ist schon spät und du hast eine Reise um die halbe Welt hinter dir. Wir können ja morgen weiterreden. Also gute Nacht."

Am nächsten Tag nach dem Frühstück sagte Martin zu Sung Xi: „Ich habe Tipodoe angerufen und ihn gebeten herauszufinden, wer dieser Gregor Orloff ist.

Er wollte zwar wissen wofür, doch ich habe ihm versichert, dass Orloff am Leben bleibt und so hat er mir versichert, dass er mir die notwendigen Informationen beschaffen will, ich warte nur noch auf seinen Rückruf."

Da klingelte das Telefon.

Nach wenigen Minuten war Martin zurück.

„Also", sprach er, „Tipodoe hat uns etwas gefaxt.

„Orloff, Gregor 42 Jahre alt

Mit 18 freiwillig zum Militär

Ausbildung zum Fallschirmspringer und Nahkämpfer

Anschließend Einsätze in Afghanistan und Tschetschenien.

Nach seiner Rückkehr mehrfach ausgezeichnet worden und zum KGB berufen worden glühender Kommunist.

Nach dem Zusammenbruch der Sowjetunion hat man ihn deshalb ihn andere kommunistische Systeme geschickt, um diese zu stützen.

Und ihn dieser Lage wurde er wohl von Putin nach Myanmar geschickt."

„Wir haben also einen Altkommunisten, der nachrichtendienstlich für den Kreml arbeitet.

Ja wie wir alle wissen gibt Russland ja vor nicht mehr kommunistisch zu sein, dennoch sind da noch alte Strukturen vorhanden.

So jetzt wissen wir, woran wir sind und können gegebenenfalls auf weitere Schritte von Orloff reagieren."

„Gut zu wissen", sagte Sung Xi noch und nahm sich noch eine Tasse Kaffee.

Aber es kam so, wie ihr Vater vorausgesagt hatte, und Orloff ließ nichts mehr von sich hören.

So vergingen die Wochen und Monate und auch Moritz hatte sich langsam wieder beruhigt und seinem Vater angenähert. Sung Xi wartete noch ein paar Wochen, bis sie wieder den nächsten Auftrag annahm.

Wegen des Geldes müsste sie es eigentlich nicht tun doch es war zur Leidenschaft geworden.

3 Tage nach ihrem letzten Auftrag geschah etwas merkwürdiges.

Vor der Insel kam auf einmal ein Periskop in Sicht.

Dieses drehte sich ein paarmal und heftete dann seinen Blick Richtung Insel.

Kurze Zeit später tauchte das dazugehörige U-Boot auf.

Ein paar Männer kamen durch eine Luke und machten sofort ein Schlauchboot klar.

Dann kamen noch 2 Männer an Deck, die mit ihren Anzügen, Krawatten und dunklen Sonnenbrillen, überhaupt nicht wie Besatzungsmitglieder eines U-Bootes aussahen.

Diese ließen sich nun an Land rudern.

„Wenn du mich fragst", sagte Martin, „Geheimdienst, kommt nur noch darauf an welcher."

Die zwei Leute waren mittlerweile an Land gegangen und näherten sich nun langsam der Veranda.

„Guten Tag", sagte Martin, „Willkommen auf unserer Insel, nehmen sie Platz, darf ich ihnen einen Drink anbieten.

Aber das wichtigste zuerst, wer seid ihr und von welchen Verein seid ihr.

Die beiden standen immer noch.

„Unsere Namen tun nichts zur Sache", sagte der eine.

„Britischer MI 5", sprach der zweite.

„Aber nehmen sie doch Platz", wiederholte Martin seine Aufforderung, der nun beide nachkamen.

Muss ja eine furchtbar wichtige und ernste Angelegenheit sein, wenn ihr mit einem britischen U-Boot in französischen Hoheitsgewässern rumschippert."

„Oh die Franzosen wissen davon", sagte nun wieder der erste.

„Alles mit denen abgesprochen", äußerte sich wieder der zweite.

„Gut, sagte Martin, dürfte ich bitte wissen um was es sich handelt?"

„Ganz einfach, wir haben die Vermutung, dass ihre Tochter in ihre Fußstapfen getreten ist und nun schon einige Morde begangen hat, bisher konnte ihr nie etwas bewiesen werden."

„Deswegen hat sie jetzt 3 Möglichkeiten", sagte der zweite wiederum.

1. Sie macht weiter wie bisher und riskiert dabei irgendwann erwischt zu werden.

2. Sie hört einfach auf damit und hofft, dass die schon von ihr begangenen Morde ihr nie nachgewiesen werden.

Oder 3. Sie arbeitet ab jetzt für uns und alle Untersuchungen gegen sie werden eingestellt.

„Nun das sollte sie doch am besten selbst entscheiden", sagte Martin und schaute seine Tochter dabei an.

Diese sagte minutenlang gar nichts.

Dann sprach sie: „Meine Herren, wie sie selbst eben gesagt haben, können sie mir nichts nachweisen, sondern alle Anschuldigungen mir gegenüber beruhen lediglich auf Vermutungen ihrerseits.

Anderseits fühle ich mich geschmeichelt, wenn der MI5 meint das meine Fähigkeiten derart ausgebildet sind, dass ich für ihn als Mitarbeiterin in Frage komme.

Und dann soll ich wohl gleich mit diesem U-Boot abgeholt werden oder?"

„In der Tat", sagte nun der erste wieder.

„Zweifelsohne", bemerkte der zweite britische Agent.

„Ist es in Ordnung, wenn ich mir etwas Bedenkzeit erbitte?"

„Ja die sollen sie haben", sagte nun wieder der erste Agent.

„Gut, dann werde ich ein paar Schritte um die Insel dabei gehen."

„Aber nicht zu lange", sagte Agent Nummer zwei.

„Kommen sie", sagte Martin, „in der Zwischenzeit können wir noch einen kleinen Snack zu uns nehmen und etwas trinken."

Nach 2 Stunden wachten die Agenten auf, beide hielten sich den Kopf.

„Was ist denn bloß passiert?", meinte Agent Nummer 1.

„Ich habe einen Schädel als hätte ich das ganze Wochenende durchgesoffen", bemerkte nun der 2. Agent.

„Anscheinend sind sie eingeschlafen", meinte Martin süffisant.

„Eingeschlafen, wie können wir einfach so einschlafen und dann noch wir alle beide?"

„Ja da ist doch was oberfaul", gab der 2. Agent zu bemerken.

„Ganz klar", sagte zornig Agent Nummer 1, „da hat uns jemand was in die Drinks gemischt, sie Wolf waren das."

Wolf zuckte die Schultern und sagte „Ich oder jemand anders, aber das müssen sie erst einmal beweisen."

„Verdammt noch mal", bemerkte jetzt der 2. Agent, wo ist eigentlich ihre Tochter?"

Martin zuckte wieder mit den Schultern und sagte dann: „So wie es den Anschein hat, interessiert sich meine Tochter nicht für eine Zusammenarbeit mit Ihnen."

„Und wo ist sie jetzt?"

„Keine Ahnung, hat sie mir leider nicht gesagt."

„Wolf das werden sie uns büßen."

„Ja, ja, das haben andere auch schon gesagt.

Dürfte ich die Herren jetzt bitten zu gehen, denn hier können sie sowieso nichts mehr erreichen."

Zähneknirschen traten die beiden Agenten den Rückzug an.

„Wir kommen wieder", sagten sie drohend.

Doch Martin hörte schon gar nicht mehr richtig hin.

Und so verließen diese wieder die Insel.

Die Matrosen ruderten sie zurück zum U-Boot, das nachdem alle wieder an Bord waren, sofort tauchte.

Sung Xi wartete noch eine halbe Stunde, dann kam sie aus ihrem Versteck.

„Papa", sagte sie lachend, „die hast du schön genarrt."

Es dauerte ein halbes Jahr bis sie wiederkamen. Diesmal mit einem enormen Aufgebot, mehrere Schiffe und kleinere Boote riegelten die Insel ab.

„Also wo ist ihre Tochter?", fragte derselbe Agent wie beim letzten Mal.

„Das habe ich ihnen beim letzten Mal schon gesagt und meine Antwort ist immer noch die gleiche.

Ich habe keine Ahnung wo sie ist, aber bitte schauen sie sich doch um."

„Das werden wir tun und wir haben sogar eine schriftliche Genehmigung der französischen Regierung."

„Um so besser für sie, aber ich hätte ihnen auch so überall Zugang gewährt. Ihr könnt so lange suchen wie ihr wollt, Sung Xi ist nicht da. Selbst ich weiß nicht wo sie sich zur Zeit aufhält."

Damit schenkte er sich noch einen Drink ein und widmete sich wieder seiner Zeitung.

Nach 2 Stunden brachen die Briten die Suche ohne Ergebnis ab.

„Freuen sie sich nicht so früh wir finden ihre Tochter hier oder woanders auf der Welt und da sie ja eine Zusammenarbeit mit uns ablehnt, wird sie wohl für lange Zeit ins Gefängnis gehen."

Martin ließ sich nicht ins Bockshorn jagen, er schaute noch nicht einmal von seiner Lektüre auf, sondern winkte nur ab.

Und so mussten die Briten das zweite Mal unverrichteter Dinge abziehen. Diesmal jedoch mit einem größeren Aufgebot.

Trotz intensiver Suche ging Sung Xi ihnen nicht ins Netz.

Nur noch selten nahm sie noch einen Auftrag an, jedoch verließ sie ansonsten selten ihr Versteck und hielt sich auch sonst sehr bedeckt.

Sie wohnte auf einer der Nachbarinseln bei einem Fischer und gab sich als dessen Frau aus.

Oft war sie in einem Boot auf See, hatte einen Hut mit weiter Krempe auf und beobachtete mit einer Angel in der Hand das Geschehen im Archipel.

Die Leute vom Geheimdienst hatten ihre Drohung wahr gemacht und kontrollierten öfter in der Gegend.

Das Treiben hier führte dazu, dass sie ihre Arbeit einstellen musste, denn die Gefahr erwischt zu werden wurde langsam zu groß.

Der Fischer Jean Larousse war ein kleiner ehrbarer und freundlicher Mann, der stets ein Lächeln im Gesicht hatte.

So wie es den Anschein hatte, konnte wohl nichts seine kleine Welt ins Wanken bringen.

Und so war er auch sofort bereit Sung Xi zu helfen.

Zumal er sich insgeheim eingestehen musste, dass diese kleine Asiatin ihm durchaus gefiel.

Und so behandelte er sie sehr charmant und mit ausgesprochener Höflichkeit und Respekt.

Es ist daher nicht sehr verwunderlich, dass Sung Xi auf die Annäherungsversuche reagierte.

Am Anfang war sie noch kühl und abweisend, obwohl sie tief im Inneren merkte, dass ihr der Mann nicht unsympathisch war. Im Laufe der Zeit erweichte er ihr Herz und sie verliebte sich in Jean.

Dieser Umstand erfüllte sein Herz mit Freude.

Und so wurden sie über kurz oder lang tatsächlich ein Paar.

Sung Xi lebte nun mit ihrem Mann auf ihrer Insel in einem Dorf nicht ganz unähnlich ihrem Heimatdorf in Myanmar.

Aus Liebe zu ihrem Mann griff sie nie mehr zur Waffe.

ENDE

Der Autor

Thomas Heckmann wurde 1961 geboren und
lebt in einer malerischen Kleinstadt in Südhessen.
Schon sein ganzes Leben lang begleitet ihn die
Liebe zu Büchern und eine große Wissbegier.
Dies ist sein erster Roman.

Der Verlag

Wer aufhört
besser zu werden,
hat aufgehört
gut zu sein.

Basierend auf diesem Motto ist es dem novum Verlag
ein Anliegen, neue Manuskripte aufzuspüren, zu veröffentlichen und deren Autoren langfristig zu fördern,
mittlerweile gilt der 1997 gegründete und mehrfach
prämierte Verlag als die Adresse für Belletristik in
Deutschland, Österreich und der Schweiz.

Für jedes neue Manuskript wird innerhalb
weniger Wochen eine kostenfreie, unverbind-
liche Lektoratsprüfung erstellt.

Weitere Informationen zum Verlag und
seinen Büchern finden Sie im Internet unter:

www.novumverlag.com